奥斯卡
最佳电影剧本研究

刘琼 著

吉林大学出版社

·长春·

图书在版编目(CIP)数据

奥斯卡最佳电影剧本研究 / 刘琼著. —长春：吉林大学出版社，2020.9
ISBN 978-7-5692-7211-6

Ⅰ.①奥… Ⅱ.①刘… Ⅲ.①电影文学剧本－文学作品研究－世界 Ⅳ.①I106.35

中国版本图书馆 CIP 数据核字(2020)第 191605 号

书　　名	奥斯卡最佳电影剧本研究
	AOSIKA ZUIJIA DIANYING JUBEN YANJIU
作　　者	刘　琼　著
策划编辑	孟亚黎
责任编辑	孟亚黎
责任校对	樊俊恒
装帧设计	崔　蕾
出版发行	吉林大学出版社
社　　址	长春市人民大街 4059 号
邮政编码	130021
发行电话	0431－89580028/29/21
网　　址	http://www.jlup.com.cn
电子邮箱	jdcbs@jlu.edu.cn
印　　刷	北京亚吉飞数码科技有限公司
开　　本	787mm×1092mm　1/16
印　　张	16.5
字　　数	214 千字
版　　次	2021 年 5 月　第 1 版
印　　次	2021 年 5 月　第 1 次
书　　号	ISBN 978-7-5692-7211-6
定　　价	76.00 元

版权所有　翻印必究

前言　好莱坞电影与奥斯卡金像奖概论

好莱坞是世界电影的中心,奥斯卡金像奖则是好莱坞电影艺术成就的集中体现。好莱坞位于美国加利福尼亚州洛杉矶市郊区。大概在1908年初,由于这里的天气适宜拍摄并能提供拍摄所需的各种景观,如海洋、沙漠、山脉、森林等,电影公司的制作团队便在此建立了摄影棚进行拍摄。从20世纪初期,好莱坞逐渐成为美国电影重要的制作中心。其对外趁着一战对欧洲电影工业的冲击不断抢夺国际市场,对内则趁着1911年法院对莱瑟姆环专利无效的判决而不断合并大小制片公司,并在20世纪30年代逐渐形成了好莱坞八大电影制片厂鼎立的局面——米高梅、派拉蒙、华纳兄弟、20世纪福克斯、环球、哥伦比亚、雷电华、联美。从此,好莱坞进入了经典时期,并一直持续发展成著名的电影生产基地。约翰·贝尔顿说道:"'好莱坞'不仅仅指位于加利福尼亚州的一个制作电影的场所。它不仅包括制片厂、实验室和其他类似的建筑,也不仅包括制片人、明星、导演、编剧和其他参与电影制作的人员。'好莱坞'也是一套统一连贯、观众乐于接受的美学、风格和规则。这些规则背后是一个用以维持和支撑它们的工业体系,其中包括制片厂制度、明星制度以及围绕这些制度的电影文化本身。"[①]

好莱坞建立了一系列的行业自查与奖励机制来保障电影行业的发展。首先,好莱坞在审查机制上的举措是由大制片厂联合成立了美国电影制片人与发行人协会(简称 MPPDA),其聘请美国前邮政部部长海斯(Will Hays)为领导建立了海斯办公室,并

---

① [美]贝尔顿.美国电影美国文化[M].米静等,译.上海:上海人民出版社,2010:9.

在20世纪30年代初出台了一个精细规范银幕的《制片法典》《海斯法典》）。《海斯法典》要求不能在银幕上明确表述犯罪方法、不能表现性的内容、不能有亵渎宗教的语言、不能表现不利于婚姻制度的内容等等，从而为好莱坞电影的内容生产确立了规范。正如电影学者大卫·波德维尔所说的："MPPDA的成立标志着电影已经成为美国的重要工业。"[1]

其次，好莱坞建立的行业奖励机制是美国电影艺术与科学学院的建立及奥斯卡奖的设立。好莱坞的大制片厂在1927年5月11日联合建立了美国电影艺术与科学学院（Academy of Motion Picture Arts and Sciences）。该学院宗旨是为提高电影艺术的质量、表彰电影行业内的成绩卓越者、促进电影技术研究和设备的改善、为电影摄制各部门的讨论会和集会提供场所、促进大众的电影教育等等。[2] 为此，学院商定每年举办一个表彰美国电影业从业人员的评选会来推动电影工业的发展。这个行业的评选会被称为美国电影学院奖（Academy Awards），从1929年开始颁发第一届奖项。电影学院奖的奖座是一个镀金的合金制塑像，形状像一位体型魁梧的男子，双手紧握胸前的一柄长剑，屹立在一盘胶片上。五环代表学院最初的五个部门，即演员、导演、制片、技术人员和编剧，因此这个雕像被昵称为"小金人"，电影学院奖也被称为奥斯卡奖（Oscar Awards）。

奥斯卡奖的影响包括几个方面。其一是能给获奖电影和获奖电影工作者带来巨大的荣誉。为这些电影从业人员颁发奥斯卡奖，是对这些杰出电影人的艺术成就给出的最大奖励，奥斯卡奖也因此推动好莱坞诞生了一大批举世闻名的大明星和一系列电影创作者，还创造了一大批具有开创性意义的影片。其二，奥斯卡奖也能为影片带来巨大的经济利益。一部电影如果能够获

---

[1] [美]克里丝汀·汤普森，大卫·波德维尔.世界电影史[M].陈旭光等，译.北京：北京大学出版社，2004：194.

[2] Robert Osborne. 85 Years of the Oscar：The Official History of the Academy Awards[M]. New York：Abbeville Press，2013：9.

得奥斯卡奖,其直接的经济影响会体现在票房等方面,获奖影片不仅能在美国票房上收入翻番,而且能成功地进军国际市场,在全球其他国家的电影票房及市场都获得巨大收益。获奖带来的间接的经济影响则会延伸到后续的环节生产中,如电视和网络播出的版权收入、相关的广告、玩具、主题乐园等周边商品的开发等。奥斯卡奖项的经济效益推动好莱坞电影工业成为美国经济的支柱产业,并在国民经济中占据重要地位。其三,奥斯卡奖可以指导好莱坞电影将艺术与商业融合在一起,巧妙地将美国的意识形态通过影像传播到世界各地。可以说,奥斯卡奖兼具艺术、道德、经济、意识形态等多重工具作用。

那么,奥斯卡奖又是如何发挥这样的复合工具作用的呢?我们不妨从它的评奖机制与评奖历史说起。从奥斯卡奖的评奖机制来看。首先,奥斯卡奖的评选方式采取年度制,每一届评选上一年的电影作品和个人,每一年度举办一次(历史上只在1930年一年颁发了两次奖项)。奥斯卡奖的投票人即电影艺术与科学学院的会员,从最初36名创始人发展到成立时期的270名会员再到现在的约万名会员。其次,奥斯卡的参选作品是那些在上一年1月1日至12月31日在洛杉矶地区的电影院上映1周(即连续放映7天)的影片,均可报名。参选电影作品时长不得少于40分钟,纪录短片等除外。最后,奥斯卡奖设立的重要奖项包括最佳影片(Best Picture)、最佳导演(Best Directing)、最佳男女主角(Best Actor and Actress in a Leading Roles)、最佳男女配角(Best Actor and Actress in a Supporting Roles)以及最佳剧本(Best Writing)等。其中,奥斯卡奖从1929年的第一届奖项就设置了编剧奖项,最早奖项设置分为原创故事(Original Story)、改编(Adaptation)、字幕(Title Writing)[①]三项。当有声电影兴起导致字幕消失后,40年代的剧本奖分为最佳原创故事(Original Story)、最佳原创剧本(Original Screen)、最佳编剧(Screenplay)三项设置。

---

① Robert Osborne. *85 Years of the Oscar: The Official History of the Academy Awards*[M]. New York: Abbeville Press, 2013: 21.

直到1957年,剧本奖最终确立为最佳原创剧本和最佳改编剧本两个分类,其中最佳原创剧本是奖励那些直接为电影编写的剧本,而最佳改编剧本则是以先前已制作或出版过的素材为基础的剧本,从而确立了编剧在电影艺术与奥斯卡奖项中的中心地位。

　　本书《奥斯卡最佳电影剧本研究》就是立足于对这一重要奖项的研究,以时代为纵轴,以各个时期的最佳剧本获奖作品为切入点,审视不同时期好莱坞剧做的创作方式、创作特点及代表性编剧的作品,从而总结优秀的编剧作法,以期"他山之石,可以攻玉",从而为电影文学的发展提供可参考的经验与范例。全书主要结构分为两编,第一编为"奥斯卡剧本奖历史溯源",主要分为五个阶段梳理剧本奖的发展阶段及主要特点;第二编为"奥斯卡最佳剧本的创作理论与个案研究",主要选取著名作家参与创作的获奖剧本作品进行分析,并从剧本的结构、语言等方面分析剧本的创作理论与改编理论。纵观奥斯卡奖90多年的辉煌历史,它不仅是美国电影的发展史,也是社会思潮和大众品味折射在电影文化中的历史,还是美国电影风格、电影类型、电影技术等多方面的变化史。

目　　录

第一编　奥斯卡剧本奖历史溯源

第一章　1927—1945年:经典好莱坞时期的剧本奖 …………… 1
一、经典好莱坞的形成 ……………………………………… 1
二、制片厂的编剧们 ………………………………………… 7
三、作家们在好莱坞的得意与失意 ………………………… 27

第二章　1945年—20世纪60年代:好莱坞危机时期的剧本奖
……………………………………………………………… 38
一、阴影笼罩下的好莱坞 …………………………………… 38
二、制片厂"消失"的编剧们 ………………………………… 39
三、奥斯卡奖上的作家们 …………………………………… 52

第三章　20世纪60年代—20世纪80年代:新好莱坞时期的
剧本奖 …………………………………………………… 71
一、电影新文化与电影小子的出现 ………………………… 71
二、作者论与编剧 …………………………………………… 78
三、奥斯卡奖上的作家们 …………………………………… 91

第四章　20世纪80年代—21世纪:新新好莱坞时期的
剧本奖 …………………………………………………… 100
一、媒介时代与银幕映像 …………………………………… 100
二、媒介帝国里的编剧们 …………………………………… 112
三、奥斯卡奖上的作家们 …………………………………… 126

· 1 ·

第五章　21世纪以来的剧本奖（2001年—　　） ………… 137
　　一、"后911时代"的媒体狂欢 …………………………… 137
　　二、新时代的编剧生意 …………………………………… 151
　　三、奥斯卡上的作家们 …………………………………… 171

第二编　奥斯卡最佳剧本的创作理论与个案研究

第一章　电影剧本的基本形态 …………………………… 182
　　一、电影剧本的定义与地位 ……………………………… 182
　　二、电影剧本的特性：电影思维 ………………………… 184
　　三、电影剧本的基本形式 ………………………………… 186

第二章　电影剧本的结构与情节 ………………………… 190
　　一、剧本结构的定义与分类 ……………………………… 190
　　二、好莱坞经典叙事结构 ………………………………… 192
　　三、电影剧本的情节与结构 ……………………………… 194

第三章　电影剧本的主题与人物 ………………………… 197
　　一、电影剧本的主题 ……………………………………… 197
　　二、剧本的人物类型 ……………………………………… 198
　　三、剧本人物的建构方法 ………………………………… 199

第四章　鲁丝·普罗厄·贾布瓦拉的文学改编剧本 …… 203
　　一、贾布瓦拉生平与剧作概况 …………………………… 203
　　二、获奖剧作分析：《看得见风景的房间》 …………… 209

第五章　简·奥斯丁的电影改编剧本 …………………… 219
　　一、简·奥斯丁的小说世界与改编概况 ………………… 219
　　二、获奖剧本分析：《理智与情感》（1995） …………… 222

第六章　电影剧本的改编理论 ·········· 233
　一、电影改编的理论 ·················· 233
　二、克林特·伊斯特伍德谈《廊桥遗梦》改编 ········ 236
　三、约翰·福尔斯谈《法国中尉的女人》改编 ········ 242

参考书目 ······················ 249

第一编

奥斯卡剧本奖历史溯源

第一章 1927—1945 年：经典好莱坞时期的剧本奖

一、经典好莱坞的形成

1. 经典好莱坞时期

美国从 20 世纪 20 年代开始经历了好莱坞的形成、经济危机引发的大萧条、二战引发的世界危机等重大历史事件，同时这段时期的好莱坞由米高梅、派拉蒙、华纳兄弟等八大制片厂垄断了电影的生产、制作、发行、放映，形成了所谓经典好莱坞时期与经典好莱坞叙事风格。

米高梅电影公司(Metro-Goldwyn-Mayer)是由马库斯·骆联合收购了米特罗影业、塞缪尔·高德温创办的高德温影业公司以及梅耶影业三家公司合并后而成的。米高梅公司(MGM)最有权势的是经理路易斯·梅耶，他也是最早提出创立奥斯卡奖的创始人之一。派拉蒙影业公司(Paramount Pictures)曾在 1935 年经历了破产重组，旗下最成功的经理是巴尼·巴拉班，曾出品了获得第1届奥斯卡最佳影片的《翼》(1927)。华纳兄弟公司(Warner Bros.)由哈里·华纳、阿尔伯特·华纳、山姆·华纳和杰克·华纳四兄弟在1923年共同创建,由杰克·华纳主管制片厂的工作,曾在1927年拍摄第一部有声片《爵士歌手》。20世纪福克斯(Twentieth Century-Fox Film Corporation),由福克斯电影公司与一家叫作20世纪的小公司合并改名而成。公司由两位有魄力的经营者西德尼·肯特、达里尔·扎努克作为主管,曾推出了《君子协定》(1947)、《愤怒的葡萄》(1940)等有社会影响力的影片。环球影片公司(Universal Picture)的创始人是卡尔·莱默尔,一向主导拍摄低预算的恐怖片,该公司曾出品了《西线无战事》(1930)、《科学怪人》(1931)等影片。哥伦比亚电影公司(Columbia Pictures)在总裁哈里·科恩的领导下拍摄出一批受欢迎的影片,如从派拉蒙借用的克劳黛·考尔白、从米高梅借用的克·拉克盖博出演由导演弗兰克·卡普拉执导的《一夜风流》(1934),该片曾获得第7届奥斯卡奖的最佳影片、最佳导演和最佳改编剧本奖等。由于美国无线电公司(RCA)推出的声音系统RCA系统遭到好莱坞制片厂的拒绝,于是总经理大卫·萨诺夫在1928年创办了雷电华电影公司(Radio Keith Orpheum)。旗下出品的最著名的影片是奥逊·威尔斯自编自导自演的《公民凯恩》(1941),该片还获得第14届奥斯卡奖的最佳原创剧本奖。联美电影公司(United Artists)由四位电影人大卫·格里菲斯、玛丽·碧克馥、道格拉斯·范朋克、查理·卓别林共同创立。

1927年1月11日,包括梅耶在内的36位好莱坞相关人士在洛杉矶的大使酒店举行宴会,商议建立美国电影艺术与科学学院并设立学院奖,这些创始人也在之后成为美国电影学院的历任主席。同年5月11日,270位好莱坞人士正式成立了电影艺术与科学学院,早期电影学院主席包括:第一任主席是学院创始人之一的演员Douglas Fairbanks(1927.5—1929.10);第二任主席是导演William C. de Mille(1929.10—1931.10);第三任主席是学院创始人之一的制片人M.C. Levee(1931.10—1932.10);第四任主席是创始人之一的演员 Conrad Nagel(1932.10—1933.4);第五任主席是导演 J. Theodore Reed(1933.4—1934.10);第六任主席是学院奖创始人之一的 Frank Lloyd(1934.10—1935.10);第七任主席是导演 Frank Capra(1935.10—1939.12)等。在这些电影人的推动下,好莱坞进入了高度发展期。

在这一时期,学院奖的奖杯也被昵称为奥斯卡(Oscar Awards),其得名至今没有确定的来源,据说与演员贝蒂·戴维斯、学院图书馆的管理员玛格丽特·赫里奇、专栏作家史柯尔斯基有关。[①] 其中最著名的传说是当时学院图书馆的女管理员赫里奇在仔细端详了"小金人"奖后,感叹道:"他看上去真像我的叔叔奥斯卡啊!"(赫里奇的叔叔奥斯卡·皮尔斯在德州务农)。当时,隔壁办公室里的一位记者就以此为题,写道:"电影艺术与科学学院的工作人员深情地称呼他们的金像为奥斯卡。"从此,奥斯卡这一别名就逐渐成为学院奖家喻户晓的称呼了,也逐渐成为好莱坞电影艺术的代名词。

2. 经典好莱坞的制片厂生产模式

这一时期的好莱坞制片厂逐渐形成了流水线般的生产模式,就像企业一样源源不断地生产各种各样的电影产品。电影制作的各个环节也在逐渐专业化和细分化,编剧就是这一流水线上的一个典型环节。

(1)流水线的生产模式

经典好莱坞时期形成了"制片人中心制",由制片人全盘决定影片的创作方向。如华纳兄弟的杰克·华纳、20世纪福克斯的达瑞尔·扎努克、米高梅的路易斯·梅耶、哥伦比亚的哈利·科恩和欧文·萨尔伯格以及制片人哈里·拉普夫等是各大电影公司内决定电影制作的最高等级决策者。制片人负责挑选故事、制作影片拍摄计划、挑选导演和演员、影片的前期准备、准备拍摄过程

---

① Robert Osborne. *85 Years of the Oscar: The Official History of the Academy Awards*[M]. New York: Abbeville Press, 2013:17.

及监督后期剪辑等工作。如制片人高德温比较注重电影剧本的选择,会找几个编剧用同一个题材写剧本,然后将他认为最好的剧本投入拍摄。他还邀请了很多当时有名的作家来好莱坞工作,包括菲茨杰拉德、罗伯特·舍伍德、本·赫克特等。据说,高德温的拍片方针是:"一、别人拍的影片要忘掉。二、不受当前趋势的约束。三、只要是电影需要的道具就花钱买。四、一定要聘请第一流的编剧写剧本。五、一定要聘请最好的导演将剧本搬上银幕。六、根据导演的要求,聘任他信得过的摄影师。七、亲自掌握全面的工作,最重要的是如果出了问题,就由自己承担责任。"[1]因此,这一时期的好莱坞各大制片厂逐渐形成了统一风格的电影生产模式。

　　从影片的创作流程来看,各大制片厂内设有编剧楼,里面安排有故事部和编剧办公室,负责雇佣作家、记者、编辑等文字工作者来做编剧。编剧们如同普通上班族一样西装革履,朝九晚五地上下班,负责听从制片人或导演指令来写作故事大纲及对白字幕等。完成的剧本会被送去给具体制片人审阅,进行剧本分镜头创作、制作拍摄日程、估算拍摄预算后再投入拍摄。大制片厂里的签约编剧工作稳定,薪水按时发放,工作环境舒适,但他们对剧本的最终署名没有控制权,一方面要应付海斯办公室的各种审查,另一方面会被导演随意改动剧本。因此,大制片厂时期的编剧们都对自己的工作充满了无力感和沮丧感。

　　一个完整的影片制作流程除了剧本写作外,还包括制作部门制作电影。如美术部的美术指导和服装设计等画出故事板,为演员制作服装,搭建布景等。还有摄影部和声响部负责提供摄影、录音的必需器材与拍摄工作。导演按照分镜头剧本将动作分解为单个的镜头并加以编号,挑选演员进行表演和拍摄。剪辑部门在拍摄完成后按照镜头开头的场记板上的编号按照剧本的要求组接在一起,从而完成一个连贯、完整的电影叙事。影片制作完

---

[1] [英]大卫·尼文.好莱坞的黄金时代:大卫·尼文回忆录[M].黄天民,译.上海:上海文艺出版社,1988:147.

成后,电影公关部负责在媒体发布影片信息、设计海报、策划影片广告、向媒体发放通稿、制作电影预告片等,从而将影片公开发行,投向市场。可以说,当时的好莱坞制片厂垄断了电影的制作、发行、放映等一条龙式的工业流程。

(2)通行的电影叙事模式

经典好莱坞时期的叙事风格是在流水线般的生产与制作模式中慢慢固化形成惯例的。这一时期虽然涌现出了很多优秀编剧,但这些编剧和作家都不屑于在好莱坞的编剧工作,其中很大一部分原因在于好莱坞盛产的电影都是犯罪片、喜剧片、西部片等类型片,充满了惯常的叙事规律和惯例。

为了让电影故事通俗易懂,适应大多数观众的审美取向,经典好莱坞的电影叙事形成了开端、发展、高潮、结局的典型情节模式。在这种情节模式中,故事情节由一系列清晰的因果链条组成,一般由主人公的心理需求推动情节发展,即主人公都有一定的追求目标,通常是工作事业,或是爱情、亲情、友情等,希望通过自己努力达到成功。当主角的目标与其他事情发生冲突后形成戏剧冲突,而主角的追求过程又推动情节不断发展并在最后解决冲突,满足人物的需求即典型的好莱坞大团圆结局。

大团圆结局作为经典好莱坞叙事的重要组成部分,在许多好莱坞主流电影中发挥着举足轻重的作用。大团圆结局能形成循环型或封闭型的故事结构,要求叙事在最后回到它的起点,目的在于通过首尾呼应来达到故事的完整性。例如奥逊·威尔斯的杰作《公民凯恩》开头场景中,镜头通过展现报业大亨凯恩极度豪华的"天堂庄园"的大门口和"禁止入内"的警告牌,引出主人公临死前的"玫瑰花蕾"遗言的悬疑。整部影片在挖掘了主人公一生的命运后揭示了主人公童年时雪橇上的"玫瑰花蕾"是其最为怀念的童年纯真,影片最后用一个慢慢拉出庄园大门的反向镜头结束。这部经典影片用片头与片尾的象征手法形成了整部影片的封闭型循环的叙事结构。可以说,这种戏剧化的叙事模式也是好莱坞电影得以通行世界的重要保障。

(3)自我审查与规范机制

经典好莱坞时期不仅维持高度自由的商业化的运作,也依靠行业组织来保障自身的发展。好莱坞制片厂在1922年组成美国电影制片和发行商协会(MPPDA),后于1945年更名为美国电影协会(The Motion Picture Association of America,缩写为MPAA),是美国电影业最重要的行业组织。几大制片厂每年都按照利润的一定比例缴纳费用维持美国电影协会的运作,而美国电影协会则作为"传声筒和代言人"为大制片厂争取整体利益,避免各自为政,因此电影学者大卫·波德维尔认为:"MPPDA的成立标志着电影已经成为美国的重要工业。"[①]

MPPDA聘请美国前邮政部部长威尔·海斯(Will Hays)为领导,联合各电影公司成立海斯办公室,负责推行一套自律性质的电影制作道德标准。最终在20世纪30年代初出台了一个精细规范银幕的《制片法典》,也被称为《海斯法典》。其提出了在银幕上"不得出现"的诸种情况,例如"不允许观众对犯罪、不当行为、邪恶或罪恶的一方产生同情","不得出现多度、贪欲的接吻,不得出现带有暗示性的体态与姿势"等,同时"必须小心处理"的情况有"国际关系、枪炮的使用、盗窃抢劫、残暴恐怖、各种凶杀、贩卖人口、出卖贞操、初夜的情景、男女同床、过分火热的亲吻等等"。[②] 因此,当《乱世佳人》里的克拉克·盖博在银幕上说出"I don't give a damn"这句带有脏话的台词时,全部的观众都倒吸一口冷气,制片商为此还被罚了8万美元。但制片人塞尔兹尼克真正的胜利在于保留了小说中的爱情戏,"他的助手瓦尔·鲁东写信告诉他,观看试映的观众喜欢'我们称为强暴的那场戏……他们喜欢盖博把郝思嘉推到椅子上,让她听他讲话,而当他把她抱起,奔向楼上时,全场掌声雷动,不弱于他们看到巴比·鲁思打了

---

① [美]克里丝汀·汤普森,大卫·波德维尔.世界电影史[M].陈旭光等,译.北京:北京大学出版社,2004:194.
② 贾磊磊.用标尺取代剪刀:百年电影分级制与审查制的分野[J].艺术百家,2005(5).

个本垒打'。"①另一部好莱坞经典影片《公民凯恩》的剧本在开拍前收到制片办公室的信件,要求删掉"第64号场面规定的故事发生地点在一家妓院",因为"在制片法中有一专门条款禁止表现妓院",还要将"一些饮酒和醉酒的场面,绝对保持在最小限度之内",以及将剧本119页的凯恩演讲词去掉"主基督"的字样。② 好莱坞的惊悚大师希区柯克为了应付电影审查,"早在四十年代,《蝴蝶梦》和《深闺疑云》的剧本就曾遭遇修改,以免主人公的行为动机显得太过病态,按照审查者的说法,那样还能更符合观众的欣赏口味。五十年代,审查机构也曾逼着希区柯克和谐了《后窗》中猥亵的对白与场景。同样是因为他们的反对,《西北偏北》的男女主人公变得不再那么性感,马丁·兰道饰演的同性恋伦纳德也打了折扣。"③可以说,海斯办公室推行的这一系列政策给这一时期的好莱坞银幕带来了种种限制与局限。

二、制片厂的编剧们

1. 编剧的角色与地位

在电影诞生之初,无声短片的电影形式往往只是简单地展示日常生活片段,因此并不需要编剧。当时的好莱坞也没有专业的电影剧作家或电影编剧,只有协助导演工作的"故事大纲的作者",他的职务就是协助导演写出一个个故事大纲或故事梗概。后来,为了让默片的故事陈述流利和通俗易懂,好莱坞开始雇佣一些专门编剧、写作电影字幕的人手,这些人负责写作片头字幕以及在影片画面中适当地加入一些说明性文字即字幕等。当电

---

① [美]纳雷摩尔.黑色电影[M].徐展雄,译.桂林:广西师范大学出版社,2009:105.
② [美]奥逊·威尔斯.审判——奥逊·威尔斯电影剧本选集[M].北京:中国电影出版社,1987:4.
③ [美]里贝罗.这不只是一部电影:希区柯克与《精神病患者》拍摄始末[M].黄渊,译.桂林:广西师范大学出版社,2015:98.

影故事变得越来越长,导演需要借助其他人员理出故事线索并编写配合画面的字幕,于是就出现了编剧的雏形。直到1927年华纳兄弟发行了标志着有声电影出现的《爵士歌手》,电影剧本的形态才发生了很大变化。声音的出现意味着无声电影的字幕慢慢消失,对白成为剧本的主体,剧本的形式也更为复杂。正如希区柯克所说:"在无声片时期,我就对音乐和电影抱有浓厚兴趣,我一直相信声音的到来会开启一个伟大和崭新的机遇。"①

有声片的出现,使得编剧的角色越来越吃重,并开始成为电影制作中的固定一环。到二战期间,欧洲的剧作家和小说家们大量涌向好莱坞,使得编剧的地位随着50年代大制片厂体系的瓦解和独立制片的兴起继续上升。但总的来说,在好莱坞电影行业中,尽管有少数一些有票房号召力的编剧的作品会引起各大制片厂的争抢,这些编剧有很强的话语权,但绝大部分编剧的角色仍然次于制片人和导演。从制片厂的生产环节来看,编剧一直在制片厂的生物链的低端,他们不如制片人或者导演那么受人尊敬,也不能获得如明星般那么高的报酬和收入。在制片厂里,编剧们通常是团队合作来创作一个剧本,数位编剧写作或修改同一个剧本,一些负责剧本结构、一些负责台词、一些善于塑造人物等。而且编剧们的工作通常是分阶段完成的,首先会提供一份寥寥几页的剧本提纲,然后是更详细的长达40页的分场脚本,再然后便会写出完整的上百页左右的剧本定稿。这种流水线的生产没有给编剧带来任何职业自豪感,相反只有不断的沮丧和自贬,他们大都认为"自己不过是个手艺人而已"。如凭借《地下世界》获得第1届奥斯卡最佳原创故事奖的本·赫克特,认为自己的工作和水管工日复一日的重复工作没什么区别。曾创作了《卡萨布兰卡》剧本的爱泼斯坦也认为"写电影是为了谋生,而不是艺术"。这也难怪,这时好莱坞盛情邀请当时已经成名的大作家们如《了不起的盖茨比》的作者菲茨杰拉德、《消失的地平线》的作者詹姆斯·希

---

① [美]克里丝汀·汤普森,大卫·波德维尔. 世界电影史[M]. 陈旭光等,译. 北京:北京大学出版社,2004:255.

尔顿去写剧本时,他们都对编剧工作不以为然同时也没有留下什么好剧本。因为"在一定意义上说,好莱坞是在购买编剧们在小说界的名声,他们雇佣威廉·福克纳或艾尔多斯·胡克里,把他们的名字作为标签附加于影片之上以增加影片的价值,而不是为了充分利用他们文学上的才华"①。

从编剧的成员构成来说,大部分编剧都是受过良好的大学教育的作家、剧作家、记者等,他们相较于其他环节的电影工作者来说在智力、教育水平上更为优越,但他们在电影制作的环节上身处微不足道或者被人贬低的地位,这不能不使得他们对自己的处境有更多愤世嫉俗的观点。为此,好莱坞在1933年成立了电影剧作家协会,后来改名为美国编剧协会,还推选剧作家劳森为首届会长。编剧协会致力于改善工作环境、争取更高的薪酬、赢得电影署名的控制权,并且努力将编剧的地位提升到受人尊敬的专业级别。

2. 编剧生涯的苦与乐

在好莱坞的黄金时代,大制片厂就是一个分工明确、秩序井然的电影王国。许多大制片厂都设有专门的编剧楼,编剧们在一起进行写作。在鼎盛时期,米高梅公司有七八十名签约编剧,华纳兄弟有将近35名编剧。而且大多数资历深的编剧们几乎彼此都认识,他们也往往交叉在各个制片厂任职,同行间非常熟悉。

制片厂的工作环境对编剧来说非常优越。首先,从工作条件来说,大制片厂一般设有研究部和图书馆,有研究员为制片人和编剧提供他们所需要的资料,如果制片厂的图书馆没有编剧所需要的数据,那么周围各大公立图书馆或大学则会为编剧提供想要的服务与资料。其次,从薪水方面来说,编剧们大都来自新闻界和广告界,好莱坞的薪水要比新闻业要高,而且一旦与制片厂签约成为编剧,制片厂会按时发放薪水且待遇不错。最后,从工作

---

① [澳]理查德·麦特白.好莱坞电影:美国电影工业发展史[M].吴菁,译.北京:华夏出版社,2011:128.

性质来说,编剧的工作就像是朝九晚五的公司白领,如米高梅给编剧的薪水在各个制片厂中是最多的,但制片厂对编剧有着装要求,要求旗下的编剧都是西装革履。而哥伦比亚、华纳兄弟电影公司里要求编剧遵守朝九晚五的上班时间,杰克·华纳规定他的编剧必须在每周交出最低限度的稿子,甚至在每天工作结束后检查编剧的铅笔是否用到了恰当的长度。

但从工作成就感来说,编剧们的职业生涯却充满了各种各样的苦乐血泪。当时的编剧们有些来自新闻界,有些之前曾写过戏剧,有些曾是畅销小说作家,有些曾写过广播剧,还有些来自广告界。他们到了好莱坞之后就负责将各种各样的故事和小说编写成故事梗概供制片人审阅。对这些从事各种文字工作的人来说,编剧是一个充满了挫折与沮丧的职业,而不是一个追求梦想的、不切实际的存在。一方面,编剧们要面对团队创作剧本的无力感。他们要应制片厂的要求写各种自己不喜欢或不擅长的剧本,或者被定型化去写作某一类型的剧本,甚至是去为明星服务专门为其量身定做台词。例如加里·库柏就因为自己不擅长说大段的长台词,而要求编剧给自己在电影中的角色尽量创作简短的台词。编剧们对剧本的最终署名也没有绝对控制权,不知道自己辛辛苦苦写作的剧本最终会不会署自己的名字,他们也不会参与到影片的拍摄制作中,甚至连出演自己影片的演员也见不到。另一方面,这个时代的编剧受到审查制度的限制,《海斯法典》的各种限制和禁忌通常也会削弱作品的力度。经典好莱坞时期的剧本在拍摄前都要交给审查处获得许可。通常剧本在拿回制片厂时,除了密密麻麻的意见,还有审查员的存疑和修改清单需要编剧来妥协。因此,对于编剧来说,好莱坞不是一个寻求职业自豪感与成就感的地方,他们的工作满足感仅限在编剧同事之间的友情和乐趣。

当时的创作流程一般是,制片人或者导演提出一个故事创意,再归纳成一个故事提纲,然后找来编剧拓展情节,写出细节和对白。编剧对自己写的剧本也没有什么控制权,导演和演员,尤其是大明星们都有权对剧本提出自己的修改意见,编剧只得乖乖照着制片人、导演、明星们的意见对剧本进行修改,人们也不太会把一部成功的影片归功于它的编剧。甚至编剧随时会因为制片人或明星不满意剧本而被炒鱿鱼,成为呼之即来、挥之即去的工具。所以尽管很多著名作家由于巨额的报酬而去好莱坞写作剧本,但这种创作的无力感和失控的工作状态让他们对自己的剧本写作悔之莫及。

3. 黄金时代的好莱坞编剧:赫尔曼·曼凯维奇

【获奖记录】

1943年第15届奥斯卡金像奖最佳原创故事(提名):《扬基的骄傲》(The Pride of the Yankees)。

1942年第14届奥斯卡金像奖最佳原创剧本(获奖):《公民凯恩》(Citizen Kane)。

赫尔曼·曼凯维奇(Herman J. Mankiewicz,1897—1953),出生在纽约,是从德国移民的犹太人后裔。他曾在哥伦比亚大学求学并获得哲学学位,后担任《纽约时报》和《纽约客》的撰稿人,是经典好莱坞时期的一位杰出的电影编剧。曼凯维奇曾在派拉蒙影业中担任故事部的头儿,原创作品包括著名电影剧本《美丽世界》(1939)、《公民凯恩》(1941)以及《扬基的骄傲》(1942)。曼凯维奇不仅善于写作,还善于慧眼识珠、发掘新人。他曾在1925年邀请一位名叫本·赫克特的年轻人与自己一起工作,而赫克特最终在好莱坞大放异彩,成为获得第1届奥斯卡最佳剧本奖的编剧。赫克特后来回忆这段岁月时说,"曼凯维奇没有骗人,1925年的好莱坞正处在一个向上崛起的地步,当我离开火车车厢,听着鸡叫声音。我的神经一下子绷了起来,我的兴奋劲就像当初到了佛罗里达州的迈阿密一样,好莱坞正在同迈阿密一样在兴起。现在好莱坞在吸引所有的有才华的人,从养鸡的,到具有才华的演员、作家和一切有才华的人"。① 曼凯维奇还把自己的弟弟约瑟夫带入好莱坞工业,约瑟夫后来凭借《彗星美人》(1950)等影片四次获得奥斯卡奖,两人一起成为好莱坞的传奇电影编剧。

曼凯维奇最著名的剧本是与奥逊·威尔斯合作的《公民凯恩》,两人凭借此剧本获得了第14届奥斯卡金像奖最佳原创剧本奖。在电影史上,才华横溢的奥逊·威尔斯明显盖住了合作者曼凯维奇的锋芒。关于《公民凯恩》剧本的来历在电影史上有一定的争论,主要观点有几点,如一种观点是巴赞认为剧本是由曼凯维奇与威尔斯、霍斯曼一起合作完成;一种观点是宝琳·凯尔认为剧本是由曼凯维奇独立完成;还有一种观点是威尔斯认为影片剧本完全是自己修改完成的。但实际上正如法国的特吕弗所言:"尽管《公民凯恩》的主题和中心人物是出自剧本合作者赫尔曼·曼凯维奇的手笔(影片中由约瑟夫·科顿扮演的凯恩在大学时代的朋友、戏剧评论家耶迪代亚·莱兰这个角色,多少代表了曼凯维支本人),但《公民凯恩》的情节显然是反映了威尔斯青年时代的感情经历。"② 曼凯维奇对这部经典电影的贡献是非常大的。现在电影史一般比较公允的评判是认为《公民凯恩》的剧本由威尔斯与曼凯维奇共同合作完成。路易·强乃蒂认为事实大致是这样的:剧作家赫尔曼·曼凯维奇给威尔斯送去他的创作剧本《美国人》。这位编剧很了解赫斯特,也是这个老牌"黄色新闻"巨头的情妇、女演员玛丽昂·戴维丝的朋友。她是电影城里最受爱戴的名人之一,和《公民凯恩》里的苏珊·亚历山大这个人物相去甚远。威尔斯认为这个主意很有劲,但他要求重写剧本。他提出应当用闪回的方式来重新解构整个故事,让主要人物的一些旧友们从不同的观点来谈论他。曼凯维奇是个有名的酒鬼,和蔼可亲、聪明但极不可靠,于是威尔斯便请他过去的合伙人约翰·霍斯曼去协助曼凯维奇,在一个僻静的地方重写剧本。曼凯

---

① 鲍玉珩,王妍,孙志红.好莱坞电影研究:好莱坞电影剧作之一.早期阶段1930—1950[J].电影评介,2010(10).

② [法]弗·特吕弗.奥逊·威尔斯[J].陈梅,译.世界电影,1982(2).

维奇和霍斯曼(他们都认为威尔斯是个极其狂妄自大的人)发现他和凯恩之间有许多共同之处,便高高兴兴地把这些相同点都写进了剧本。他们把二稿交给威尔斯后,他作了很大的改动,大到使曼凯维奇否认那是他的作品,因为影片同他的原剧本相去太远。他也不同意让威尔斯在编剧项下署名,并要求剧作家工会裁决此事。当时导演是不许在编剧项下署名的,除非他写的部分超过百分之五十。作为一个折中方案,工会同意"两人共同署名,但把曼凯维奇的名字放在前面"①。曼凯维奇酗酒成性,电影史上常常流传着他如何在烂醉如泥的状态下写出了这个经典剧本的传奇故事。

《公民凯恩》用"玫瑰花蕾"作为悬念,讲述记者在报业大亨凯恩死后采访他生前的朋友、情人、同伴等人,众人用自己的理解阐释对"玫瑰花蕾"的理解,影片用不同人物的眼光来展示凯恩一生的经历的故事。奥逊·威尔斯谈到创作《公民凯恩》的初衷是因为"我是一个反唯物主义者,我不喜欢金钱或权力,或者说金钱与权力给人带来祸害。这是一个简单的老旧思想。而且我特别反对富豪,我从不同的角度攻击过美国富豪很多次:《安倍逊大族》《上海小姐》以及《公民凯恩》。"②这个剧本是在当时打破一般好莱坞叙事惯例的一部经典作品,原因在于"在常规的好莱坞影片中,电影剧本是一部文学性的作品,读起来像部话剧,只待一位导演来把它变成一部电影,或者更准确地说变成希区柯克正当地斥之为"正在说话的人的相片"的那种东西。在《公民凯恩》里,"声音和话语同样重要;各个人物同时说话,就像各种乐器齐奏一个曲子那样;有些句子有头无尾,就像在生活中那样。"③

---

① [美]奥逊·威尔斯.审判——奥逊·威尔斯电影剧本选集[M].北京:中国电影出版社,1987:8.

② [美]奥逊.威尔斯,[法]安德烈·巴赞.奥逊威尔斯访谈录[J].王志钦,译.电影艺术,2008(6).

③ [法]弗·特吕弗.奥逊·威尔斯[J].陈梅,译.世界电影,1982(2).

剧本中展示凯恩与妻子爱米丽关系变化的几个场景非常有代表性：

52.内景　凯恩家的早餐室　日　1901

凯恩穿着燕尾服,戴着白领带;爱米丽穿着正规的服装。凯恩正在为爱米丽倒一杯牛奶。当他倒好牛奶后,倾身向前,戏弄地吻她的后颈。

爱米丽:(害臊地)查尔斯!(她很欣赏)去,回到自己的座位上去。

凯恩:(在走回到座位上去时)你真美。

爱米丽:我不可能。我过去从来没有一个晚上参加过六个宴会。我也从来没有这样晚才起来。

凯恩:这只是个习惯问题。

爱米丽:你看仆人会怎么看?

凯恩:他们会认为我们过得愉快。对吗?

爱米丽:(朝他撒娇地笑了笑。然后说)亲爱的,我不明白你为什么要马上去报馆。

凯恩:你真不该嫁给一个办报的人。他们比水手还糟。我绝对地爱你。

他们相对而视。

爱米丽:查尔斯,就是办报人也得睡觉嘛。

凯恩:(仍望着她)那我给伯恩斯坦打个电话,让他把我的约会推迟到中午……现在几点钟啦?

爱米丽:不知道……很晚了。

凯恩:是很早了。

(化出)

53.(化入)内景　凯恩家的早餐室　日　1902

凯恩和爱米丽——不同的服装——不同的早点。

爱米丽:查利,你知道昨晚你说去报社十分钟,你让我等了多久吗?真的,查尔斯,鲍德曼是请我们去赴宴的,而不是过周末。

凯恩:我娶了一个最好的姑娘。

爱米丽:查尔斯。如果我不信任你……你深更半夜在报社里干什么?

凯恩:亲爱的,你唯一的通讯员就是《问事报》。

(化)

54.内景　凯恩家的早餐室　日　1904

凯恩和爱米丽——服装和早点都变了,爱米丽准备上街的打扮。

爱米丽:(老老实实地逗笑)有时我觉得宁肯要一个有血有肉的情敌。

凯恩:啊,爱米丽……我可没花那么多时间……

爱米丽:不是时间的问题……而是你发表些什么……攻击总统……

凯恩:你是指约翰叔叔。

爱米丽:我是指总统。

凯恩:反正还是约翰叔叔,还是一个好心肠的傻子……

爱米丽:(打断他的话)查尔斯……

凯恩:(压过了她继续说)……他让一伙儿不要命的骗子来管理他的政府。整个石油丑闻……

爱米丽:恰巧是他当总统,查尔斯……而不是你。

凯恩:这个错误早晚要纠正过来。

(化)

57.内景　凯恩家的早餐室　日　1908

凯恩和爱米丽——服装与早点改变了。

爱米丽:真的,查尔斯,人们有权利期待……

凯恩:我所愿意给他们的东西。

(化)

58.内景　凯恩家的早餐室　日　1909

凯恩和爱米丽——服装与食物改变。他们全都默不作声地读报纸。凯恩在读他的《问事报》。爱米丽在读一份《纪实报》。

（化出）

在影片的成片中,镜头57做了一定的修改。但这个段落中的场景都发生在凯恩家中的早餐室。影片在短短的六个场景中借助演员的服饰、化妆和对话,以及蒙太奇手法的运用来展示人物间关系的渐渐疏远,就将凯恩与妻子爱米丽从新婚时的甜蜜到婚后的貌合神离表现得淋漓尽致。影片最后的片段也非常有深意,记者汤姆逊最后总结道:"查尔斯·福斯特·凯恩是这样一个人,他得到了他想要的一切,然后,又失去了这一切。玫瑰花蕾也许是他没有得到的,或者是失去了的东西,不过它说明不了任何问题。我不相信一两个字能解释一个人的一生。不……我猜玫瑰花蕾只是猜谜拼图中的一块……没对上的一块。"影片最后借助摄影机的特写展示,拍下了凯恩童年时候用过的那个小雪橇上那褪了色的玫瑰花蕾。虽然字迹有些模糊,但仍可清楚地认出"玫瑰花蕾"的字样。它以强烈的主观视角揭示出"玫瑰花蕾"是凯恩遥远的童年的梦,是他曾经拥有但又失去了的那些爱的记忆和怀念,在一个即将寿终正寝的人的心里,这件童年玩具就是他所有快乐记忆的载体,也让凯恩这个人物的命运悲剧来得更为凄凉和悲观。

4. 好莱坞编剧"第一人":本·赫克特

【获奖记录】

1936年第8届奥斯卡金像奖最佳原创故事(获奖):《恶棍》(The Scoundrel,1935)。

1929年第1届奥斯卡金像奖最佳原创故事(获奖):《地下世界》(Underworld,1927)。

本·赫克特(Ben Hecht,1894—1964)是经典好莱坞时期最著名的编剧,一生中共获得6次奥斯卡剧本奖提名,2次最终获奖。赫克特本来在芝加哥报刊界做撰稿人，1926年他接到好友曼凯维奇的电报而进入好莱坞工作，据说电报上写道，"好莱坞黄金遍地，而你只需与白痴相竞争。别让机会偷偷溜走。"赫克特很快就成长为好莱坞报酬最高的编剧之一。他在1927年就以为导演冯·斯登堡写的《地下世界》获得第1届奥斯卡最佳原创故事奖，1936年以影片《恶棍》获得第8届奥斯卡最佳原创故事奖，提名作品则包括《自由万岁》（1935）、《呼啸山庄》（1940）、《百老汇天使》（1941）、《美人计》（1947）等。除此以外，他最知名的故事是曾参与过影片《乱世佳人》的编剧工作。该片改编自美国女小说家玛格丽特·米切尔出版于1936年的畅销小说《飘》，好莱坞著名制片人大卫·塞尔兹尼克用5万美元买下改编权。他前后共召集18名编剧一起写作，将内容浩瀚的3卷小说压缩成剧本的素材，最后由西德尼·霍华德执笔定稿。整个拍摄工作历时3年半，即筹拍2年半、开拍7个月，剪辑4个半月。导演先后换了数名，乔治·库克、弗莱明，以及接替生病的弗莱明继续工作的副导演山姆·伍德。这部电影史上赫赫有名的影片，其拍摄过程却是非常艰难的，主要问题就是集中在剧本的写作上。

据说当《乱世佳人》开拍了三个星期后，制片人大卫·塞尔兹尼克和导演维克多·弗莱明对剧本不够满意，甚至一度面临停机的困境。于是赫克特临危受命，去担任《乱世佳人》剧本的"剧本医生"，并巧妙地完成了任务，他回忆道："我所回忆的最为光彩的时刻就是参与了影片《乱世佳人》的编剧创作。我记得是一天早晨，在拂晓时光，大卫·塞尔兹尼克和维克多·弗莱明来到我的床边，当时，我正在为米高梅公司编写一个剧本。大卫同我说，希望借用我一个星期。当时，影片《乱世佳人》已经开机拍摄了三个星期，但塞尔兹尼克和维克多都不太满意。剧本写得不够好，他们决定要换导演和剧作，这样，他们不得不停机，而塞尔兹尼克的公司要至少多花费上百万美元来付给公司的开支等。于是，我们三个人不等天明就动身到塞尔兹尼克的制片厂。"在这样紧迫的拍摄计划中，一切都需要争分夺秒。"在塞尔兹尼克的工作室内，四个负责编故事的家伙们早等在那里,他们已经一宿没有睡觉了,桌子上摆着打字机、纸张、一些铅笔等。后来我得知,大卫也一连几天未曾合眼了,他就在工作室内工作,只是在沙发上偶尔打个盹。当得知我从来就没有阅读过女作家玛格丽特·米切尔的原著小说时,塞尔兹尼克有些着急并发怒了。但他马上指出,我没有时间来阅读这个长篇小说;他又提出要给我每天15000美元的薪金来马上工作。大卫这个聪明的家伙对我说,他已经把整个小说记忆在头脑中了,于是他就开始从头给我讲述这个故事。这样,在以后的几个小时中,我就仔细地聆听大卫讲述故事。我必须承认大卫是个天才,他并没有囿于小说故事,而是以未来的电影即画面来重新讲述一个新故事。我在自己的编剧生涯中,也从未有过这样关注每个故事情节的发展。弗莱明本人是印第安人,他还不时增添一些小作料——从印第安人角度加上一些风土人情的细节。我问他是否理解大卫的故事,他说不懂,他们已经讨论过了。我建议我们不妨重新编出一个新故事,大卫也指出目前在美国几乎所有有阅读能力的人都知道米切尔小姐的小说,因此,我们可以把原小说放置一旁,我们又回忆了过去两年来的准备工作。原来的电影剧本是悉尼·霍华德的改编版本,于是,我们开始找寻这个剧本,花费了大约一个钟头,我们终于在沙发底下找到了那个满是灰尘的剧本子。大卫大声朗读起来,我们认真聆听着,开始投入到霍华德的叙事结构之中——说实话,他的确有很好的编剧才华。我们开始进行故事结构的讨论,大卫和弗莱明就每场戏展开了争论,而且开始分析每个角色的心理状况。有趣的是,他们两个人开始扮演每个角色:大卫特别注重斯佳丽和她的醉鬼父亲的表演;而维克多则扮演瑞德·巴特勒和一个原剧本没有的角色艾施利,他对于斯佳丽的反复无常采取宽容的态度——为影片增加了一些喜剧色彩。"三个人的合作非常不同寻常,因为"我们三个人像发疯一样:他们两个人一场戏接着一场戏不断地表演,而我在他们表演完一场戏之后,就到打字机前面,仔细地把每场戏记录编写出来。大卫和维克多兴奋地表演着,争论着,还不断地催促我。于是,我们三个人就这样一连工作了七天。塞尔兹尼克甚至不许我们吃饭,他说吃饭会打乱我们的思考,他只是给我们一些香蕉和花生豆吃。到了第四天,弗莱明的眼睛发红了,充满了血丝,这使得他更像印第安人了。第五天,塞尔兹尼克也累了,他嚼着香蕉,开始打晃。我实在顶不住了,脸上又是汗水又是泪水,趴在沙发上昏昏欲睡。就这样,我们三个人拼了七天命,终于完成了足够拍摄七本胶卷的电影剧本。"①

最终,这部米高梅公司发行的巨片制作成本高达425万美元(相当于今日的5000余万美元)、片长3小时40分钟。1939年12月15日在亚特兰大首映时,吸引上百万人来争相目睹明星风采。而在第12届奥斯卡奖评选中,《乱世佳人》荣获8项大奖,包括最佳剧本改编奖。但是剧本的署名是西德尼·霍华德,赫克特与其他参与剧本创作的编剧并没有署名,而西德尼本人没看到《乱世佳人》完成就死了,他的金像奖由诺贝尔文学奖获得者、小说家辛克莱·刘易斯代领。他在致答谢词时说:"作为一个演员,我深知作家们的价值。没有他们用想象力和口才创作了我们说的话,我们演员是一事无成的。"②剧本最后对郝思嘉与白瑞德的结局是影片中非常经典的场面:

(小说中的结局)

> 她从这幅图景中受到了鼓舞,内心隐隐地感到宽慰,因此心头的痛苦和悔恨也减轻了一些。她站了一会,回忆着一些细小的东西,如通向塔拉的那条翠松夹道的林荫道,那一排排与白粉墙相映衬的茉莉花丛,以及在窗口拂着的嬷嬷一定在那里。她突然迫切地想见嬷嬷了,就像她小时候需要她那样,需要她那宽阔的胸膛,让她好把自己的头伏在上面,需要她那粗糙的大手

---

① 鲍玉珩,王妍,孙志红.好莱坞电影研究:好莱坞电影剧作之一.早期阶段1930—1950[J].电影评介,2010(10).
② 严敏.奥斯卡奖80年电影传奇[M].上海:文汇出版社,2008:118.

来抚摩她的头发。嬷嬷,这个与旧时代相连的最后一个环节啊!

她具有她的家族那种不承认失败的精神,即使失败就摆在眼前。如今就凭这种精神,她把下巴高高翘起。她能够让瑞德回来。她知道她能够。世界上没有哪个男人她无法得到,只要她下定决心就是了。

"我明天回塔拉再去想吧。那时我就经受得住一切了。明天,我会想出一个办法把他弄回来。毕竟,明天又是另外的一天呢。"(全文完)[①]

(《乱世佳人》剧本最后结尾处:两人的争吵与分离)

郝思嘉看着白瑞德出了大门,哭倒在楼梯口,一边抽泣着,一边想着:"我不能让他走,不能!我一定要想办法叫他回来。现在且不去想它。我感到我快要疯了。明天再说吧!我还有什么呢?完了,全完了!我究竟该怎么办?究竟什么才是有意义的?"

整个住宅是死一般的沉寂,只有郝思嘉低低的抽泣声。

父亲(画外音):"你说陶乐对于你没有意义吗?世界上唯有土地是与日月同在的。"

希礼(画外音):"你爱陶乐胜于爱我。"

白瑞德(画外音):"陶乐这片土地会给予你力量。"

希礼(画外音):"你爱陶乐胜于爱我。"

父亲(画外音):"世界上唯有土地是与日月同在的。"

低沉的画外音:"陶乐!"

陶乐!

陶乐!

……

---

① [美]玛格丽特·米切尔.飘[M].上海:译文出版社,1994.

郝思嘉想到这里,顿时振作起来,"家……回家!明天我在陶乐会有办法叫他回来的……不管怎样,明天毕竟又是一天了!"(下集完)

影片结尾的这个场景描述经历了爱女的死亡、媚兰的去世后,万念俱灰的白瑞德决绝地离开了郝思嘉,但郝思嘉却仍然坚韧地期待明天的希望。《飘》的原著小说洋洋洒洒30万字,但在改编过程中,我们可以看到剧本抓住了人物性格进行塑造,并将小说中的精彩片段完美地保留起来,用视觉造型性的语言借助电影的蒙太奇手段再现了一段美国南北战争期间的爱情故事。另一方面,影片《乱世佳人》取得的巨大成功与忠实于原著的剧本是分不开的,为此制片方付给赫克特巨额酬金,也使得他成为好莱坞酬劳最高的编剧。

赫克特在好莱坞的生涯可以说是非常成功的,每年在好莱坞工作2到12周,其余的日子大部分居住在纽约以完成他所谓的"严肃写作"。他一共写了60多部电影剧本或电影故事,每个剧本报酬从5000美元到125000美元不等,周薪甚至高达一周5000美元。但他对自己的好莱坞生涯却并不满意,他在回忆录里说道:"我有时候想,制片方支付我高额报酬的原因有一多半是为了让我听命于他们。……我说这些可不是开玩笑。事实上,制片方支付的稿酬里有一半是因为编剧的才华,另一半是因为编剧听话。一个混得开的编剧会比小编剧赚得多,但是这多出来的稿酬不是因为老编剧更有才华,而是因为他掌握了能力和听话之间微妙的平衡。"赫克特在好莱坞的辉煌履历还包括与希区柯克合作的《爱德华大夫》(1945)、《美人计》(1946),以及他改编的海明威的小说《永别了,武器》(1957)。但在赫克特的晚年,他在1958年的一次访谈中说:"如果我是观众的话,在70部作品里也许只有8部或者9部我写的电影还能凑合看看。我不喜欢自己的电影可能会让人觉得有点奇怪,但是我真的不喜欢它们,甚至一点兴趣都提不起来。充其量也就像水管工对待自己日复一日的工作一样。我们了解了自己的工作流程、方法,想干得熟练一点,多赚一点钱,仅此而已。其实我们对自己的工作根本不热爱。"①

5. 朱利斯·J. 爱泼斯坦的编剧艺术

【获奖记录】

1944年第16届奥斯卡金像奖最佳编剧(获奖):《卡萨布兰卡》(Casablanca)。

朱利斯·J. 爱泼斯坦(Julius J. Epstein,1909—2000),犹太人,好莱坞著名编剧,1935年签约华纳兄弟公司进入电影界工作,一直在华纳待了14年。他与自己的双胞胎兄弟菲利普是最好的搭档,当菲利普于1952年去世后,他失去了最好的兄弟与工作拍档。二人合作最著名的剧本是《卡萨布兰卡》(1942),并以此获得第16届奥斯卡最佳编剧奖。他同时还凭借《春闺四凤》(1938)、《回头也不要你》(1973)、《鲁本,鲁本》(1984)数次获得奥斯卡最佳剧本提名。

爱泼斯坦回忆自己第一次见到华纳制片厂时像一个校园,应有尽有,最怀念的是制片厂里吃午饭的编剧餐桌。当时华纳兄弟是杰克·华纳掌权,他要求自己公司的编剧朝九晚五,严格按照时间表来写东西,爱泼斯坦兄弟和他的关系不是很融洽,对自己的好莱坞生涯也不是很满意。他在访谈中说道:"那时我们一年要写三四部电影,我们老早就决定写电影是为了谋生,而不是艺术。电影被称为产业不是白叫的。在华纳工作就像在工厂里制作皮带一样;他们每周都有电影问世。我们总是有一个剧本已经上映,有一个剧本还在创作,还有一个剧本正在拍摄。"②

---

① [美]格里尔森.顶级电影编剧大师访谈[M].秦丽娜,译.北京:人民邮电出版社,2013:152-153.
② [美]罗纳德·戴维斯.从文字到影像:好莱坞黄金时代编剧访谈录[M].黄文娟,译.长春:吉林出版集团有限责任公司,2013:128.

爱泼斯坦也是一位百老汇的剧作家,因为他认为"电影是导演表达的工具,而戏剧是编剧的表达方式"。① 所以他更认可戏剧而不是电影。当美国编剧协会在 2013 年评选电影史上最著名的一百个优秀剧本时,《卡萨布兰卡》位列榜首。《卡萨布兰卡》改编自舞台剧剧本《人人都去里克酒店》。影片并没有战争的场面。该片讲述二战期间的卡萨布兰卡,夜总会神秘的主人里克得到两张宝贵的通行证,可以供人通行逃往美国。此时,夜总会来了一位自由人士维克多与妻子伊尔莎,他们希望获得通行证以逃脱纳粹追捕。谁知伊尔莎却是里克的旧情人,面对伊尔莎的爱情以及通行证带给维克多的帮助,里克与伊尔莎都陷入了矛盾。他们是一起离开还是留下?影片最后有一个耐人寻味的结尾。本片的中心是友情与爱情,剧本最特色的地方在于具有潜台词的对白的写作,契合战争的背景,其中的几个主要场景与台词都成为经典,显示出《卡萨布兰卡》剧本的精妙之处。

影片中第一次提到里克,是警察局长雷诺提到的:今天夜里,他要到里克饭店来,人人都到里克饭店来的。里克的第一次出场也是在赌场里通过旁观的视角展示里克:"他是一个无法判明年龄的美国人,独坐在一张桌子旁边。他只是坐在那里,凝望着酒杯,眼睛里没有表情。"② 当他面对昔日恋人的再次重逢,其矛盾的心理变化过程:"(奇怪地)他们抓走了犹加特,然后她来了。事情就是这样。一个来了,一个走了。……全世界一切城市的一切酒店她都不去,偏偏要到我的店里来。"③ 这几个片段描述了里克饭店在卡萨布兰卡的复杂环境中夹缝求生,而里克面对这种复杂局面,内心原本已经变得波澜不惊。但随着旧日情人伊尔莎又再一次出现,彻底打破了里克冷酷平静的内心。他的内心正在不知不

---

① [美]罗纳德·戴维斯.从文字到影像:好莱坞黄金时代编剧访谈录[M].黄文娟,译.长春:吉林出版集团有限责任公司,2013:129.

② [美]艾布斯坦等著.外国电影剧本丛刊 41:卡萨布兰卡、有的和没有的[M].陈维姜、刘良模等,译.北京:中国电影出版社,1984:16.

③ [美]艾布斯坦等著.外国电影剧本丛刊 41:卡萨布兰卡、有的和没有的[M].陈维姜、刘良模等,译.北京:中国电影出版社,1984:56.

觉中发生变化,变得更加忧郁和矛盾,并最终在与伊尔莎解除误会后重归于好。但面对战争局势的发展,里克再一次遭遇爱情与友情、金钱与道义之间的艰难选择。剧本中用精妙的台词将场景与人物融合在一起,又将这份复杂的心态直观地传达出来,传达出《卡萨布兰卡》剧本的精妙与魅力所在。

(剧本结局描写里克的艰难选择:)

忽然飞机场的探照灯光扫射到屋子里来了,同时听到了飞机升空的轰鸣声。这时,里克慢慢地向大门外的阳台走去。

里克走到了平台上,抬头往上看:后景中,飞机在灯光照射下升到了天空。里克目不转睛地望着它。雷诺走入镜头,站在里克身旁。忽然,他们都往上望。飞机正从他们的头顶上飞过。雷诺望着里克,里克的脸上流露出同情。

雷诺:嗯,里克,你不但是一个感情主义者,你也变成一个爱国者了。

里克:也许是,这似乎是重新开始的大好时机。

雷诺:我想,也许你说得对。你离开卡萨布兰卡避一避风,倒是好主意。布拉查维尔那边有一个自由法国的兵营。我可以替你安排交通。

里克:(他仍然目不转睛地望着即将消失的飞机)这就是你给我的通行证吗?我可以旅行一下,但是我们打的赌可还得算数。你还是欠我一万法郎。

雷诺:(微笑)这一万法郎可就算我们的开支了。

里克:我们的开支?

雷诺:呃——嗯?

里克:(用新的眼光看他,高兴地)路易士,我想这是我们美好友谊的开始。

飞机的灯光不见了,镜头渐隐。(完)

这部影片一直弥漫着一种前景不明的暧昧氛围,据说是与当时的剧本创作状态分不开的。《卡萨布兰卡》这部影片在只完成半部剧本的时候就开拍了,按照先后顺序从第一场戏开始。编剧在继续改编后半部时现写现拍,因此导演、编剧、演员本人都不清楚会怎么发展。据说结尾曾有几种处理方法,一是里克与伊尔莎出走,维克多留下继续抵抗活动;二是维克多与伊尔莎出走,里克被牵连入狱;三是现在的结尾。结果采取了传统的皆大欢喜的结尾。这部影片在1942年拍摄完成,计划在1943年6月上映,但当时的二战战场上发生了一件重大的事件打乱了影片的上映计划。二战中,欧洲是主战场,美国一直到日本偷袭珍珠港后才被动参战。1942年11月8日,盟军在北非名城卡萨布兰卡登陆而开始对欧洲实行反攻,第二年,罗斯福和丘吉尔还在卡萨布兰卡举行会谈。这次事件让卡萨布兰卡这个地名在美国变得家喻户晓。于是影片的出品方华纳兄弟据此调整宣传策略,将电影提前到1942年的感恩节点映,并在1943年1月23日于全国公映,还在北非盟军总部进行放映。电影公司借助时事营销也让《卡萨布兰卡》这部成本仅9.5万美元,拍摄耗时仅59天的好莱坞影片成为万众瞩目的焦点。

但爱泼斯坦对于自己的代表作却颇不以为然,他认为这部电影拍摄时混乱不堪,虽然"《卡萨布兰卡》注定是我们的风格,好坏都是","电影是不错,但我不能解释它的风行。影片是在鲍嘉去世后才受到狂热追捧的,所以我猜测着其中有些关联。《卡萨布兰卡》的台词变得家喻户晓,引用也不用说明出处,如'围捕惯犯'、'再弹一次,山姆'、'永志不忘'。我不明白这部电影为何成为流行经典。这不是我最喜欢的长镜头电影,它在电视上播出时我从来不看。"[①]对于好莱坞的黄金时代,他曾表示自己一点也不怀念好莱坞过去的运营模式。

---

① [美]罗纳德·戴维斯.从文字到影像:好莱坞黄金时代编剧访谈录[M].黄文娟,译.长春:吉林出版集团有限责任公司,2013:131.

爱泼斯坦之所以看重戏剧而轻视电影剧本创作,很大一部分原因是当时的好莱坞的电影制作模式中,电影编剧对自己的作品没有控制权,他们很难将最后完成的影片与自己最初设想的剧本完全等同起来。与此相反,小说家、诗人甚至是戏剧家都享有自己控制自己作品的权力,他们的作品永远是自己的作品,也不会有人来介入到他们的作品中来进行调整或者改善。因此,爱泼斯坦曾抱怨自己想象中的剧本与最后完成的电影的巨大差异。曾有人见到《卡萨布兰卡》编剧爱泼斯坦向其表示尊敬,并说希望能像他一样创作出《卡萨布兰卡》那样流传千古的作品。爱泼斯坦却说:"《卡萨布兰卡》是很烂的。既然你提起来,我来告诉你卡萨布兰卡的事情。你知道故事结尾时克劳德·雷恩告诉鲍嘉关于美好友谊的那段话吗?事实上,剧本原来是另一个意思,我花了很多时间创作了很多细节,加上一段对白,整个故事的感染力会更强,但是鲍嘉不干,他有自己的想法——你说这是你要用的演员吗?还有导演柯蒂斯,他在别处也按自己的意思修改了剧本——你说这是你要用的导演吗?甚至连我自己的经纪人也公然背叛了我——你说这是你要用的经纪人吗?如果不是他们串谋一气把我的故事改得乱七八糟,我告诉你,如果电影按照我和我兄弟菲利普写的原始剧本来拍,要比这个好太多了。"[1]这也就是为什么爱泼斯坦对自己的编剧身份的定位是:"一个好的手艺人,写台词的本事要比一般编剧强些。""我的朋友都是编剧,我们在一起非常开心。他们都是有才华而风趣的人,但我们从没有栖身于所谓的好莱坞光芒之中。"[2]

---

[1] [美]理查特·沃尔特.剧本[M].杨劲桦,译.天津:天津人民出版社,2017:311.
[2] [美]罗纳德·戴维斯.从文字到影像:好莱坞黄金时代编剧访谈录[M].黄文娟,译.长春:吉林出版集团有限责任公司,2013:138.

三、作家们在好莱坞的得意与失意

1. 萧伯纳与《卖花女》

【获奖记录】

1939年第11届奥斯卡金像奖最佳编剧(获奖):《卖花女》(Pygmalion)。

萧伯纳(George Bernand Shaw,1856—1950),爱尔兰剧作家。1925年因作品具有理想主义和人道主义而获诺贝尔文学奖。他是同时获得诺贝尔文学奖(1925年)和奥斯卡奖(凭借作品《卖花女》的电影剧本获奖)的作家。萧伯纳著有戏剧作品《鳏夫的房产》(1892)、《华伦夫人的职业》(1898)、《圣女贞德》(1923)等作品,深刻反映了对社会问题和妇女问题的关注。萧伯纳最受人欢迎的是他的剧本《皮格马利翁》(1912),它多次被改编成电影,包括英国导演安东尼·阿斯奎斯(Anthony Asquith)导演的《卖花女》(Pygmalion,1938)和美国导演乔治·库克(George Cukor)导演的《窈窕淑女》(My Fair Lady,1964)。

萧伯纳的戏剧《皮格马利翁》改编自古希腊的传奇故事,据说古希腊有一位名叫皮格马利翁的雕塑家雕刻了一尊心目中的女神雕像,结果他爱上了这尊雕像并祈求爱神把这尊雕像变成真正的美女,爱神实现了他的愿望,两人幸福地生活在一起。萧伯纳的戏剧描写出身底层的卖花姑娘伊丽莎在兜售鲜花时偶遇语言学家希金斯,他与皮克林上校打赌可以在三个月将来自下层社会的卖花姑娘变得像贵妇人一样谈吐优雅。于是,伊丽莎到希金斯教授的寓所开始了学习与改变的过程。伊丽莎经过艰苦的训练后终于发生了蜕变,希金斯安排举止优雅、语音标准的伊丽莎参加各种茶会、晚会和宴会,她被当成是一位异国的公主而征服了上流社会。希金斯对试验的成功感到非常得意,但伊丽莎却非常生气希金斯对自己的忽视,一气之下愤然离开了希金斯家。这时希金斯才意识到自己现在已离不开伊丽莎了。剧终时,希金斯太太和伊丽莎去教堂参加父亲多利特的婚礼,而希金斯独自一个人留在了舞台上。

(第五幕:最后大结局)

(希金斯夫人走进来,穿着参加婚礼的衣服。伊丽莎立刻变得悠闲文雅起来。)

希金斯夫人:伊丽莎,马车在等着我们。你预备好了吗?

伊丽莎:都好了。教授也来吗?

希金斯夫人:当然不要他来。他在教堂里不会守规矩的。他总要大声评论牧师的口音。

伊丽莎:那样我们就不能再见了,教授。我走了。

(她走到门口。)

希金斯夫人:(走向希金斯)我走了,孩子。

希金斯:再见,妈妈。(他正要吻希金斯夫人,忽然想起几件事)哦,我想起来了,伊丽莎,请你叫店里送一只火腿和一块斯提尔敦干酪来,再给我买一双鹿皮手套,要八号大小的,还要一条新领带来配我那身新衣服。你可以挑选颜色。(他那高高兴兴、无忧无虑、健强有力的声音说明他毫无改悔之意。)

伊丽莎:(鄙视地)你自己去买吧。(她飘然走出。)

希金斯夫人:恐怕你把这姑娘惯坏了,亨利。不过没关系,我会给你买领带和手套的。

希金斯:(快活地)啊,您就别操心了。她会把东西全买来的。再见。

(他们吻别。希金斯夫人跑出去。屋里只剩下希金斯一人,手在裤袋里摇晃着钱币,暗自笑着;一副志得意满的神气。)

电影《卖花女》比较忠实于萧伯纳的剧本原著,不仅沿袭了萧伯纳的原剧名,在人物塑造上也忠实于原著。萧伯纳创作之初与电影制片人帕斯柯尔订立的条件包括:"1. 舞台剧本和电影剧本的作者(萧伯纳)有权同意或不同意主要角色的扮演人选;2. 制片人(帕斯柯尔)有义务完全根据电影剧本来拍摄影片。"[1]女主角伊丽莎是剧本中非常出彩的一个人物,其独立、自主的个性在剧本中得到了体现,她自述:"我卖花,我并不卖我自己。现在你把我变成一位小姐,除了卖我自己以外,我倒不能卖别的东西了。要是你把我留在原来的地方多好啊。"[2]于是,萧伯纳亲自钦点英国女演员温蒂·希勒饰演女主角伊丽莎。萧伯纳曾看过作为舞台剧演员的温蒂的表演,认为其独立自主的形象恰似笔下的女主人公,于是他邀请温蒂为自己的戏剧《圣女贞德》《皮格马利翁》和《芭芭拉上校》演出,还请她在《皮格马利翁》和《芭芭拉上校》的改编电影中进行表演。影评家认为,"温蒂和充满花边新闻的女星们不一样,她就像是《卖花女》里的伊丽莎,有着极强的自我意识和主见"。[3]

影片《卖花女》在改编中对情节部分则做了一定的更改,突出表现在电影改编大大增加了几位主人公的爱情戏,突出了影片的爱情主题,淡化了原剧本的社会批判主题。如影片描写伊丽莎和希金斯产生争执后离家出走,影片加入了伊丽莎在离家后收到守候在门口的弗莱迪的直接表白,增加了弗莱迪对伊丽莎的关怀的场景。而在伊丽莎与希金斯的关系上,萧伯纳多次坚持希金斯和伊莱莎之间并无浪漫可言,有的反而是一种父女般的关系。著名影评人史丹利·考夫曼曾在采访中提到:"因为想要希金斯和伊莱莎之间毫无浪漫暗示,所以萧伯纳对电影中希金斯一角的最初人选是查尔斯·劳顿,而最后莱斯利·霍华德的加入给影片带来

---

[1] 萧伯纳的舞台剧本和电影剧本在银幕上[J]. 世界电影,1957(6).
[2] [英]萧伯纳. 萧伯纳戏剧集:匹克梅梁[M]. 杨宪益等,译. 北京:人民文学出版社,1956.
[3] 李二仕,欧阳霁筱. 摇身何变:《卖花女》和《窈窕淑女》从形象到意象的递进演变[J]. 北京电影学院学报,2018(5).

了暧昧的气氛。"但在1938年的《卖花女》电影中，虽然伊丽莎最后还是选择回到希金斯的身边，但希金斯与伊丽莎之间的爱情还是比较隐晦而含蓄，也比较能符合萧伯纳重社会批判的戏剧意义所在，可以说1938年的电影剧本经由了萧伯纳的亲自修改润色，还是基本保留了他的创作原意。反之到了1964年的电影版本，希金斯教授变得更加浪漫，甚至还会对伊丽莎进行个人表白，这是对戏剧原著发生的极大改编。

萧伯纳对1938年的《卖花女》电影改编的评价是比较满意的，"因为我有可能在亲自写作电影剧本的过程中做到一切我认为必须做的事。通常，专业的电影工作者在改编任何一部作品的时候，擅自修改原作只会妨碍情节的自然发展。"而且他认为电影剧本的写作与舞台剧本的写作都要由专业的编剧来进行写作，二者并没有什么不同的写作方法，但要注意写作的表达与叙述情节。"我能够'叙述'我的情节，我知道在舞台上和在银幕上应该如何去展开它。可是一个办事员不管他怎样努力，即使他可能是一个出色的办事员，他也不能如我所希望的那样把我的情节给我'叙述'出来。但是据我看来，关于这一点，不论是好莱坞或者大多数的电影工作者都根本不愿意去了解。他们把我当作一个话剧作家，因此就认为我对于把我自己的舞台剧改编为电影这门艺术一窍不通。这是胡说！我是能够出色地来做这项工作的。我完全了解，我的某个舞台剧改编为电影剧本的时候可能需要补充一些对话。但是为什么这样一些台词应当让公共汽车售票员，或者随便什么书记员来写呢？唯一适合于做这件事的人是作者，也就是我自己。"①

在1938年的第11届奥斯卡奖上，当时的剧本奖还分为原著故事、润色与改编三项。因为萧伯纳亲自参与《卖花女》剧本的修改润色工作，于是改编剧本奖颁给了他。据说萧伯纳是在伦敦的寓所获悉得奖消息的，这位82岁的老翁说起俏皮话来了："简直

---

① 肖伯纳的舞台剧本和电影剧本在银幕上[J].世界电影,1957(6).

是有眼不识泰山。作为剧作家,我的名声应该响彻全世界。如今得这种奖可算小看我啦。他们大概还没听到过我的大名呢。当然,这是一部很好的影片。不过,也太平平常常了。"①

2. 菲茨杰拉德与《最后的大亨》

弗朗西斯·斯科特·基·菲茨杰拉德(Francis Scott Key Fitzgerald,1896—1940)美国20世纪最杰出的作家之一。菲茨杰拉德以《人间天堂》在文坛一夜成名,赢得名声和金钱后娶了自己最爱的女孩泽尔达。但菲茨杰拉德在创作了《了不起的盖茨比》《夜色温柔》这样的杰作后,为了换取金钱来维持泽尔达挥霍的生活,而去到好莱坞写剧本换取丰厚的稿酬。后来,当妻子泽尔达因精神崩溃进入精神病院后,菲茨杰拉德也因酗酒毁了自己的健康和天分。好友海明威形容他说:"他是在出卖才华,他也承认这是出卖,可他非得这样做不可,因为他得赚钱,有了钱才能静下心来写几部好书。"②在《流动的盛宴》中,海明威回忆起有次菲茨杰拉德夫妇请客吃饭的情景:"斯科特拿出一本很大的分类帐簿给我们看,那上面记录了他历年发表的作品和所得到的稿酬,改编成电影的稿费总额和售书、版税的收入。记录详尽,犹如航海日记……他俨然是一个博物馆长。"③菲茨杰拉德在自传体文集《崩溃》中说:"我过去以为,只要你有才华,命运就在你的掌握之中。如今我已意识到我原来一直在极度地从身体和精神两方面抵押自己,预支自己。"④据说,菲茨杰拉德在1931年时一年的版税有四万多美元,而到了1939年则只剩下32美元了。为了谋生,菲茨杰拉德于1937年夏天只身来到好莱坞写剧本。他本来踌躇满志,以为自己可以轻易地创作出几个优秀的剧本,赚得大笔金钱。谁知道他的好莱坞生涯并不成功,只写作了几个不太成功的剧本,有些

---

① 严敏.奥斯卡奖80年电影传奇[M].上海:文汇出版社,2008:3.
② [美]海明威.流动的盛宴[M].汤永宽,译.上海:上海译文出版社,2009:162.
③ [美]海明威.流动的盛宴[M].汤永宽,译.上海:上海译文出版社,2009:184.
④ [美]菲茨杰拉德.崩溃[M].黄昱宁、包慧宁,译.上海:上海译文出版社,2011.

甚至连署名也没有。同时他也开始写作长篇小说《最后的大亨》，不料却因心脏病突发而于 1940 年 12 月 21 日在好莱坞去世。

回顾菲茨杰拉德的好莱坞生涯，他的经历可谓唏嘘不已。由于妻子患病、自己欠债，菲茨杰拉德于 1937 年 6 月在好莱坞找到一份周薪一千美元的工作。他对好莱坞充满了幻想，马上搬到那里，幻想在好莱坞出人头地。好莱坞演员大卫·尼文曾在回忆录里记录了菲茨杰拉德的片场生活，好莱坞的制片人高德温为菲茨杰拉德的好莱坞生涯提供了机会，邀请他为电影《小偷拉福尔斯》（1939）修改剧本。但当菲茨杰拉德来到好莱坞后，他周围的电影人却对他的评价非常低。如制片人华尔特·万格认为他除了喝酒一无是处，写的东西也是一句也用不上。米高梅公司的电影故事部头头梅里德·赫伯特认为："菲茨杰拉德是个酒鬼，这个人从来就不是电影编剧的料，不过，他从前倒是写过一些很漂亮的东西，我们报馆也用过不少他写的短篇小说。"[①]可以说，整个好莱坞都认为菲茨杰拉德是个酒鬼的形象。演员大卫·尼文曾描写菲茨杰拉德在好莱坞工作时的形象："要说清楚菲茨杰拉德是个什么样的人物，可不容易。他似乎总是有些心不在焉。他已四十多岁，弱不禁风，侧影像范伦铁诺，不大会说话，可是目光犀利。平时，他手里总拿着一本大拍纸簿和装满'可口可乐'的大纸盒。我第一次看到他的时候，他正蜷缩在摄影棚的一个角落里。菲茨杰拉德一直没能对改动人物对话方面作出什么贡献。有时，如果导演要求他现场改换几句台词，他就显得比较紧张，甚至会哆嗦起来。不过，他不喝酒，常常是退到背景的角落里，在他的那本大拍纸簿上写些什么。他常常咳嗽，很惹录音师讨厌。"菲茨杰拉德的不守时、酗酒、在片场随意出入影响了拍摄计划，使得他在拍片现场并不受人欢迎，而且他作为一个编剧也不太合格，一直没有写出什么像样的剧本。所以尽管菲茨杰拉德对好莱坞抱有很大的期许，但他很快就被制片人高德温解雇了，而他当时参与的《小偷

---

① [英]大卫·尼文.好莱坞的黄金时代：大卫·尼文回忆录[M].黄天民，译.上海：上海文艺出版社，1988：98.

拉福尔斯》这部影片最终编剧署名是 E. W. Hornung,连菲茨杰拉德的名字都没有署名。他写的原初剧本也没被保留下来,只有只言片语还出现在影片中。制片人高德温认为菲茨杰拉德对这部影片没起什么作用,只有一段对话是例外,就是在奥莉薇娅·哈弗兰和我的一个爱情场面中,他写的一段对话。

  拉福尔斯:笑一笑!

  哈弗兰:(镜头推近……微微一笑)

  拉福尔斯:笑的欢一点!我要问你一个很重要的问题。

  哈弗兰:(期待着)喔!亲爱的!

  拉福尔斯:你告诉我……你的牙医生是谁?"[1]

  在好莱坞只留下只言片语后就被炒鱿鱼的菲茨杰拉德放弃了在好莱坞电影界写剧本谋生的想法,计划重拾写作旧业。他动手写的最后的小说作品《最后的大亨》是以一位好莱坞大亨作为自己的小说主角,但最后小说没有写完就因病去世。对此,人们不禁感叹,在好莱坞这些有才华的作家们都受不到重视,最后只能埋没天分,致使这些著名作家的作品很少能在好莱坞取得成功。

  菲茨杰拉德失败的好莱坞生涯并不是作家们中的特例,包括像詹姆斯·希尔顿曾自语道:"电影编剧必须打定主意,是少写一些自己想写的东西以迎合上百万的观众呢,还是畅所欲言,然而只能赢得几千个人的欢迎呢?"或者像萧伯纳玩世不恭的听完高德温对他大谈影片艺术的一番高论之后,最后说了一句:"总而言之,我们的分歧就在这儿……你谈的是艺术,我想的是钱。"或者如被称为"叛逆者"的威廉·福克纳说的:"我很讨厌有些人说如果不受好莱坞控制的话,他们会写出什么东西来。这些人是什

---

[1] [英]大卫·尼文.好莱坞的黄金时代:大卫·尼文回忆录[M].黄天民,译.上海:上海文艺出版社,1988:102.

么也搞不出来的。这并不能怪影片对他们的限制。作家受不了金钱的诱惑。然而一想到钱,那么他就完了。这不是影片的过错……应该说影片是按质论价的,而且时常是给得过多了。但难道说这就是害了作家吗?如果他是个第一流的作家,他是不可能受害的;如果他不是第一流的作家,钱也好,什么也好,都帮不了他的忙。"可以说,菲茨杰拉德在好莱坞的失意也是诸多作家的好莱坞命运的缩影。①

3. 福克纳的好莱坞岁月

威廉·福克纳(Williarn Faulkner,1897—1962),美国著名作家,曾获得诺贝尔文学奖,一生中有数次出入好莱坞的经历。在他完成了小说《喧哗与骚动》(1929)的创作后,在 1931 年年底,福克纳第一次接到米高梅电影公司的山姆·马克斯邀请他去好莱坞工作的信。后来,他的出版公司破产,拿不到稿费,因此陷入入不敷出的窘境。不久,米高梅公司又发来邀请,让福克纳 5 月 7 日去好莱坞为公司写剧本,期限 6 周,工资为周薪 500 元。当时已经出版了 6 部小说的福克纳拿着米高梅预先的汇款去偿还欠款和买火车票。1932 年 5 月 7 日,福克纳首次去到好莱坞,据说参与的第一部电影是米高梅老板让他去为一部华莱士·比利主演的片子写剧本。但福克纳对这个大明星一无所知,承认在好莱坞明星中只认识米老鼠,一时成为戏谈。

福克斯最想做的是把自己的小说改编成电影,但他以前从来没有写过电影剧本,因此写出的东西完全没有剧本的样子,一连写了几个剧本也不被录用。最后电影公司修改了合同,仅以一半薪水重新与福克纳签约。艰难之际,福克纳结识了导演霍华德·霍克斯。霍克斯不仅买了他的短篇小说《调换位置》的拍摄权,还让他改写成剧本。剧情写作非常顺利,他 5 天不到就交出了剧本,但这时米高梅刚刚签下女影星琼·克劳馥,于是电影公司非让他

---

① [美]尼文著.好莱坞的黄金时代:大卫·尼文回忆录[M].黄天民,译.上海:上海文艺出版社,1988:104.

在剧本里加个女主角。福克纳听到这样的要求,先是沉默片刻,接着说,"我好像不记得这个故事里有一个姑娘嘛。"霍华德却说:"拍电影就是这么回事,比尔。我们要尽量争取大明星来演,再说琼也是个好姑娘嘛。"[①]最终,福克纳只好让小说中的一个英国女兵的妈妈再多生一个女儿,又为女主角写了一段三角恋爱,还把女主角的对话写成"简练的英国腔"英语。从此,福克纳稍稍适应了好莱坞的工作方式,他开始为剧本干些修修补补的工作。

福克纳的好莱坞生涯并不顺利。1932年8月,福克纳因父亲去世而回到家乡去照顾家人,并在家乡继续创作电影剧本《调换位置》。处理完父亲的丧事后,福克纳带着母亲和小弟弟去了好莱坞。他以6000美元卖掉了《圣殿》的改编权给派拉蒙公司,极大地改善了自己的经济状况。11月底,米高梅又聘请福克纳回来写剧本,周薪600美元,合同一直持续到1933年5月。这年的4月,福克纳写的剧本《调换位置》改编成电影《今天我们还活着》,在孟菲斯举办了首映式。同年5月,根据《圣殿》改编的电影《谭波尔·德雷克的故事》公映,但福克纳并未参加编剧。1934年7月,环球公司邀请福克纳去工作,周薪为1000美元。1935年12月,此时正为20世纪福克斯工作的霍克斯邀请福克纳去工作。于是,福克纳陆陆续续出入好莱坞的几大制片厂,包括米高梅、环球、华纳等。他还改编了海明威的小说《有的和没有的》。1945年6月,福克纳参与的《南方人》这部影片上映时片头根本没有福克纳的名字。

好莱坞的工作酬劳虽很优厚,但福克纳觉得好莱坞的工作很枯燥。在IMDB的网站上,由福克纳编剧并署名的电影包括霍华德·霍克斯执导的《光荣之路》(1936)、霍克斯执导的根据海明威小说改编的《有的和没有的》(1944)、霍克斯执导的根据雷蒙德·钱德勒小说改编的《夜长梦多》(1946)、霍克斯执导的《金字塔》(1955)等几个剧本。从这些最后确定署名的剧本来看,福克纳实

---

① 李文俊.福克纳传[M].北京:现代出版社,2017:159.

际参与的剧本项目要多得多,但大部分都是不署名的。如在《有的和没有的》改编的剧本中,由朱尔斯·弗泽曼与福克纳共同担纲编剧。影片讲述二战期间,由亨弗莱·鲍嘉扮演的游艇船主摩根运送法国地下分子到美国的故事,其间穿插他与神秘的女小偷玛丽(劳伦·白考尔饰)的爱情故事。这个故事与鲍嘉主演的另一部名片《卡萨布兰卡》有些相似,但在剧情、台词上少了些含蓄,多了些风趣、幽默,比较有娱乐性。

回顾福克纳的好莱坞生涯并不算成功,他始终未能成为一个优秀的编剧。虽然他创作了《奴隶船》《分裂》等剧本,但这些剧本并不是福克纳感兴趣的,而且他的写作也被人认为"和当时的电影毫不相关"。他不具备摄影机的视角,写出来的对话更适合从纸面上进行阅读而不是拍成电影,他也没有编写吸引人的故事的天分。同时他也不喜欢媚俗,很少参与自己作品的改编工作。在福克纳的传记里,人们分析福克纳之所以去好莱坞的原因,主要是出于经济上的考虑。他的长篇小说除了《圣殿》外,都销路平平。他指望靠短篇小说养长篇小说的想法也难以顺利实现。好莱坞的工作并不辛苦,收入却比较可靠。有记载福克纳曾最多拿过7000元一周的高薪,有时则只有250元。但这对福克纳来说都是一个绝好的机会,他还卖出过自己小说的改编摄制权等,好莱坞让他有能力养活一大家人。对于福克纳来说,好莱坞只是因为一纸合同而不得不继续下去的工作,唯一的回报只有钱而已。

1950年,福克纳获得诺贝尔文学奖。巨大的荣誉与巨额的奖金带给了福克纳的生活很大的改变。他不再需要像以往那样去好莱坞写那些他不喜欢的剧本。1951年2月,福克纳应霍克斯的邀请,去好莱坞帮助修改《上帝的左手》的电影剧本,周薪2000元。这是他最后一次为好莱坞工作。在这之后,福克纳被盛情邀请在各地演讲,在大学任顾问,过着舒适自在的生活,直到1962年7月6日因疾病离开人世。在福克纳的一生中,他更看重自己作为小说家的身份而不是编剧的身份,诚如他获得诺贝尔文学奖的获奖词中写道:"人类是不朽的,这不是因为万物当中仅有他拥有发言权,他还将获得胜利。人类是不朽的,这不是因为万物当中仅有他拥有发言权,而是因为他有灵魂,有同情心,有牺牲和忍耐精神。诗人、作家的责任就是书写这种精神。他们有权利升华人类的心灵,使人类回忆起过去曾经使他无比光荣的东西——勇气、荣誉、希望、自尊、同情、怜悯和牺牲,从而帮助人类生存下去。诗人的声音不应该仅仅成为人类历史的记录,更应该成为人类存在于胜利的支柱和栋梁。"[1]

---

[1] 盖威.福克纳传[M].长春:时代文艺出版社,2013:169.

第二章 1945年—20世纪60年代：好莱坞危机时期的剧本奖

一、阴影笼罩下的好莱坞

1. 内部危机：派拉蒙判决

二战结束后，经济的复苏带动世界电影工业的复苏，美国电影在影院上座率空前高涨，传统好莱坞体系发展到顶峰。据统计，1946年美国的票房纪录超过了15亿美元，1947年好莱坞的国内票房收入达到17亿美元，每星期平均有8000万人进入影院看电影。但是到了1958年，票房收入下降到10亿美元。到了1962年，它的票房年收入只有9亿美元，迅速下降到1947年的一半。在票房收入逐年下降的同时，人工、设备等制片成本却逐年上涨，好莱坞面临的危机越来越多。

从好莱坞的工业体系发展过程来看，好莱坞一直以来依靠的是兼顾制片、发行、放映的垂直整合体系的制片厂制度，这种对电影工业的垄断最终导致美国司法部提起对派拉蒙影业公司及其他公司的诉讼，以此指控八大制片公司相互串通垄断电影行业而违反了反垄断法，也被称为"派拉蒙案"。经过长达十年的调查、上诉、判决，最终在1948年美国最高法院下达判决，宣布八家公司都有垄断行为，并下令这些大公司剥离它们的院线。从此，这些大制片厂与最高法院达成协议，只保留自己的制作部门与发行公司并卖掉院线。派拉蒙判决宣告了庞大雄厚的制片厂制度的崩溃，好莱坞电影工业内部出现巨大危机。

2. 外部危机：电视的普及

好莱坞在战后面对的除了内部的危机外，还面临一系列来自外部的危机，即是由于电视的兴起对电影市场和电影受众产生的巨大影响。一方面，因为电视的出现分割了那些原来属于电影的观众市场，大量观众宁愿待在家看免费的电视而不是花钱去电影院。电视业迅速发展，很快成为人们主要的娱乐媒体。据统计，在1946年时只有9%的美国家庭有电视机。但是到了1962年，全美国已经有90%的家庭拥有电视机了。便宜方便的观看方式给电影带来灭顶之灾，使得电影业的利润在1947年到1957年之间暴跌了70%之多。虽然好莱坞开始发展越来越大的彩色宽银幕来吸引观众，但在这一系列危机的夹击下，好莱坞所谓的黄金时代还是宣告结束了。

另一方面，电视的兴起不仅意味着危机，还意味着新的机遇。战后的电影艺术与科学学院的会员数量有了巨大的扩张，到1947年时已增加至1600余人，同时奥斯卡奖的颁奖形式发生了很大变化。以往的好莱坞制片厂严禁自己旗下的明星们出现在电视荧幕上，但当战后电视行业繁荣发展时，好莱坞与电视业之间的合作也开始了，突出标志是1953年3月19日在电视上第一次直播了第25届奥斯卡奖颁奖典礼。众星云集的颁奖典礼成为当时的电视收视冠军，也从此正式成为每年的奥斯卡奖项的一个重要环节，以此也扩大了奥斯卡奖的影响力。

二、制片厂"消失"的编剧们

战后的美国经历了杜鲁门（1945—1953）、艾森豪威尔（1953—1961）两任总统时期，这段时期弥漫着一种非常压抑而阴暗的政治气氛。"五十年代的美国算不上一个完全开放的社会。清教主义统治着艺术、家庭关系和社会关系，同时，威胁和恫吓笼罩着公共生活、工商界和专业界。当了三十年电影导演、工会干部或大学教授的人突然从他们的工作岗位上消失得无影无踪,被剥夺了一切政治权利,这对其他人无疑是一个严重警告;那些地位不那么高的人更是悄然无声地遭到了毁灭。"[1]这一时期编剧们由于政治迫害,在好莱坞的角色和地位发生了很大变化,他们被匿名或被赶出好莱坞,成为好莱坞工业背后的"隐身人"。

1. 好莱坞十君子案

美国众议院成立的"非美活动调查委员会"(简称"非美")在好莱坞进行了长达八年(1947—1955)的政治问讯,制造了好莱坞十君子案,极大地冲击了好莱坞的电影人才。1947年5月,非美进入好莱坞后进行大规模问讯。非美主席托马斯将那些配合调查的告密者称作"友好证人",那些拒不合作者为"不友好证人"。友好证人有米高梅公司的老板梅耶、华纳公司的杰克·华纳、加里·库柏,以及后来成为美国总统的里根。第一次问讯出现19位"不友好证人",其中14位是电影剧作家:贝西、科尔、科林斯、卡恩、科克、拉德纳、劳森、马尔兹、奥尼茨、特朗博、斯科特、索尔特、罗森、布莱希特。还有4位导演:德米特里克、比伯曼、迈尔斯通、皮查尔以及演员帕克斯。10月,在华盛顿政府大楼的党团活动室开始了第二次问讯,问题集中询问其是否是个共产党,如果他拒绝答复或者根本不回答问题,那么他就会以"蔑视国会"的罪名进监狱。

在被问询的证人中,"不友好证人"特朗勃在问询中说非美本身就是在测试美国对言论自由和民主的忠诚,他表示自己是罗斯福的民主主义者。而当非美问他是不是共产党员,他大笑着对媒体说:"这是一个美国式的集中营的开始。"[2]非美还讯问了布莱希特,指控他的剧作宣扬以暴力推翻帝国主义,而布莱希特认为自己只是一个反纳粹的剧作家而已。这次问询之后,"非美"制造了

---

① [美]迪克斯坦.伊甸园之门:六十年代的美国文化[M].方晓光,译.南京:译林出版社,2007:71.

② 王予霞.20世纪上半叶美国好莱坞左翼电影盛衰之历史启示[J].文艺理论与批评,2016(2).

除布莱希特之外骇人听闻的"好莱坞十君子"的冤案,其人员包括:《罗马假日》的编剧达尔顿·特朗勃(Dalton Trumbo)、导演赫尔倍特·J.比勃尔曼(Herbert J. Biberman),《叛舰凯恩号》的导演爱德华·迪麦特雷克(Edward Dmytryk)、编剧斯科特(Adrian Scott)、编剧塞缪尔·奥尼茨(Samuel Ornitz)、编剧莱斯特·科尔(Lester Cole)、美国编剧协会主席约翰·霍华德·劳森(John Howard Lawson)、编剧艾伯特·马尔茨(Albert Maltz)、《陆军野战医院》的编剧小瑞因·拉德纳(Ring Lardner Jr.)、编剧阿尔瓦·贝西(Alvah Bessie)等。上述十人都是从第一次问讯的19位"不友好证人"中产生的。尽管社会各界激烈反对,"十君子"援引美国宪法"第一修正案"以及"第五修正案"来保护言论和结社自由,公开质疑非美的违宪行为,但最终他们还是以蔑视国会罪被起诉。1948年12月,"十君子"以蔑视国会罪被起诉并判处一年监禁(这是行为举止不当的最高期限),同时被罚款1000美元。其中劳森和特朗勃从1950年开始服刑。"十君子"入狱仅仅是悲剧的开始,这一案件受牵连者众多,且不断发酵升级,随即非美建立了一个秘密的黑名单系统,很多同情者都被列入黑名单。

1951年,非美活动委员会(HUAC)重启了听证会,这次目标是暴露更多的共产党人。于是一些前共产党员或有嫌疑的人通过指证或出卖别人来保全自己,其中就包括导演伊利亚·卡赞和爱德华·迪麦特雷克。他们最后以"友好证人"的身份交代了其他的共产党人,自此成为好莱坞受人争议的对象。伊利亚·卡赞在他的证词后面附加了对他导演的影片《君子协定》的一番详细说明,他写道:"它赢得了奥斯卡奖,而我认为这是一种健康的美国式传统,因为它表现出美国人在考察一个问题并着于解决这个问题。这是又一个与共产党所描绘的美国大相径庭的图景……"[①]而这些被举证的人从此被制片厂列入了黑名单,他们被剥夺了参与电影事业的权利,不能在银幕上署名。非美调查中的

---

① 张秀见.冷战初期好莱坞黑名单的运作及影响[J].东北师大学报(哲学社会科学版),2016(5).

黑名单成为好莱坞的"黑色梦魇"。

对黑名单上的好莱坞剧作家来说,他们不仅被剥夺了参加电影制作的权利,昔日的工作伙伴和朋友也对他们敬而远之,连剧本署名的机会也没有了为生。甚至被逐出好莱坞而结束了自己的电影职业生涯。如达尔顿·特朗勃只能逃到墨西哥靠写不入流的B级片为生,他写的《罗马假日》剧本获得了奥斯卡奖,却只能以假名示人,成为好莱坞的"隐身人"。另一位好莱坞著名的剧作家卡尔·福尔曼,曾创作电影《正午》《桂河大桥》剧本而获得奥斯卡奖。但当他受到黑名单威胁的时候,其奖项只能颁奖给电影的原著作者而不是实际编剧。另一位编剧莱斯特·科尔上了黑名单之后,就被米高梅公司解雇,不得不在一家仓库工作谋生。埃尔文·贝西被指控上了黑名单后,只能离开了电影界,在旧金山的一家夜总会里担任灯光师。西德尼·布希曼上了黑名单后不得不靠经营一家汽车公园谋生。罗伯特·李斯、弗莱德·李纳尔多、阿尔弗莱德·莱维特以及爱德华·休比斯等亦是同样的遭遇,他们离开好莱坞后有的卖过报纸,有的做过电视修理工,只能为生计而到处奔波。甚至还有很多人死于非命。

黑名单涉及人员众多,包括214位艺术家,其中有106位作家、11位导演等。他们都因不与非美合作和拒绝告密而被除名或被失业。黑名单的建立,摧毁了一大批杰出的电影艺术家的事业,使整个行业弥漫着一股恐怖的气氛。同时,随着这些有良知和有理想的艺术家被逐出电影行业,好莱坞的思想性逐渐衰落,直接影响了影片的艺术和技术质量,也导致了美国电影业的衰败。正如演员大卫·尼文在回忆录中说:"好莱坞受到了很大的创伤,友谊、事业、婚姻以及名誉等在时起时伏的争论中遭到了破坏:谁表现得好,谁表现得坏,谁为自己而牺牲别人等等。在华纳影片公司的墙上曾经出现过这样一条颇受赞赏的标语:会告密算得了什么……还得要有真才实学!"[①]当上述好莱坞精英被驱逐出

---

① [英]大卫·尼文.好莱坞的黄金时代:大卫·尼文回忆录[M].黄天民,译.上海:上海文艺出版社,1988:109.

电影界之后,美国电影产业也进入了历时 20 年之久的衰退期,而好莱坞的这场政治迫害直到 60 年代才逐渐解除。

2. 达尔顿·特朗勃的编剧生涯

【获奖记录】

1957 年第 29 届奥斯卡金像奖最佳电影故事(获奖):《勇敢的人》(The Brave One)。

1954 年第 26 届奥斯卡金像奖最佳电影故事(获奖):《罗马假日》(Roman Holiday)。

达尔顿·特朗勃(Dalton Trumbo,1905—1976),著名编剧,好莱坞十君子之一。特朗勃早年曾为杂志编辑,后进入华纳兄弟公司故事部当了一名阅读员。他在编剧方面的天分使其在 40 年代成为好莱坞报酬最高的签约编剧之一,周薪达到 4000 美元。其代表作包括《罗马假日》(1953)、《勇敢的人》(1957)、《女人万岁》(1948)等。特朗勃曾在 1943 年加入美国共产党,他作为左翼活动家而被非美列入了"好莱坞黑名单",同时他因拒绝在国会作证而被判入狱 11 个月,后搬到墨西哥城为金氏公司的 B 级片写剧本。

20 世纪 50 年代的好莱坞被笼罩在非美调查委员会所制造的"黑色恐怖"中,一大批开明的电影创作者被列入了黑名单。他们为了能继续自己的电影事业只能隐姓埋名,于是在这一时期获得奥斯卡奖的作品与作者中出现了很多"被隐身"的怪现象。如在 1953 年上映的影片《罗马假日》的演职人员表中赫然打着"原创剧本:伊恩·迈克兰·亨特;改编剧本:伊恩·迈克兰·亨特和约翰·戴顿"。在第二年的奥斯卡颁奖礼上,这部影片获得了最佳原创剧本奖,伊恩·迈克兰·亨特波澜不惊地领走了小金人,但实际上这部影片是达朗勃所写。《罗马假日》讲述的是一位公主与平民记者的爱情故事,影片中的安娜公主不服宫廷的条条框框的限制,为了追求自由而在出访期间私自逃出大使馆,在醉酒的尴尬境地幸运地得到记者乔的帮助,乔认出公主后想要获得一个独家新闻的机会,但两人在相处的过程中却建立了深厚的感情,最后公主回归到自己的生活中,而乔也没有将两人的故事写成报道,而是深藏在自己心里。这个表层叙事中的爱情故事,实际上编剧却常常在影片中借公主之口讲述了一个渴望自由的故事。如当乔和公主在街头相遇时,公主说道:"我也真想干我一直想干的事,比如说在路边咖啡馆里坐坐,要不在雨里走走,玩个痛快。"当乔与公主被迫要分开时,公主不舍地说道:"我是个做饭能手,我还会做针线活,收拾屋子熨衣服我都会,就是没有机会在什么人身上实践一下。"公主说的这翻话,正是她渴望的生活[①]"。

　　影片中的这个渴望自由的主题也得到日本导演山田洋次的肯定,他曾评价《罗马假日》"这部影片充满了舒畅、自由的气氛,真实地反映了呼吸到欧洲自由的空气、一扫心中阴霾的美国电影工作者的心情"[②]。实际上,影片外景是导演威廉·惠勒力排众议去到罗马进行拍摄,借此摆脱了好莱坞压抑的氛围,赋予了这部影片自由的氛围。影片最后的结局,公主在面对问询时说:"我相信各国间的友谊,就像相信人与人之间的友谊一样。"影片结局另有深意,派克饰演的记者本想靠卖公主的独家新闻获得大笔酬金,可是他最终为了对公主的爱和信任放弃了自己的计划,也没有表露与公主之前的关系,这种重新建立的人与人之间的友谊和信任就成为影片另一层的主题含义。实际上,当特朗勃被列入好莱坞黑名单时,最让他伤心的不是在国会当庭受到非美委员会的质询,而是很多他早先在参加电影工作时结交的朋友和工作伙伴为了明哲保身,纷纷作为友好证人来指证自己。这种对朋友的背叛是特朗勃所不能容忍的。如曾与他同列"好莱坞十君子"的导演德米特里克就背叛了曾经的信仰,他在出狱后与电影产业委员会合作,做出两项承诺:"(1)同意好莱坞作家英格利斯将其经历刊发在《周六晚邮报》上;(2)愿意充当非美的"友好证人。"英格利斯的文章见报后,引起美共的愤慨,尚在狱中的马尔兹指责他是

---

① 郑万玉.罗马假日(美国电影)[J].电影评介,1987(5).
② [日]山田洋次;朱春育译.难忘的《罗马假日》[J].外国文学,1993(4).

伪君子,为了尽快出去拍电影,不惜作伪证逃避服刑。[①] 而另一位导演卡赞也在非美问询席上指证别人,以友好证人的身份发表反共声明。这些昔日好友的背叛让特朗勃深感失望,只能在自己的剧本中借男主人公派克之口说出"恐怕无人会背弃公主的信赖吧"的许诺与证言。

1957年的第29届奥斯卡奖的剧本奖的提名名单发生了风波。其中之一就是最佳改编剧本奖提名的《友好的劝说》没有作者的署名,却写着"此人系按照奥斯卡奖规定而无提名资格的作家"。原来该片编剧也是被列入黑名单的迈克尔·威尔逊。迈克尔·威尔逊,曾在1951年因写《郎心似铁》的剧本而获得奥斯卡最佳编剧奖,但却因为被非美列为不友好证人而上了好莱坞的黑名单,其后他去到法国继续从事编剧工作。当该片完成后,影片甚至没有将威尔逊的名字写在演职员表中。当编剧同行们推举《友好的劝说》提名奥斯卡最佳剧本时,学院理事会感到为难,最后只好撤销其受奖资格。[②] 另一个原著剧本奖候选者《勇敢的人》后面则加了一笔:"作者姓名无法确认。"影片的演职员表里可以看到该片编剧叫罗伯特·里奇。但是当发奖者德博拉·寇在颁奖仪式上读到罗伯特·里奇时,却不见此人上台领奖。而最终学院以"获奖者找不到"为理由,把该奖的金像保管在本部的仓库里。里奇何许人?原来里奇是电影制片人侄子的名字,影片编剧实际上正是"好莱坞十君子"的特朗勃,他用这个化名再一次获得了奥斯卡最佳剧本奖。

直到1960年,好莱坞的黑名单才被正式终结。终结标志是奥地利导演奥托·普雷明格在《出埃及记》(1960)中公开将特朗勃署名为编剧,制片人柯克道格拉斯在影片《斯巴达克斯》(1960)里将特朗勃以真名署名在电影演职员表里,才算解除了电影行业对他长达十年的封杀,也标志着好莱坞黑名单被打破。但黑名单

---

① 王予霞,余道仁.美国"红色好莱坞"沉浮之历史启示[J].江苏大学学报(社会科学版),2017(5).

② 严敏.奥斯卡奖80年电影传奇[M].上海:文汇出版社,2008:217.

的正式终结并没有马上使受害者得到补偿。很长一段时间之后，好莱坞才陆续恢复了特朗勃的剧作署名权。1975年，电影学院重新为特朗勃颁发了《勇敢的人》的奥斯卡奖杯。1993年，学院也将《罗马假日》最佳编剧的小金人重新给了特朗勃，美国编剧协会也最终在2011年恢复特朗勃对作品《罗马假日》的署名。

70年代，特朗勃在接受"桂冠"奖时，做了题为《只有受害者》的演讲。他说："黑名单是一个罪恶时代，无论哪一方都无人能不受邪恶的触动而幸存。既然赶上了一个个人无法控制的形势，那么每个人以自己的本性、需要、信念而动，他特殊的境遇驱使他这么做。双方都有邪恶的信念与善良、诚实与不诚实、英气与怯懦、自私与乐观、智慧与愚蠢、好与坏；几乎所有涉及其中者，无论其立场如何，其本人以及其行为也包含了一些或全部对立的品格。探寻恶棍或英雄或圣徒或邪恶都是无益的，因为这里什么都没有，只有受害者。……我向你们保证——我向你们最真诚地保证——我在这里所言决非故意要伤害任何人，而是想修复伤痕，治愈这些年来我们中的绝大部分人互相攻击的创伤。"[①]2015年，好莱坞根据特朗勃儿子的同名传记为其拍了传记电影《特朗勃》，影片令世人反思并警醒黑名单现象。

3. 卡尔·福尔曼的编剧生涯

【获奖记录】

1958年第30届奥斯卡金像奖最佳改编剧本：《桂河大桥》(The Bridge on the River Kwai)。

1953年第25届奥斯卡金像奖最佳编剧（提名）：《正午》(High Noon)。

卡尔·福尔曼(Carl Foreman，1914—1984)，著名编剧。代表作为作品《正午》(1952)、《桂河大桥》(1957)，同样在被列入好莱

---

① 王予霞，余道仁. 美国"红色好莱坞"沉浮之历史启示[J]. 江苏大学学报（社会科学版），2017(5).

坞黑名单后化名写作并依旧获得奥斯卡奖。福尔曼出生在伊利诺伊州的芝加哥,30年代曾在伊利诺伊大学学习。他在大学期间成为鼓吹革命的积极分子,并加入了美国共产党。大学毕业后,福尔曼去了好莱坞,依靠自己的写作天分在好莱坞当了一名编剧。不久,二战爆发,福尔曼加入了美国军队,在老牌导演弗兰克·卡普兰旗下制作纪录片《认识你的敌人——日本》(1945)。在战争结束后,福尔曼重返好莱坞,与制片人斯坦利·克雷默合作拍摄了影片《冠军》(1949)。该片取得了票房上的成功,并让福尔曼获得了自己第一个奥斯卡剧本奖的提名。

　　福尔曼与克雷默继续合作了几部卖座影片,两人在1950年时准备制作一部西部片《正午》。期间,福尔曼被非美调查委员会传召至国会作证,福尔曼承认自己十余年前就加入了美国共产党,但多年以来已经与党组织没什么联系,他也拒绝向委员会透露任何其他的人员名单,于是他被定义为"不友好证人"而被列入了好莱坞的黑名单。在这种情况下,福尔曼还是成功地写作并制作了《正午》这部影片。而这部影片也广泛地被视为抵制当时的麦卡锡主义和外部调查机构的隐喻表达。"贾利·古柏在去城市(好莱坞)的路上遭到了一群凶残的暴徒(非美活动委员)的威胁。然而,在他自己的团体(好莱坞)之中他却无法找到支持者,他不得不开始单枪匹马搏斗,独自直面威胁,最终击败他们,而这本来应是城镇的人与他共同面对的。"①这也是福尔曼被允许在好莱坞制作的最后一部影片,他也凭借此片获得了奥斯卡最佳剧本奖的提名。

　　《正午》这部经典西部片也被看作是福尔曼对当时好莱坞的政治压迫的一种隐喻。影片讲述了小镇警察局长本来可以带着未婚妻离开小镇去过自己想要的生活,但旧日仇人的寻仇打乱了两人的计划,警察局长威尔以为小镇居民都是自己的朋友和坚强后盾,希望大家能联手打败仇人。威尔到处找帮手,但只能是陷

---

① [美]约翰·贝尔顿.美国电影美国文化(第二版)[M].米静等,译.上海:上海人民出版社,2010:290.

入孤立无援的境地。而最后结局是威尔与艾米一同离开自己保护过的小镇：

> 422.全景，大街。人们开始从各处拥上街头，越来越多。他们默默无言地看着东恩和艾米。
>
> 423—425.外景，大街。东恩和艾米注意到了人群。东恩振作起来。他把枪扔在街上，解开子弹带，让它滑落下来。他不慌不忙地拿下他的警察徽章，扔在土堆上。醉汉进入画面，拉来了四轮马车。东恩看见马车过来，便领着艾米走过去，帮她上了车，然后跟着爬上了车子。他朝醉汉点点头，他走开了。东恩拿起缰绳，开始赶车。众人让开道路。
>
> 426.全景，大街。东恩和艾米头也不回地驾车驰出了城镇，马车在后景中越来越小。众人始终默不作声。马车驰出视野。

剧本开篇，满怀信心的威尔曾经以为小镇居民会全力地帮助自己，但现实的残酷是所有人都弃他不顾，他被置于孤立无援的境地。威尔最终经历艰难对抗取得了胜利，但这时威尔对自己拼命保护的这个小镇灰心失望，驾车带着未婚妻艾米决绝而去。影片中这个陷入困境的孤胆英雄"警察局长威尔"可以看作是面对非美迫害而众叛亲离的福尔曼及其他进步人士，他们被昔日伙伴和朋友抛弃，陷入艰难的困境。剧本中几个阶段的变化可以很好地表征威尔这样的心理困境。

被列入黑名单之后，福尔曼也如影片中的警长威尔一般失去了工作、朋友，陷入孤立无援的境地，他只得搬到了英国以假名的方式继续写剧本再秘密地送回好莱坞。期间，福尔曼以"Derek Frye"为名写作了一些恐怖片。在这之后与另一位上了黑名单的编剧迈克尔·威尔逊一起将皮埃尔·布勒的小说《桂河大桥》改编成剧本。该片最终获得了第30届奥斯卡奖的最佳改编剧本奖。但因为参与改编的两位编剧都是上了黑名单的，结果奖项颁给了原著小说家皮埃尔·布勒,实际上这个法国作家连一句英语也不会说更不会写。福尔曼与威尔逊也成为这一时期好莱坞"黑名单时代"的牺牲品,他们直到1984年才恢复对自己作品的署名权。

在《桂河大桥》取得巨大成功后,福尔曼建立了自己的制作公司,制作了卡罗尔·里德执导的影片《云雨夜未央》(1958)。其后,福尔曼着力将畅销小说《纳瓦隆大炮》(1961)改编搬上银幕。这部影片也取得票房与口碑的双重丰收,还为福尔曼获得了另一个奥斯卡剧本奖的提名。之后福尔曼一直在英国拍摄和制作影片,包括《胜利者》(1963)、《麦肯纳的黄金》(1969),但票房均不太理想。直到晚年,福尔曼才回到美国,并于1984年去世。

4. 小瑞因·拉德纳的编剧生涯

【获奖记录】

1971年第43届奥斯卡金像奖最佳改编剧本(获奖):《陆军野战医院》(MASH)。

1943年第15届奥斯卡金像奖最佳原创剧本(获奖):《小姑居处》(Woman of the Year)。

小瑞因·拉德纳(Ring Lardner Jr.,1915—2000),编剧、作家,出生在芝加哥,其父亲是美国著名幽默小说家兼记者瑞因·拉德纳。他曾就读于普林斯顿大学,求学期间加入一些社会主义团体,后在1937年加入美国共产党。小瑞因在短暂地做过一阵子记者后就去到了好莱坞。借由制片人大卫·塞尔兹尼克的引介,在他电影公司的宣传部门负责电影推介的工作。一年以后,拉德纳与故事部的一位审读员巴德·舒尔伯格一起担任"剧本医生",他们修改了大卫即将开拍的影片《一个明星的诞生》(1937)的剧本,并为影片新编了一个故事结局。当这个新故事结局被接纳后,他们也升格成为编剧。他还帮本·赫克特编剧的另一部影片《毫不神圣》(1937)修改了结局,因为制片人大卫也不喜欢这个结局。

在为大卫·塞尔兹尼克工作期间,拉德纳结识了大卫的秘书西尔维娅,后来成为他的妻子。据拉德纳回忆,"塞尔兹尼克是一个野心十足的男人,但他极力追求的是拍好片,并且事无巨细,一一打点。作为一位旁观者,会得到很多乐趣。他有时会犯过分介入剧本创作的错误。他有几次重写剧本,但都不如原作写得好。我发现他差不多把他小时候看的书都翻拍成了电影,包括《小妇人》《大卫·科波菲尔》《古堡藏龙》《汤姆·索亚历险记》《方特勒罗伊小爵爷》和《双城记》。《乱世佳人》开始运作时,我还在制片厂工作。塞尔兹尼克东部的故事编辑给他寄来了此书的副本,建议将书改编成剧本。大卫没空看,就把副本给了我和他洛杉矶的故事编辑瓦尔·鲁东。我和瓦尔给出的都是负面评价。瓦尔一点也不喜欢这本书,而我则觉得这本书太反动了,不应该被改编成电影。但是西尔维娅,她后来成为我的妻子,在读了这本书后,加入到东部编剧的阵营,为该书向大卫进言。最终,大卫同意阅读一份长长的故事梗概(实际上他从未读过原著),并且决定拍摄该片。这是他毫无争议的辉煌。从某种意义上说,这也是他职业生涯的终点,大卫之后拍摄的影片都无法与之相提并论。"[1]拉德纳也从与大卫·塞尔兹尼克的合作中开始了自己的编剧生涯。

小瑞因·拉德纳之后进入了华纳兄弟公司担任编剧,他认为"制片厂运转的方式很像企业,就跟一家工厂差不多。编剧要按点上班,包括周六的半天班。他们每周还有最低限度的创作页数。但我觉得哥伦比亚公司的编剧更惨,在那儿哈里·科恩能从自己办公室的窗户看见编剧办公室内的情况。他有时会打电话给某人说,'我看见你在发呆。'"[2]制片厂的这种工作体制就像流水线一样,而这种编剧的工作通常是将一些原有的故事结构更换

---

[1] [美]罗纳德·戴维斯.从文字到影像:好莱坞黄金时代编剧访谈录[M].黄文娟,译.长春:吉林出版集团有限责任公司,2013:66.

[2] [美]罗纳德·戴维斯.从文字到影像:好莱坞黄金时代编剧访谈录[M].黄文娟,译.长春:吉林出版集团有限责任公司,2013:69.

内容变成另一部电影。拉德纳就曾将一个特朗勃原著的故事修改成剧本,但完工后制片人却连看都不看,这就使得他认为好莱坞的编剧工作并不令人振奋。

30年代,拉德纳成为激进的政治分子,他不仅加入了美国共产党,还在西班牙内战期间帮助共和军筹款,还组织了一系列反纳粹的行动。期间,他也继续在制片厂担任编剧,并在40年代成为好莱坞报酬最高的编剧之一,当时他与20世纪福克斯做签约编剧的周薪达到2000美元,同时他还在1943年凭借《小姑独处》获得了自己的第一座奥斯卡最佳剧本奖的小金人。但拉德纳认为"编剧依然不享有实质性的独立性或是尊严,对自己创作的剧本也没有绝对控制权"。[①] 对他来说,制片厂生涯最大的收获是他在米高梅工作时结识的编剧特朗勃、伊恩·亨特,彼此成为志同道合的好友,也成为其人生突变之时最好的陪伴。

40年代,小瑞因·拉德纳与好友特朗勃一起成为"好莱坞十君子",他拒绝在国会作证指证其他所谓共产份子,于是被列入了"不友好证人",最后他被判入狱一年并被罚款1000元。整个20世纪50年代,被列入黑名单的拉德纳不仅被福克斯公司解雇,找不到工作,连护照也被拒签,生活陷入了低潮。在牢狱中的拉德纳开始写小说,但是小说销量不佳,他只能另觅谋生之路,如为英国电影公司制作儿童节目,为百老汇写剧本等。在特朗勃在影片《出埃及记》(1960)以真实姓名署名之后,好莱坞黑名单的限制逐渐变得松散。1965年,导演诺曼·杰威森在影片《辛辛那提小子》(1965)中以拉德纳的真名署名,也宣告好莱坞黑名单对拉德纳的解除。重新回归好莱坞的拉德纳从编剧的角度出发指出好莱坞的变化,"我觉得随着制片厂制度的结束,编剧不再受制于长期合约,因此赢得了更多的尊敬和关注。但同时导演时代开始了,这

---

① [美]罗纳德·戴维斯. 从文字到影像:好莱坞黄金时代编剧访谈录[M]. 黄文娟,译. 长春:吉林出版集团有限责任公司,2013:72.

源自法国的作者理论,现在导演是影片的主宰。"[①]至于自己的编剧理论,他认为"如今为好莱坞写剧本不要奢望电影按照自己的意愿拍摄。我最后一次不错的创作经验是《陆军野战医院》,尽管导演鲍勃·奥尔特曼也经常改动剧本。但是这些改动都符合原作精神,并且我们对待素材的看法一致,我很满意最终的电影。但这之后的编剧工作都或多或少让我受挫"[②]。这部让他满意的影片也为其带来了一座奥斯卡最佳改编剧本的奖杯。

小瑞因·拉德纳最后在2000年在纽约曼哈顿去世,他也是"好莱坞十君子"中最后去世的一位,而且由于黑名单的影响,他能确定署名的剧本数量实际上受到了很大影响。

三、奥斯卡奖上的作家们

1. 海明威与好莱坞

欧内斯特·米勒尔·海明威(Ernest Miller Hemingway,1899—1961),美国著名小说家,生于伊利诺伊州芝加哥附近的橡树园,父亲是医生,母亲颇具文艺才能。海明威一生中曾经以各种方式参与了20世纪爆发的各类战争,其小说重要的主题也是围绕战争展开,如他于1926年出版的第一部长篇小说《太阳照常升起》(1926),该小说描写经历一战的青年的迷惘情绪,也被视为是20年代"迷惘的一代"的代表作。之后,海明威陆续出版了《永别了,武器》(1929)、短篇小说集《没有女人的男人》(1927)、《胜者无所得》(1933)、《死在午后》(1932)、《非洲的青山》(1935)、《乞力马扎罗的雪》(1936)、《有钱人和没钱人》(1937)等。1936年的西班牙内战爆发,海明威作为战地记者奔赴内战前线,为西班牙民

[①] [美]罗纳德·戴维斯. 从文字到影像:好莱坞黄金时代编剧访谈录[M]. 黄文娟,译. 长春:吉林出版集团有限责任公司,2013:83.

[②] [美]罗纳德·戴维斯. 从文字到影像:好莱坞黄金时代编剧访谈录[M]. 黄文娟,译. 长春:吉林出版集团有限责任公司,2013:84.

主政府呐喊宣传、募集经费等,并以此为背景写作了剧本《第五纵队》(1938)、长篇小说《丧钟为谁而鸣》(1940)。二战结束后,海明威出版了《老人与海》(1952)等,同时还获得 1954 年的诺贝尔文学奖。但最终海明威不堪疾病折磨,在 1961 年 7 月用一把猎枪结束了自己的生命。在他去世后,一些遗稿得以出版,如回忆录《流动的盛宴》(1964)、长篇小说《岛在湾流中》(1964)、《伊甸园》(1986)等。今天,海明威已被视为是 20 世纪最伟大的美国作家之一。

同时代的美国作家福克纳曾经有数次出入好莱坞做编剧的经历,但海明威不一样,基本上他没有多少在好莱坞的个人经历,最多的是将自己的小说版权卖给好莱坞来改编成电影。在他的作品中,最被好莱坞青睐的是他的《永别了,武器》,它曾被改编多次,包括 1932 年导演弗兰克·鲍沙执导的版本(又名《战地春梦》),该片获得第 6 届奥斯卡金像奖的最佳摄影奖。这部影片由派拉蒙公司制作,虽启用了好莱坞著名影星加利·库柏、海伦·海斯担当主演,但导演碍于好莱坞制片制度与自身改编局限,最终将这部悲剧小说改成了一个大团圆式结局,让主角亨利与凯瑟琳双双偕同离开。这个改编让海明威颇为气恼,甚至当时的出品方派拉蒙公司本打算在海明威的故乡举行该片的首映式,但"结果是碰了个硬钉子。欧内斯特知道了公司的安排后很不赞成,客客气气地拒绝了出席首映式的邀请。而且还在看完首映后,对它的大团圆结局甚为不满,斥之为对原作的感伤主义的歪曲"[①]。该片在全国上映时,电影公司的宣传员还想将海明威战时的英雄事迹与电影捆绑起来,海明威苦恼之余给马克斯·柏金斯写了一封公开信:"小说作家海明威郑重声明,如果说他在上次战争中有一小段时间在意大利的话,那仅仅是因为在那儿比在法国更有生命保障。他只是驾驶,或者是想要驾驶救护车,参加一些微不足道的随军行动,从未参与任何英勇行动。任何神经正常的人都知道,作家是打不

---

① [美]爱·茂莱·欧内斯特·海明威小说中的电影化结构和改编问题[J]. 闻谷,译. 世界电影,1984(3).

过中量级拳击冠军的,除非这位作家就是冠军获得者本人。海明威先生对试图把他捧为弗洛伊德·吉本斯那样富于魅力的人物或汤姆·米克斯的爱马托尼,他感激这种捧场,但他反对这种做法,并恳请电影界人士不要干预他的私生活。"①而其他的电影评论家也认为,这不过是又一部庸俗的"银幕爱情故事"。

除此以外,1957 年由约翰·休斯顿导演、本·赫克特担任编剧的《永别了,武器》,这一版本也不尽如人意。这个版本是由大名鼎鼎的制作了《乱世佳人》的好莱坞金牌制作人大卫·塞尔兹尼克制作的,但由于他启用了自己的妻子,41 岁的塞尔兹尼克夫人扮演女主角而让海明威非常嫌恶。他还给这位制作人发去电报说,"如果由于某种奇迹,这部由 41 岁的塞尔兹尼克夫人扮演 24 岁的凯瑟琳·巴克利的影片真能赚上五万美元的话,塞尔兹尼克应当把这五万美元在他当地的银行里全都换成镍币,堆到他屁股底下,直到从他耳朵里溢出为止。"②1957 年,导演亨利·金改编了海明威的《太阳照常升起》,由 20 世纪福克斯出品。这部影片被评论为"影片编导设法把《太阳照样升起》作为一部小说的全部精彩之处统统去掉了",而且"(编剧)维尔特尔和(导演)金不仅阉割了杰克·巴恩斯,并且也阉割了《太阳照常升起》,结果留下的是一部空洞、浮夸、呆板的影片"。③

海明威的小说改编成影片比较好的是 1943 年由导演山姆·伍德改编的《丧钟为谁而鸣》(又名《战地钟声》)。该片由影星加利·库柏、英格丽·褒曼主演,还获得了第 16 届奥斯卡奖的最佳女配角奖以及最佳影片的提名。据说,海明威唯一认可的根据自己作品改编的影片只有 1946 年由罗伯特·西奥德梅克执导、安东尼·维勒改编的《杀手》。这是一部根据海明威的同名短篇小

---

① [美]卡洛斯·贝克. 欧内斯特·海明威传[M]. 陈安全,译. 上海:三联书店,1985:141.
② [美]霍契勒. 爸爸海明威[M]. 蒋虹丁,译. 南京:译林出版社,1999:240.
③ [美]爱·茂莱. 欧内斯特·海明威小说中的电影化结构和改编问题[J]. 闻谷,译. 世界电影,1984(3).

说改编而成的黑色电影。但实际上整部电影剧情只有前10分钟是海明威小说中的内容,原著讲述两位杀手来到餐厅等待拳击手拉恩,店主乔治设法通报了拉恩,但他不愿意逃亡而被杀手杀死。后续的剧情是由编剧重新创作的故事,讲述保险公司调查员展开对拉恩之死的调查,原来他是一个退役的职业拳击手,还曾为了一个神秘女人而顶罪坐牢。一个男人为什么会等待别人来杀自己?通过调查员的调查而展开的一系列神秘的故事。影片中最出彩的是黑色电影中常见的"蛇蝎女人"——伊娃·加德纳扮演的女主人公,她以一袭黑色的晚礼服出场,不仅出卖拳击手,还让情夫替自己脱罪。影片剧情环环相扣,极有特色,还获得了第19届奥斯卡金像奖的最佳导演、最佳编剧提名。

海明威本身对电影兴趣很大,由荷兰导演约里斯·伊文思导演的纪录片《西班牙大地》(1937),海明威不仅为该片写了解说词,还亲自担任解说。而为了引起人们对该片的注意,海明威还在1937年7月出版的一期《生活》杂志上刊载了《西班牙大地》的剧照并撰写文字说明,他甚至还去白宫为罗斯福总统放映了这部影片。这些故事说明了兴趣广泛的海明威对电影有着同样浓厚的兴趣,但好莱坞并没有如此回报海明威的热情。他的小说被好莱坞改编的次数还比较丰富,包括在1944年由霍华德·霍克斯执导、福克纳参与编剧、亨弗莱·鲍嘉与劳伦·白考尔主演的版本《江湖侠侣》,1950年导演迈克尔·柯蒂斯执导的《孤帆灭枭》,1947年导演佐尔坦·科达根据海明威小说《弗朗西斯·麦康伯短促的幸福生活》改编的影片《麦康伯事件》,1952年导演亨利·金执导的《乞力马扎罗的雪》,1958年亨利·金执导、斯宾塞·屈塞主演的《老人与海》等。这些海明威的小说改编的电影中,剧情随意删改、制作良莠不齐、无法还原原著风格的改编等问题,都导致其没有一部在电影史上有影响力的改编电影。面对自己的作品被好莱坞导演改动的面目全非,海明威对待自己的小说改编作品有个最著名的评价是(他告诉《爸爸海明威》一书的未来的作者说):"你瞧,霍契,你写了这么一本书,这些年来一直很喜欢它,可是你看结果如何,那好比在你爸爸的啤酒杯里撒了泡尿。"①也许,像海明威如此风格化的一位作家,他的小说并非是拍出电影杰作的最佳材料。

2. 钱德勒的硬汉侦探小说与黑色电影

【获奖记录】

1947年第19届奥斯卡金像奖最佳原创剧本(提名):《蓝色大丽花》(The Blue Dahlia)。

1945年第17届奥斯卡金像奖最佳编剧(提名):《双重赔偿》(Double Indemnity)。

(1)钱德勒的好莱坞生涯

雷蒙德·钱德勒(Raymond Chandler,1888—1959),美国著名硬汉派侦探小说家,从小因父母离异而在英国度过童年。他曾在海军服役,后在一家石油公司任副总裁,却因酗酒被开除。1924年,36岁的钱德勒娶了大他18岁的西茜。1933年,45岁的钱德勒因经济窘迫开始发表小说,以私家侦探菲利普·马洛为主角,出版了《长眠不醒》(1939)《再见吾爱》(1940)等作品。他也被誉为硬汉派侦探小说的代表人物,从而将英国古典推理小说的风格转向到美国本土硬汉派侦探小说的传统。传统的推理小说只属于通俗文学的范畴,从爱伦坡的《莫格街谋杀案》到柯南道尔的《福尔摩斯探案集》、阿加莎·克里斯蒂的《波罗探案》,这些小说中塑造了一系列著名侦探形象,如福尔摩斯、波罗等。但这些经典侦探形象一般西装革履、举止优雅、智商过人,主要通过智力游戏来探寻各种奇案或推导出杀人凶手。到了20世纪30—40年代的现代推理小说中,由达希尔·汉密特、雷蒙德·钱德勒、康奈尔·伍尔里奇、詹姆斯·M.凯恩等作家推出的"冷硬派"私家侦探小说则改变了传统侦探小说的形象。这类小说家也被称为是

---

① [美]爱·茂莱.欧内斯特·海明威小说中的电影化结构和改编问题[J].闻谷,译.世界电影,1984(3).

"黑色小说家",他们的小说带有40年代的存在主义哲学色彩,小说中的男女主要人物生存在充满消沉、无望、道德幻灭的黑色世界。这些硬汉侦探都是"反英雄"形象,他们身着风衣,穿行于穷街陋巷去寻找凶手。同时他们不但要身体力行地与黑暗势力打斗,还经常要受到蛇蝎美人们的诱惑。

雷蒙德·钱德勒创作的作品均属于这类带有"黑色"特质的长篇"硬汉派"侦探小说,包括《长眠不醒》《再见,吾爱》《高窗》《湖底女人》《小妹妹》《漫长的告别》《重播》。他的小说均被改编成电影。如《长眠不醒》在1946年被导演霍华德·霍克斯改编成同名电影,由福克纳、朱尔斯·福瑟曼编剧,亨弗莱鲍嘉扮演侦探马洛。《再见,吾爱》于1944年被改编成电影《爱人,谋杀》,由"好莱坞十君子"之一的爱德华·迪麦特雷克执导,约翰·帕克斯顿编剧。《高窗》(1942)在1947年被导演约翰·布拉姆改编成影片。《湖底女人》(1943)在1947年被罗伯特·蒙哥马利自导、自演成同名影片。《漫长的告别》在1973年被导演罗伯特·奥特曼改编成同名影片,这些影片不约而同地都带有黑色电影的特质。

因为钱德勒的写作天分,他在1943—1950年间被邀请至好莱坞写剧本。在钱德勒的好莱坞生涯里,他与比利·怀尔德一同改编詹姆斯·M.凯恩的小说《双重赔偿》(1944),写作了他唯一的原创剧本《蓝色大丽花》(1946),两个作品均获得奥斯卡最佳编剧提名,同时他还与希区柯克合作编写《火车怪客》(1951)剧本。但是钱德勒的好莱坞生涯并不愉快,他与比利·怀尔德的合作也充满了争吵。据怀尔德的访谈中回忆道:"一个制片人(乔·西斯罗)对我说:'你知道詹姆斯·凯恩先生吗?'我说:'当然啦,他写了《邮差总按两遍铃》。'他说:'我们没有那个小说,它是Metro(米高梅)制片场的;不过为了赚钱,他又写了一个《双重赔偿》,连载于老版的《自由》杂志上。你看看吧!'所以我就看了,我说:'真不错,虽然不及《邮差总按两遍铃》,我们还是来做吧!'于是我们买下它的版权。我们问:'凯恩先生,你愿意与怀尔德先生一起合作写剧本吗?'他说:'当然愿意,不过不行,我正在福克斯公司给弗立兹·朗格写《西部联合》。'制片人于是说：'好莱坞有一个写《黑面具》的神秘作家叫雷蒙德·钱德勒。'当时还真没人知道他。于是我们一致同意：'让他加入。'他当时还没有在制片场内工作过，接着他就开始了……我们找到钱德勒是个偶然。我说我喜欢这个故事，谁来跟我一起写，噢，他很忙，还有一个写侦探故事的人……当然结果是很好的，被（奥斯卡）提名了。"[1]

钱德勒与怀尔德实际上的合作争吵不断，充满了火药味。据说当钱德勒交出一个他自以为是剧本的剧本，比利怀尔德读了以后摔在地上咆哮："这是狗屁！"钱德勒常常抱怨无法与怀尔德相处。对此，怀尔德说："他抱怨我没礼貌，经常酗酒，和女人胡搞，跟女人谈电话太久，他还帮我算时间——十二分钟半，还有一次我让他关百叶窗，没说'请'字！"钱德勒与怀尔德互相憎恨，怀尔德评价钱德勒道："他不是年轻人了，在我们为《双重赔偿》一起工作的十个或者十二个星期期间，他就没有学到点……技巧。"但他又同时肯定钱德勒在写作人物对白方面的天赋，因为钱德勒的人物对白，常以答非所问却又意在其中的方式推进，在错位中生成对话。将人物对白置换到电影语言中并表现的意味深长，钱德勒在这方面有点石成金的本事。怀尔德说："他有自己的古怪原则，认为好莱坞就是一堆冒牌货。我不能说他全错，但他确实不完全了解电影，以及电影的成功方式。他不能解构一部电影，小说已经够为难他了。不过他的台词非常精彩。我为此受了不少罪。在跟他和他的臭烟斗待了几个星期之后，我自己也能吐出几句好的台词来了。"[2]

钱德勒对好莱坞也充满怨恨，他说："这段经历大大缩短了我的寿命，我之所以参与电影是因为我想学点东西，现在看来，我无甚收获。"而且，他认为自己在好莱坞的待遇并不合理，因为"如果我的小说糟糕无比，我是不应被邀请去好莱坞，如果它们不乏优

---

[1] 康妮·雷蒙德. 钱德勒：他一脚踏进电影圈，却始终不肯把另一只也拿进来[J]. 电影, 2016(2).

[2] 同上。

秀,我也不应该去。"所以,当好莱坞大导演希区柯克在1951年邀请钱德勒担任《火车怪客》的编剧时,两人的合作交恶互相辱骂,最终钱德勒要求从剧本上撤下自己的名字。①

钱德勒在《好莱坞作家》中写道:"好莱坞容易叫人生恨,也容易招人嘲笑或是讥讽。有些最绝的讥讽,恰恰出自那些从未踏进过影棚大门的人。而有些对它嘲笑得最厉害的是以自我为中心的天才,他们离开的时候忿忿不平,却绝不会忘记领走最后一笔工资。而他们留下的,却只有坏脾气的绕梁余香,还有一个丢给疲惫不堪的写手去收拾的烂摊子。"对于好莱坞,钱德勒充满了"彻头彻尾的厌倦之情"。因为在好莱坞,编剧和剧本得不到应有的尊重,他认为,"因为剧本才是电影的艺术基础,是它的根本,没有剧本,就成就不了电影。电影的一点一滴都源自剧本,而由之派生的东西则更多是一种应用技术,无论何等精妙,在艺术程度上都无法与剧本创作比肩。然而在好莱坞,剧本都是拿薪水的写手在制片人的监控下写出来的——也就是说,都是雇员的作品。他们对自己的手艺没有支配权,也没有决策权,甚至没有所有权,即使报酬丰厚,也几乎没有尊严可言。"于是在这样的工作环境中,他认为好莱坞对自己的待遇也是非常低下的:"我参与创作的首部影片得到了奥斯卡提名(不知道这算不算一件大事),媒体评论会就在制片厂里举行,可我并没有获邀参加。还有一部叫好又叫座的影片,出自另外一个制片厂,剧本也是我写的,做推广的时候还一字不差地照搬了几句剧本里的台词,但是不管是广播、杂志、海报或是报纸广告,我所见所闻之处,从未发现自己的名字——要知道我的所见所闻不可谓不多。这种忽视对我个人倒是没有造成什么影响——如果你是自己写书的作家,那么好莱坞影片是否署你的名字其实并不重要。但是对那些全副身家性命都寄托在好莱坞的作家来说,这就不是无足轻重的小事了,而成了精心策划、成功实施的阴谋诡计的一部分:将职业剧作家的地

---

① 康妮·雷蒙德.钱德勒:他一脚踏进电影圈,却始终不肯把另一只也拿进来[J].电影,2016(2).

位降低到拍片助理的地步,表面上对作家恭恭敬敬(如果同处一室的话),但其实根本不把他们放在眼里,而且不管作家应得的成就有多么辉煌,都会悄无声息地被扫到一边,给那些可能砸在影星、制片人、导演脑袋上的馅饼腾出位置。"①

正因如此,钱德勒希望好莱坞作家和编剧能与大制片厂互相抗争,走到台前,最终"成了自己权利的主宰者,成为自己写的剧本的制片人和导演"。②

(2)黑色小说与黑色电影

钱德勒在好莱坞的时期恰是黑色电影大量出现的时期。黑色电影(film noir)首先是法国影评家尼诺·弗兰克在1946年因受"黑色小说"(Noir)一词的启发而创造出来的用语。当时法国伽利玛出版社刚刚出版的"黑色小说系列"正在风行,主要是描写凶杀、阴谋的犯罪小说,且封面都是黑色。当"黑色的"概念借用到电影中,"黑色电影(film noir)这个术语意味着20世纪四五十年代某些好莱坞电影类型、风格或流行的特征。例如,黑色电影的人物和故事(漂泊男子受到漂亮女人的吸引、私家侦探受雇于蛇蝎美女、犯罪团伙企图实施打劫);黑色电影的情节结构(闪回、主观叙述);黑色电影的场景(城市小餐馆、破败的办公室、浮华的夜总会);黑色电影的美术设计(威尼斯式百叶窗、霓虹灯、'现代艺术');黑色电影的装束(檐帽、风衣、垫肩);黑色电影的配件(香烟、鸡尾酒、短管转轮枪);黑色电影的表演风格……还有黑色电影的语言,其灵感主要来自达希尔·哈米特和雷蒙德·钱德勒创造的硬派对话。"③其主要代表作品有《马耳他之鹰》(约翰·休斯顿,1941)、《双重赔偿》(比利·怀尔德,1944)、《第三人》(卡罗尔·里德,1949)、《死吻》(罗伯特·奥尔德里奇,1955)、《邪恶的

---

① [美]雷蒙德·钱德勒.雷蒙德·钱德勒作品.谋杀的简约之道:钱德勒散文书信集[M].孙灿,译.上海:上海译文出版社,2017.

② [美]雷蒙德·钱德勒.好莱坞作家.谋杀的简约之道:钱德勒散文书信集[M].孙灿,译.上海:上海译文出版社,2017:41.

③ [美]纳雷摩尔.黑色电影:历史、批评与风格[M].徐展雄,译.桂林:广西师范大学出版社,2009:7.

接触》(奥逊·威尔斯,1958)等。早期优秀的黑色电影大多改编自硬汉小说,诸如汉米尔特、钱德勒和詹姆斯·M.凯恩的小说就经常被改编成黑色电影。1941年至1948年的黑色电影大约有20%直接改编自硬汉小说和短篇故事。保罗·施拉德对此作了很好的论证:"当40年代的电影转向美国'无情'的道德底层时,硬汉小说以先在的、已经形成常规的主人公、各种角色、情节、对话和主题为黑色电影提供了重要资源。同德国移民导演一样,硬汉小说作家也有可资黑色电影订购的风格,反过来说,他们对黑色电影编剧的影响同德国人影响黑色电影的摄影风格一样深远。"黑色电影视觉特征非常明显:"黑色电影的视觉风格经常被与低调布光、不平衡构图、令人眩晕的摄影角度、夜间拍夜景的外景、极深焦距和广角镜头相提并论。"[①]主题上,黑色电影多以一种比一般警匪电影更加悲观、更加暴力的方式,来展现城市生中的犯罪活动。影片自始至终弥漫着惶恐、焦虑等情绪,体现出一种悲天悯人的宿命感。

黑色电影在好莱坞的集中出现与该时期的社会氛围有着紧密联系,评论家将黑色电影的阴暗、恐怖、罪恶的风格与人的噩梦隐喻对比起来,认为:"美国黑色电影的关键时期(大致指1945—1954年),从时间上说,与那场大规模的反共政治迫害,与非美活动调查委员会、麦卡锡和黑名单的时代恰恰吻合。黑色弥漫着恐怖和妄想的气氛,带着它在绝望之中产生的灾难感(如《迂回路》中的主人公冥想道:'命运,或者是某种神秘的力量,可以毫无道理地触动你或触动我'),它是对于这些年代的政治气候的一种隐晦的反应。提得较少的(而且不那么易于说明的)是这组影片的内容:"多数评论家的意见是,黑色电影与其说是一种类型,还不如说是在电影发展的一个特定时机(经济的和技术的)制作的一批影片所共有的情调、风格手法和环境。""作为声明而不是作为

---

① [美]纳雷摩尔.黑色电影:历史、批评与风格[M].徐展雄,译.桂林:广西师范大学出版社,2009:171.

反应的黑色电影。"[①]异常巧合的是,那些创作黑色电影的电影人中,有不少是受到麦卡锡主义侵害的受害者。如改编自钱德勒小说《再见,吾爱》的《爱人,谋杀》的导演爱德华·迪麦特雷克,执导《灵与欲》的罗伯特·罗森,曾被列入黑名单的霍华德·科赫、艾伯特·马尔茨,还有被迫流亡的朱尔斯·达辛和约瑟夫·洛塞,以及自我流亡的奥逊·威尔斯和约翰·休斯顿等,他们均不约而同地创作了这类带有隐喻特质的黑色电影。

这些在非常时期受到不公正对待的电影创作者,将自己对政府的怀疑与不信任、对世界悲观厌世的态度投射在银幕上,形成了黑色电影特有的阴郁、压抑、昏暗的风格。而黑色电影中充斥着的主观叙事则象征创作者宿命的悲观态度。黑色电影的主题多描绘了一个畸形社会存在的种种症状对人的腐蚀,如对金钱的贪婪带来对心灵的腐蚀力量、不同阶级间的巨大冲突、不同人物对个人主义的崇拜与公共道德信念间的冲突等。"1950年代,国会在好莱坞对共产主义者展开的搜寻本身依据的就是某种黑色脚本,而这一行动对美国犯罪电影史来说至关重要——不仅影响了这些片子的政治策略和充满厄运的氛围,而且也影响了后人对它们的接受。"[②]正如在非美活动调查委员会作证的剧作家鲁伯特·休斯曾所说:"你只要见到一小滴氰化物、一小粒砒霜,只要是一丁点儿会毁灭我们对于美国自由企业和自由机构的信念的东西……那就是共产的玩意儿。"[③]不同的信念也腐蚀了电影的创作理念。黑色电影流行的这十年间,美国仿佛是经历了一段带有精神分裂的心灵创伤时期。这一时期奥斯卡奖获奖的电影作品多以热闹的歌舞片为主,但银幕上的粉饰太平不能隐藏内在的阴郁表达。黑色电影恰恰是契合了这一时期这样的情绪表达。评

---

① [英]菲·坎普.出自恶梦工厂——非美活动调查委员会和黑色电影论[J].陈梅,译.世界电影,1988(1):87.

② [美]纳雷摩尔.黑色电影:历史、批评与风格[M].徐展雄,译.桂林:广西师范大学出版社,2009:110.

③ [英]菲·坎普著.出自恶梦工厂——非美活动调查委员会和黑色电影论[J].陈梅,译.世界电影,1988(1).

论家将这段充斥着压抑思想的好莱坞时期称为"恶梦工厂"——"透过这家工厂的暗淡的窗户,可以看到一个世纪以前'在欧洲徘徊'的'一个幽灵',现在正在对美洲起同样的作用。"从这一观点看,可以把黑色电影看成是对于那一时期好莱坞"正式"产品中大量存在的徒有其表的乐观主义和沙文主义式的虔诚的一次迅速回击,是与唱片的"正面歌曲"相对的唱片反面表达的愤怒和幻想的破灭。与所有那些大街上的爱国主义游行相对应的,是在小街上充满辛辣嘲讽的行动;在这里灯光愈亮、鼓声愈响;在那里阴影愈暗,回声愈阴沉。正如保罗·施拉德所描绘的作为"精神病行为和自杀冲动的时期"的黑色电影的最后的也是最阴暗的阶段,"正与顽固反共时期的高潮相吻合,而这种影片的消亡时期也紧随在麦卡锡的垮台之后。"①

(3)《双重赔偿》与《再见,吾爱》改编

钱德勒的好莱坞生涯集中体现在对《双重赔偿》的成功改编。詹姆斯·M.凯恩在20世纪30—40年代被视为硬汉小说的代表人物,其代表作《双重赔偿》最早于1936年以连载的形式发表在《自由》杂志上。小说《双重赔偿》题材来自1927年小报新闻登载的一则妇人罗丝为了骗取保险赔偿,伙同她的情人贾德·格瑞一起杀害丈夫阿尔伯特·辛德的故事。好莱坞从凯恩处取得《双重赔偿》的版权,并于1944年由比利·怀尔德导演、雷蒙德·钱德勒与怀尔德合作编剧拍成影片。

黑色电影因其犯罪的主题与场景繁多,在当时的好莱坞受到海斯法典的严格审查,也让电影的编剧和导演在创作之初就绞尽脑汁。作为海斯法典执行机构的约瑟夫·布林办公室曾发布审查报告,其曾在1941年无法通过影片《马耳他之鹰》的剧本审查,因为其有"非法性行为与酗酒"②。到了1944年的这部《双重赔

---

① [英]菲·坎普.出自恶梦工厂——非美活动调查委员会和黑色电影论[J].陈梅,译.世界电影,1988(1).
② [美]纳雷摩尔.黑色电影:历史、批评与风格[M].徐展雄,译.桂林:广西师范大学出版社,2009:104.

偿》，布林办公室同样对剧本提出了种种责难。他们告诫这部影片对保险推销员沃尔特·内夫的刻画使人同情罪犯、故事种种粗俗的情节体现了法律不公、影片总体阴沉的低调和污秽的品位使其完全不适宜于在银幕上展现等等。布林特别不能容忍的是，在凯恩原著的结尾部分，沃尔特·涅夫与迪特里克森乘船逃亡墨西哥，并且以自杀的方式来逃脱法律的制裁。由于电影审查对凯恩小说臭名昭著的情节与结局极其不满，明确提出不能在影片中出现过于色情与谋杀的犯罪场景。于是，当时的编剧兼导演比利·怀尔德求助第一次担当编剧的雷蒙德·钱德勒。他们淡化了犯罪的细节，修改了电影的结局，最终通过了审查得以上映。但讽刺的是，小说原著的作者凯恩本人却并不满意，并且宣称影片在电影业并未取得特别的成功。

另一方面，《双重赔偿》取得了高达 250 万美元的票房收入，自此开创了黑色电影的潮流。钱德勒凭借此片获得的"奥斯卡最佳编剧"的提名也为其在好莱坞赢得了声誉。凯恩和钱德勒的小说成为电影改编作品的抢手货。接下来，好莱坞陆续改编了《邮差总按两次铃》(1946)、《欲海情魔》(1945)等影片，也催生了钱德勒小说改编的热潮。1941 年，雷电华以 2000 美元的廉价购得钱德勒硬汉小说《再见，吾爱》的版权，并在 1944 年以《爱人，谋杀》的片名得以上映。不仅如此，福克纳参与过钱德勒作品的编剧，多位大牌导演与他合作过，似乎还没有其他作家享受过好莱坞的如此厚爱。最重要的是，他为美国电影奉献了一个另类硬汉典型形象——马洛。

菲利普·马洛是钱德勒塑造的推理小说史上的最佳私家侦探，被称为美国福尔摩斯。马洛曾任地方检察官，因违抗上级命令而被解职，后在洛杉矶做私人侦探。他是个十足的另类侦探角色，像海明威笔下的硬汉一样，在重压下和穷困潦倒中仍能保持优雅的风度。他神情严峻，却俏皮睿智，看似玩世不恭却坚定诚实。他不大合群，自行其是，过着律己甚严的斯巴达式生活。他在工作中遵守新教伦理，禁欲苦行，不拿一分肮脏钱，被公认为是最具魅力的男人。钱德勒的所有小说都是以马洛的口吻用第一人称描述的,并且所有场景都在洛杉矶。

钱德勒曾在《菲利普·马洛其人》中描述马洛的形象:"他的出生日期不详。我想他说过自己好像是38岁。……他的出生地并不是中西部的某个小镇,而是加州一处名为圣罗萨的小城,从地图上看,在旧金山以北大约50英里的地方。……马洛从未提及他的父母,而且显然也没有什么在世的亲戚。需要的话,小说里关于这个方面倒是可以改一改。他读了几年大学,要么是在尤金市的俄勒冈大学,要么是在俄勒冈科瓦利斯的俄勒冈州立大学。他究竟为什么要来南加州,我实在搞不清楚,不过绝大部分人终究都会这么做,虽然不是每个人都能待下来。他好像给一个保险公司当过调查员,之后又任洛杉矶县地区检察院调查员。这样的职业经历并不会让他当上警官,也不能赋予他逮捕他人的权力。他丢了饭碗的原因我可是知道得一清二楚,但原谅我不能说得太细。你只要清楚一点就够了,那就是每次他的手脚都太快,而他所在的地方管事的人最不想看到的就是他手脚太快。他的身高大约是6英尺多一点,体重约莫有13.8英石,发色深棕,眼睛也是棕色的,单夸一句'长得还算帅'肯定没法让他满意。我觉得他看起来一点儿都不凶。虽然他也凶得起来。如果我自己有机会选择扮演他的男星,那我想最符合我心目中他的形象的应该是加里·格兰特。……马洛饮酒的习惯也跟你说得差不多。……是的,他的确很会煮咖啡。在这个国家似乎每个人都是煮咖啡能手,而在英国则几乎不可能。他喝咖啡喜欢加奶油和糖,不加奶。他也喜欢喝不加糖的清咖。他自己做早饭吃,因为很简单,但是其他两餐都在外面吃。他喜欢赖床,但有事的时候也会偶尔早起。""有时候他宁愿自己不是个私家侦探,"[1]最终的

---

[1] [美]雷蒙德·钱德勒.雷蒙德·钱德勒作品.谋杀的简约之道:钱德勒散文书信集[M].孙灿,译.上海:上海译文出版社,2017.

结论是:"马洛是一个比你我都要高尚的人。"①

1995年,美国侦探作家协会(MWA)投票选出了150年推理小说史上最好的侦探小说家,第一名是雷蒙德·钱德勒;而男侦探第一名则是《钱德勒侦探小说系列》里的男主角菲利普·马洛。

3. 格林厄姆·格林与《第三人》

【获奖记录】

1950年第22届奥斯卡金像奖最佳编剧(提名):《堕落的偶像》(The Fallen Idol)。

格林厄姆·格林(Graham Greene,1904—1991),英国当代著名作家。多产的格林不仅写作了十余部长篇小说,还广泛涉及短篇小说、传记、游记、诗集等各种文学体裁,曾21次被提名诺贝尔文学奖。他创作的《第三人》(1949)电影剧本闻名好莱坞,该片曾获得第23届奥斯卡金像奖最佳导演提名,还凭借着《堕落的偶像》(1948)获得第22届奥斯卡金像奖最佳编剧提名。

格林出生在伦敦附近的赫特福德郡,他的父亲是当地中学的校长。1921年,格林中学毕业后进入牛津的贝利奥尔学院学习。大学毕业后,格林曾在《卫报》《泰晤士报》《旁观者周刊》担任编辑、电影评论员。他的第一部小说《内心人》于1929年出版,1932年出版"消遣文学"《东方特别快车》(又名《斯坦布尔列车》)受到欢迎。这部小说在1934年被好莱坞翻拍,但格林对电影的评价是"好莱坞保留下的只是那些廉价平庸得足以适合这部廉价平庸的电影的部分"②。之后他出版了《布莱顿硬糖》(1938)、《权力与荣耀》(1940)、消遣文学《一支出卖的枪》(1936)、《密使》(1939)等。二战期间,格林受雇于英国外交部从事情报工作,他还担任

---

① [美]雷蒙德·钱德勒.雷蒙德·钱德勒作品.谋杀的简约之道:钱德勒散文书信集[M].孙灿,译.上海:上海译文出版社,2017.
② [美]纳雷摩尔.黑色电影:历史、批评与风格[M].徐展雄,译.桂林:广西师范大学出版社,2009:71.

过战地记者,这些经历让他创作出了《文静的美国人》(1955)、《人性的因素》(1978)等,成为多产而受欢迎的作家。格林还将自己的小说改写成剧本,还创作了《花棚》(1957)、《塑造一座雕像》(1964)等剧本。

格林辉煌的电影生涯与导演卡罗尔·里德有密切联系。卡罗尔·里德(1906—1976),英国著名导演。他与格林有三次合作:《堕落的偶像》(1948)、《第三人》(1949)、《我们在哈瓦那的人》(1959)。里德本人曾因《雾都孤儿》(1968)获得第41届奥斯卡金像奖最佳导演奖。《第三人》根据格林写的小说《神秘的第三者》改编而成,这部经典的黑色电影充满了悬疑与神秘。影片以战后的维也纳为背景,描写了一个美国作家马丁斯应朋友哈里之邀去到维也纳。当他一抵达百废待兴的维也纳时,却发现哈里已经死于非命。在葬礼上出现的一系列警察、女人、哈里的朋友都让马丁斯疑虑重重。于是他不自觉得充当起业余侦探的角色,着手调查哈里的死因。随着调查的深入,车祸现场出现的"第三个人"究竟是谁,成为影片最大的悬念。导演卡罗尔·里德成功地利用黑白胶卷和光影对比,使影片展现了别具一格的画面效果。《第三人》获得了1949年第3届戛纳国际电影节金棕榈奖、第23届奥斯卡金像奖最佳摄影奖、英国电影学院最佳影片金奖等。

影片成功地塑造了两个重要角色——侦探作家马丁斯和罪犯兼受害者哈里的形象。作家马丁斯在小说中被鲁莽的司机载到会议现场的场景也是影片中非常有趣的片段。马丁斯在会场被记者追问正在写作的计划时,他自信地说道:"《神秘的第三者》。"而影片中的哈里是个狡诈、作恶多端的人,为赚取钱财在黑市倒卖阿司匹林残害无辜的婴孩。故事开始时他便妄图以诈死逃脱罪名,还连累自己的好友马丁斯,不顾爱人安娜的一篇痴情。小说中描写哈里出场是在故事的中段:"马丁斯盯着那个站在二十码以外阴暗街头一动不动的人影,而那人也在盯着他。也许是个警察局的密探,或者是那些收买哈里然后又杀了他的人中的一个,或许就是那第三个人?他觉得熟悉的东西不是脸,因为他连那人下巴的样子都看不清;也不是举动,因为那身影一动不动,他开始相信这不过是阴影造成的幻觉。他厉声叫道:'想干什么?'没有回答。他仗着酒兴又喊道:'怎么不说话!'有人说话了,一个被他吵醒的人愤怒的拉开窗帘,灯光穿过狭窄的街道,照亮了哈里·兰姆的脸。"[①]但影片在表现哈里出场时却充满戏剧性,画面中用强烈的明暗对比,让路灯照见黑影脚上的一双精致的皮鞋,以及皮鞋旁"喜欢哈里"的小猫。马丁斯以为这人要追他而怒喊起来,路边楼上睡下的居民开灯怒骂马丁斯,雪白的灯光霎时在浓重的夜色中照亮了门廊,在一个特写镜头里,显现出神秘的哈里带着一脸俏皮的笑容望着自己的朋友。这个神秘的"第三人"将罪犯与受害者融为一体,成为影片中最令人深刻的画面。奥逊·威尔斯扮演的哈里是黑色电影中出现的最迷人的罪犯形象之一,他在摩天轮上与马丁斯的对话是由威尔斯自己加进脚本里的:"你知道人们怎么说?在博尔吉亚统治意大利的时期,到处都是战争、恐惧、杀戮和流血,可是它们给世界带来了米开朗琪罗、达·芬奇和文艺复兴。在瑞士人们互相友爱,他们拥有五百年的民主与和平——可他们给世界带来了什么?布谷鸟钟。"

《神秘的第三者》的序言中,格林就写作契机的描述可以看成是他对电影文本的认识:"《神秘的第三者》写作的意图不是让人读的,而是让人看的。"这部小说及电影剧本的写作是为了作为《崩塌的偶像》续集来进行写作的。格林认为:"对于我来说,要写一个电影脚本而不首先把它写成小说,那简直是不可能的事。即使是一部电影,也不能仅仅由情节构成,它还得有某种程度的人物塑造,有基调和气氛;而这些,我认为凭最初记下的那点乏味的素材是无法做到的。从别种形式中可以产生艺术效果,但从脚本中却搞不出什么创新来。作者拥有的素材必须超过他想写下来的东西。为此,《神秘的第三者》在从一种形式向另一种形式的漫

---

① [英]格林厄姆·格林.神秘的第三者[M].姜姜,其煌,译.北京:文化艺术出版社,1987:90.

长的过渡之前,首先要以小说的形式出现,尽管作者原先并无出版之意。卡罗尔·里德和我对这些形式一起进行了仔细的研究,我们反复探讨,对情节来回琢磨,几乎把一张地毯都踏破了。没有第三个人参加我们的讨论,许多重要处理都是在两人热烈争论之后做出的。对写小说的人来说,某个主题最好是写成小说,要把小说改编成电影或戏剧就得作许多必要的改动,他就会感到不快;不过,《神秘的第三者》的写作本意就是为改编电影提供原材料。读者会看到小说和电影之间有许多不同之处,不要以为这些改动是强加于作者的,很可能那就是由作者提出的。事实上,电影胜过了小说,因为只有这样,小说才有了圆满的结局。"[①]格林还谈到人物来源,作家马丁斯常用巴克·德克斯特的笔名写一些廉价的西部小说,他的文学特点有点接近爱·摩·福斯特,而且格林与里德对影片的结局有不同看法,格林认为既然是消遣的东西就应该用轻松的事件来结局,而不应该有沉重和不幸的结尾。但里德则给影片加了一个非常意味深长的结局。

小说的结局是:

> 葬礼完毕后,那姑娘没有对我们说一句话,便踏着雪水向大门和有轨电车站走去。我对马丁斯说:"我有车子,请搭车走吧。"
>
> "不了,"他说,"我乘有轨电车回去。"
>
> "您赢了。您证明我是一个大笨蛋。"
>
> "我没有赢,"他说,"我输了。"我看着他迈开他那长得不相配的双腿,跟在那姑娘的后面。他赶上了她,他们并排走着。我想他没有同她讲话,这很像一个故事的结尾;但是在走出我的视线之前,她的手挽在他的胳膊上了,而这又往往意味着一个故事的开始。他是一个很糟糕的射手,对于人的好坏判断力又很差,但是他对西

[①] [英]格林厄姆·格林. 神秘的第三者[M]. 姜姜,其煌,译. 北京:文化艺术出版社,1987:2.

部小说(令人紧张的把戏)和姑娘们(我不知道为什么)都有一套。至于那个克莱宾呢?哦,克莱宾还在同英国俱乐部争议招待德克斯特的费用问题。他们说,他们不能在斯德哥尔摩和维也纳两处都付费用。可怜的克莱宾。不过,你如果认真地想一想,就会感到其实我们都是可怜的。

但在影片的结尾,导演卡罗尔·里德修改了这个结局,当葬礼结束后,马丁斯跳下探长的吉普车,斜倚在路边。空旷的背景里,安娜远远地走过来,始终没有正视马丁斯一眼,就决绝地走过马丁斯身边,没有停留,在长长的墓园小道上慢慢走出镜头。画面切回马丁斯,只剩下他不知所措地划火柴、点烟,留下一片寂寥与深远。这个意味隽永的结局要比小说的团圆结局来得更加发人深省。

第三章 20世纪60年代—20世纪80年代：新好莱坞时期的剧本奖

一、电影新文化与电影小子的出现

1. 青年亚文化与新好莱坞

20世纪60年代，43岁的肯尼迪取代71岁的艾森豪威尔成为第35届美国总统，这个史上最年轻的总统象征了青年文化登上美国历史舞台的新时代，美国社会也进入到一个新阶段。接下来，肯尼迪总统遇刺，美国与越南战争，1967年底美国爆发的黑人骚乱事件以及1968年马丁·路德·金和罗伯特·肯尼迪相继被暗杀，还有欧洲的"五月风暴"在美国引起的反战青年与警察的暴力冲突等一系列事件都说明反叛青年成为社会动乱的主体，也逐渐成为好莱坞银幕上的主角。除了反叛青年的形象，这一时期的青年文化还以嬉皮士的亚文化形态出现。从20世纪50年代后期开始，美国社会就出现了离经叛道的"垮掉的一代"。他们酗酒、吸毒、纵欲、读禅宗，金斯堡的《嚎叫》与凯鲁亚克的《在路上》掀起了美国的青年亚文化潮流，对主流文化和传统价值观提出质疑和否定，还催生了20世纪六七十年代的嬉皮士文化以及反战运动。

这一时期的奥斯卡奖上也多次出现反叛青年的身影，如获得第40届奥斯卡金像奖最佳原创剧本提名的《邦尼与克莱德》（1967）讲述了一对强盗情侣反抗美国政府的故事；讲述大学生迷惘生活的《毕业生》（1967）则获得奥斯卡奖最佳导演奖；记录纽约郊区伍德斯托克举行的"和平、爱和音乐"的摇滚音乐会的纪录片《伍德斯托克音乐节》(1970),获得了第43届奥斯卡金像奖的最佳记录长片;描写美国街头男妓边缘生活的《午夜牛郎》(1969)获得了第42届奥斯卡奖最佳改编剧本奖;讲述驱魔题材的影片《驱魔人》(1971)获得了46届奥斯卡奖最佳改编剧本奖;以摇滚乐队甲壳虫一天的生活为主题的《一夜狂欢》(1964)获得了第37届奥斯卡金像奖最佳原创剧本奖提名;描述了两个年轻的嬉皮士比利和怀特骑着摩托车穿越美国经历的《逍遥骑士》(1969)不仅是60年代美国嬉皮士反文化运动表征,还获得第42届奥斯卡金像奖最佳原创剧本提名。

这些愤怒、反叛、癫狂的年轻人成为美国主流文化价值观的叛逆者,"一方面,他们吸毒、听摇滚乐、参加性狂欢和践行公社生活。一方面则包含友爱、远离政治、逃避现实、主观主义和个人主义及关爱自然。"①他们强调个人主义的价值和对个人自由的重视,并以此向主流社会表示反抗。这种青年文化的兴起象征着美国文化的彻底转向,也象征着嬉皮士、摇滚乐、青年文化成为这个时代的主流。"那个文化将把莎士比亚和金斯堡,文学和电影,贝多芬和摇滚乐全部包罗在内。"②如果说"五十年代精神是新古典式的、拘泥于形式的;六十年代则是表现主义的、浪漫的和自由式的。摇滚乐是六十年代的集团宗教——不仅是音乐和语言,而且也是舞蹈、性和毒品的枢纽,所有这一切集合而成一个单独的自我表现和精神旅行的仪式。"③可以说,精神的放纵与生活方式的自由表达成为新的好莱坞银幕主题,正是青年文化的这种新转向催生了好莱坞发生新的变化。从观众构成来看,战后的新一代青少年成长起来了,他们不能满足于既往的俗套故事,并且各种社

---

① 王恩铭.美国反正统文化运动:嬉皮士文化研究[M].北京:北京大学出版社,2008.
② [美]迪克斯坦.伊甸园之门:六十年代的美国文化[M].方晓光,译.南京:译林出版社,2007:4.
③ [美]迪克斯坦.伊甸园之门:六十年代的美国文化[M].方晓光,译.南京:译林出版社,2007:187.

会危机使年轻观众无法满足于传统好莱坞电影的价值。从影片内容来看,人们需要一些新的影片形式来解答关于越南战争的泥沼、刺杀肯尼迪、太空竞赛究竟有什么意义?从电影形式来看,欧洲新浪潮电影运动催生了人们对电影作者意识的关注。这种种原因最终导致了20世纪60年代末70年代初出现了一批个人化风格强烈的好莱坞新电影,"新好莱坞"的称呼也应运而生,它意味着美国电影正从"经典好莱坞"这一历史时期进入到"新好莱坞"这一个新的阶段。

2. 电影新分级制的建立

20世纪60年代中期,MPAA放弃了曾经的海斯法典,转而制定了一套电影分级系统。海斯法典本是对好莱坞工业的一种自我约束与自我审查,当好莱坞的政治气氛越来越宽松时,分级制接替海斯法典,成为好莱坞继续为观众提供无害娱乐的保证。1968年开始实行的分级制使好莱坞大公司可以制作和发行那些利用公开的最轰动的材料拍摄成的影片,用大片的形式改造传统意义上的类型片,加上尼克松政府一段时间对电影业的税收激励政策,以及一批从电影学校毕业的受"作者论"影响的年轻人,促成了美国电影正从"经典好莱坞"这一历史时期进入另一个不同的新阶段,即"新好莱坞"时期。

分级制度的指导思想是建立一个为家长指导儿童看电影提供引导信息的制度,而不是从内容上"准许"或"不准许"好莱坞拍摄怎样题材的影片。其建立契机是1952年意大利电影《奇迹》在美国的被禁映引发的联邦最高法院的判决。法官们赋予电影以《联邦宪法第一修正案》所赋予的言论自由的权利外衣。[1] 而后美国电影协会(MPAA)、全国电影院业主联合会(NATO)、美国国际电影进口和发行委员会(IFIDA)在1968年11月联合制定了美国电影分级制度,该标准还在1984年、1990年两次进行了修订,

---

[1] 曹怡平.美国电影分级制的再思考[J].电影艺术,2012(2).

目前通用的标准如下：

G级(General Audiences：All ages admitted)：大众级，适合所有年龄均可观看。该级别的电影内容可以被父母接受，影片没有裸体、性爱场面，吸毒和暴力场面非常少。对话也是日常用语。

PG级(Parental Guidance Suggested：Some material may not be suitable for children)：建议家长辅导级，一些内容可能不适合儿童观看，建议在父母的陪伴下观看。该级别的电影可能会有轻微的暴力或和裸体场面，此外，恐怖和暴力场面不会超出适度的范围。

PG-13级(Parents Strongly Cautioned：Some material may be inappropriate for children under 13)：特别辅导级，不适于13岁以下儿童，13岁以下儿童尤其要有父母陪同观看，一些内容对儿童很不适宜。该级别的电影有时会有吸毒镜头和脏话。

R级(Restricted：Under 17 requires accompanying parent or adult guardian)：限制级，17岁以下必须由父母或者监护陪伴才能观看。该级别的影片包含成人内容，里面有较多的性爱、暴力、吸毒等场面。

NC-17级(No One 17 And Under Admitted)：17岁或者以下不可观看，该级别的影片被定为成人影片，未成年人坚决被禁止观看。影片中有清楚的性爱场面，大量的吸毒或暴力镜头以及脏话等。

另有几种特殊的分级：

M(mature)：原指成年的观众才可观看。这一分级现已不存在。大多数在这一级的电影重新评价分级为PG级、PG-13级、R级。

X：NC-17级的前身，禁止17岁及17岁以下的观众观看。在1990年被NC-17级所取代。在影史上，1969年的《午夜牛郎》成为史上第一部也是唯一一部获得奥斯卡最佳影片的X级电影。

由于分级涉及观众的年龄群体与观影构成，因此据统计表明，在好莱坞生产的各种影片中，最理想的影片是适合各类人群观看的 PG 级。以 1969 年至 1979 年十年为例,美国仅有 13.7%的 R 级影片在美国市场收入超过 100 万美元,而有 26.7%的 PG级和 24.2%的 G 级影片达到这个收入。因此,分级制度施行以后,电影生产商和发行商都希望影片能被定为 PG 级,以吸引绝大多数观众进入影院,而不希望被定为限制级 R 级或者 NC-17 级,因为这一级影片会影响到影片的票房收入。于是,很多影片会从现实利益出发,删减其影片中的不良镜头。如 1973 年威廉·弗莱德金导演的影片《驱魔人》被定为 R 级发行,该片也是第一部获得第 46 届奥斯卡金像奖最佳改编剧本奖的 R 级电影。

分级制除了对观众构成有重要影响,对影片主题与影片内容也产生了直接的影响。因为好莱坞更希望选择那些描述人类普遍的人性与情感的主题,如爱情、爱国主义、家庭亲情等来表现人类的积极向上与反抗强权的精神,同时谨慎避免那些会因不同年龄、不同性别、不同宗教信仰、不同党派、不同民族习俗而引起争议和冲突的主题。分级制作为好莱坞的一种新的行业自查机制,其最终目的是希望通过对电影内容的自我规范与审查,承担大众媒体对观众们尤其是对青少年观众的指导作用,赢得社会的支持并促进行业的发展。

3. 学院派一代的出现

好莱坞在 60 年代也面临着巨大的挑战。一方面,学生运动此起彼伏,嬉皮文化和反传统的摇滚乐也随之盛行,电影观众群体越来越年轻化。另一方面,电视的普及造成电影观众的大量流失,影院面临上座率不断下降的局面,制片厂制作的那些大明星参与的影片并没有在市场上取得好成绩。相反,一些将目标瞄准大学生观众的低预算电影却在市场上另辟蹊径取得成功。"《邦妮和克莱德》(1967)花费 300 万美元,回馈给华纳兄弟的收入是 2400 万美元的国内租映收入;《午夜牛郎》(1969)花费 300 万美元,为联艺收回了 2000 万美元。低预算电影的赢家是独立发行的《毕业生》(1967),它耗资 300 万美元,却回馈了 4900 万美元给它的小发行商大使影业。这种利润规模使得精妙老到的'年轻人电影'对于制片厂决策者非常有吸引力。很快,整个'年轻人电影'风潮试图利用校园行动主义和反文化生活方式盈利。"[1]于是,好莱坞一方面试图利用文化来吸引年轻观众走进影院,传统的制片模式与电影人的创作不再能满足年轻市场的需求,好莱坞需要年轻血液,年轻人也需要属于自己的影像表达。另一方面,大制片厂制度解体后,新好莱坞时期的权力分散到了独立电影制片人和导演身上。这样的转变导致了一种美国艺术电影的出现,一批被称为"电影小子"的年轻影人成为好莱坞新的领头人。新好莱坞不仅是一个由经典好莱坞向新好莱坞整体转型的时期,也是一个在制片体制、管理模式、发行方式、市场领域、创作层面、艺术层面上的整体革新,最终形成了这一被电影史称之为"电影小子"的新好莱坞导演群和由他们组成的新好莱坞电影运动。

所谓的"新好莱坞"有几层意义,"第一,新好莱坞代表一种区别于以往的电影制作风格;其二,新好莱坞代表了一种工业环境的巨大变迁;而这种种变化则与更广泛的社会、文化、历史语境的变化是紧密联系在一起的。"[2]新好莱坞运动与美国电影教育的发展是有密切联系的。1960年时,美国没有一所院校能授予电影学专业方面的学位证书。但到了1967年,全美就有200所院校开设了相关的电影课程。到了1980年,则有16所院校可授予电影专业的博士学位。纽约大学、南加州大学、加州大学洛杉矶分校则成为电影专业学生学习的主要基地,也是新好莱坞电影人的温床。"在1970年代早期,新一代的电影工作者出现了——他们在1960年代入学并且属于那一代的观众。"[3]这批电影院校及电影人包括:

---

[1] [美]克里丝汀·汤普森,大卫·波德维尔.世界电影史[M].陈旭光等,译.北京:北京大学出版社,2004:667.

[2] Geoff King. *New Hollywood Cinema: An Introduction* [M]. London: I. B. Tauris&Co Ltd,2002:2.

[3] [美]约翰·贝尔顿.美国电影美国文化(第二版)[M].米静等,译.上海:上海人民出版社,2009:337.

(1)乔治·卢卡斯(George Lucas,1944—   ),1967年卢卡斯进入南加州大学(USC)学习电影。南加州大学电影艺术学院是美国最古老、最大、最享有盛誉的电影学院之一。他在上学期间制作了多部短片,其后更制作了首部长篇故事片。他后来因执导《美国风情画》(1973)、《星球大战》(1977)系列成名。

(2)史蒂文·斯皮尔伯格(Steven Allan Spielberg,1946—   ),1965年考入加州大学长滩分校的电影及电子技术专业,代表作为《大白鲨》等。

(3)马丁·斯科塞斯(Martin Scorsese,1942—   ),在1964—1966年进入纽约大学念电影系,最终获电影专业硕士学位。求学期间曾制作三部短片《你这么好的女孩在这里干什么》(1963)、《那不仅是你,穆瑞!》(1964)和《剃须记》(1967)。

(4)弗朗西斯·福特·科波拉(Francis Ford Coppola,1939—   ),17岁进入霍夫斯特拉学院戏剧系学习,大学毕业后进入加州大学洛杉矶分校(UCLA)影剧系,获电影硕士学位,读书期间执导多部短片。之后他曾导演《教父》三部曲(1972、1974、1990)、《现代启示录》(1979)和《吸血惊情四百年》(1992)。

(5)伍迪·艾伦(Allen Stewart Konigsberg,1935—   )高中毕业之后也进入纽约大学学习电影,但只待了很短的时间后就退学了,开始了自己自学成才之路。

这些从电影学校里出身的年轻电影人被称为电影小子"Movie Brads"。这批新电影人与之前在经典好莱坞时期的电影工业中摸爬滚打成长起来的老一辈电影人截然不同,他们大都出自这些美国高等院校的电影专业,接受过电影专业的正规教育,对各种电影流派、电影术语如数家珍,在电影风格上敢于创新,对各种电影手段进行勇敢尝试。他们每个人都是能编能导,既有同时代人的理想、热情和梦想,又是写剧本的能手,经过专业创作的技能和训练,形成了自己独特的电影风格。另一方面,这些电影人将作者论与导演中心论引入好莱坞,将导演纳入明星般的公众视线。正是他们的努力将好莱坞从破产的边缘拯救回来,导致好莱坞命运的彻底改变。据统计,科波拉的《教父》(1972)拿下 8600 万美元的票房成绩,使影院观众增加了 20%;斯皮尔伯格的《大白鲨》(1974)上演第一周就拿下 6000 万美元;卢卡斯的《星球大战》(1977)更是刷新了上座记录,获得 1.27 亿美元的票房。

新好莱坞运动中兴起的年轻优秀的电影人们试图以新锐的政治与社会美学价值观、独立的电影精神和政治倾向、叛逆的语言,在僵化的电影制度中开辟一条崭新的发展道路。他们的电影极具个性,无论是主题、内容、导演手法,还是叙述模式,都对传统电影观念进行了大胆的颠覆,作品勇敢地抨击了美国社会的种种问题。如科波拉的《教父》改造传统的黑帮片使之成为一部美国社会的史诗;马丁斯科塞斯的《出租汽车司机》探讨了美国社会问题;乔治·卢卡斯是在《星球大战》里开创了声光电特效的幻想世界;斯皮尔伯格则是在《大白鲨》中激发了人类的恐惧心理与夏季档的票房奇迹。这期间的这些优秀作品出现,取得可喜的票房成绩,将当时落入低谷的好莱坞电影业拯救了出来,使好莱坞电影再次走向辉煌。

二、作者论与编剧

1. 作者论:导演即编剧

新好莱坞的转变还与整个世界影坛的电影潮流有着紧密联系。60 年代占据世界影坛的电影思潮与理论是来自法国的"新浪潮电"影"和作者"论的电影理论。该理论由法国新浪潮主要人物特吕弗、戈达尔、夏布罗尔等人提出,主张电影像小说、音乐、绘画一样是一个人的作品,即电影作者,也就是导演个人的作品。这一理论借由美国理论家安德鲁·萨里斯翻译并介绍给英语读者后,也同样被应用在好莱坞的导演身上。电影作者资格包含:(1)在一批影片中体现出导演个性和个人风格特征,把个人的东西带入题材,导演不是一个执行者;(2)影片应具有某种内涵,是后天形成而非先前存在的;(3)电影作者是对电影制作全面控制的人,无导演、编剧的区分。具备电影作者论的导演所拍的电影才是"作者电影"。作者论的实质强调电影导演是主要创作人和最终定稿人,其判定依据是导演对作品的控制。这种理论是将个人色彩浓厚的作者电影与经典好莱坞时期的制片厂风格的类型电影相对立。

那些60年代进入好莱坞的电影人都在电影学院学习过"作者论"的理论,他们怀着电影艺术家的梦想进入好莱坞,认为自己进入电影界是为了追求艺术。他们还非常推崇欧洲和亚洲的作者电影导演,如安东尼奥尼、费里尼、希区柯克等。他们认为导演是电影的形式、风格和主题品质的主要来源,希望通过对这些作者论导演的学习来形成自我的导演实践与风格美学。于是,电影导演重新成为电影的署名作者后,这群年轻导演群体也越来越多地参与到编剧工作中,形成导演即编剧的传统。其中的伍迪·艾伦出身纽约布鲁克林,拍摄的影片多是带有城市背景的知识分子生活,自编自导自演诸多影片,是作者特质最为鲜明的电影人之一。库布里克,想象力丰富,多部电影获得奥斯卡奖的青睐,分别以《奇爱博士》(1964)获得第37届奥斯卡金像奖最佳改编剧本提名,《2001太空奥德赛》(1968)获得第41届奥斯卡金像奖最佳原创剧本提名,《发条橙》(1973)获得第44届奥斯卡金像奖最佳改编剧本提名,《巴里·林顿》(1975)获得第48届奥斯卡金像奖最佳改编剧本提名,《全金属外壳》(1987)获得第60届奥斯卡金像奖最佳改编剧本提名。乔治·卢卡斯以《美国风情画》(1973)获得第46届奥斯卡金像奖最佳原创剧本提名。还有编剧保罗·施拉德,毕业于加州大学洛杉矶分校,其与马丁·斯科塞斯一同合作了《出租车司机》(1976)、《愤怒的公牛》(1980)等。

新好莱坞时期的电影编剧有了更为广阔的发展天地,他们的创作不再受电影公司的制约,不再与固定的电影公司形成契约的状态,可以获得更多的机会。从此之后,他们将新浪潮和作者电影追求的艺术理想的电影传统,与美国文化特色与好莱坞商业传统结合在一起,开创了新好莱坞运动商业与艺术并重的传统。

2. 伍迪·艾伦的"作者"编剧生涯

【获奖记录】

2012年第84届奥斯卡金像奖最佳原创剧本(获奖):《午夜巴黎》(Midnight in Paris)。

1987年第59届奥斯卡金像奖最佳原创剧本(获奖):《汉娜姐妹》(Hannah and Her Sisters)。

1978年第50届奥斯卡金像奖最佳原创剧本(获奖):《安妮·霍尔》(Annie Hall)。

伍迪·艾伦(Woody Allen,1935.12—),原名艾伦·斯图尔特·康尼斯堡,出生于纽约布鲁克林,美国导演、编剧、演员,美国艺术文学院荣誉成员,中学毕业后靠写幽默段子进入电影界。据说他的名字"伍迪其实是他早年的外号,意思是木头脑袋"[①]。伍迪·艾伦曾进入纽约大学学习,也上了一门电影课,但不到三学期就退学了。19岁的伍迪被美国全国广播公司聘请,开始担任记者和电视剧编剧。1965年写了自己的第一个剧本,但对别人拍自己写的剧本非常不满意,决定以后都亲自执导自己的剧本,于是他就成为新好莱坞电影中的一份子。20世纪70年代的伍迪·艾伦创作的影片以爱情喜剧最受欢迎,其中凭借爱情喜剧片《安妮·霍尔》(1977)获得第50届奥斯卡金像奖四项大奖,包括最佳导演和最佳原创剧本奖。剧本奖由伍迪·艾伦与合作者马歇尔·布瑞克曼一起分享。两人还一同凭借《曼哈顿》(1979)获得第52届奥斯卡金像奖最佳原创剧本的提名。伍迪·艾伦在获得剧本奖提名方面遥遥领先,至今已经获得16次奥斯卡金像奖的剧本奖提名,远超其他获得提名较多的编剧名单——费里尼(8次)、英格玛·伯格曼(5次)。他在奥斯卡金像奖评选中一共获得过三次最佳原创剧本奖和一次最佳导演奖,分别是《安妮·霍尔》(1977)、《汉娜姐妹》(1987)、《午夜巴黎》(2012)获得的最佳

---

① 郑再新.伍迪·艾伦及其影片[J].世界电影,1987:(4).

原创剧本奖,《安妮·霍尔》使其获得了最佳导演奖。但每次获奖他都拒绝出席奥斯卡奖的典礼。因为他认为,"奥斯卡奖尤其腐败,人们强迫你投票给他们或者他们的朋友,电影和候选人都有竞选团体,广告商也参与其中。这根本不是在选年度最佳电影,完全没有可信度。"①

伍迪·艾伦一共编剧、导演四十余部电影。他的编剧创作非常有个人特色。

其一,在剧本与电影的关系上,他曾自嘲地说道:"在家躺在床上没事的时候,我一般都在创作,而且经常灵光闪现,想出不可思议的故事。每到这时,我就觉得自己正在写一部惊世骇俗的作品,就连公民凯恩也要从棺材里爬出来看了。然后我就去拍了,当拍完看到成片后,又震惊又羞愧,我怎么拍了个这么烂的东西出来。我就纳闷:'到底是哪一步出问题了呢?'"②原因可能是:"哦,我丢掉了原剧本中许多深奥的和光彩照人的东西。"③因此,他深深地认可剧本要比自己最后拍的电影要好得多,因为"如果你有个好本子,拍得却很烂,光线和镜头都不行,也不妨碍你做出一个好片子,这一点屡试不爽。很多电影——从一些动画片到路易斯·布努埃尔的片子——拍得都一塌糊涂,但剧本写得那么好,片子就也不会差。但如果你的材料不好,剧本很糟,就算你千方百计从头到尾好好地拍,不管你拍出了什么风格,就是不管用"④。对于伍迪·艾伦来说,如果一个优秀的剧本经过很糟糕的制作,最终也有可能会成为优秀的影片,但一个糟糕的剧本则无论制作多么优良仍可能会是一个很烂的影片。

其二,在剧本写作上,伍迪也有一套自己的理论:"我很快就

---

① [美]伍迪·艾伦;[瑞]史提格·比约克曼.我心深处[M].周欣祺,译.北京:新星出版社,2016:90.

② [美]格里尔森.顶级电影编剧大师访谈[M].秦丽娜,译.北京:人民邮电出版社,2014:48.

③ [美]亚·沃克.伍迪·艾伦谈《汉娜姐妹》[J].咏箫,译.世界电影,1987(4).

④ [美]埃里克·拉克斯.伍迪·艾伦谈话录[M].付裕,纪宇,译.郑州:河南大学出版社,2016:111.

知道写作不是个容易活,而是个非常耗人的工作,非常困难,你必须得竭尽全力。很多年之后我才读到托尔斯泰的话,实际上,'你须当将笔蘸入鲜血。'我曾经每天早早就开始干,不停地想,不停地卡壳,不停地重写又重想,不停地撕毁了再从头来过,这样形成了一套强硬的措施——绝不等待灵感。我总是咬着牙写下去。你知道,你得逼着点自己。所以我总是写了又写,因为我总在逼着自己。这么多年我发现了无数种招数挺过那些苦恼的时期。"①

其三,在具体电影创作上,伍迪·艾伦的电影一般是自编自导自演的喜剧片,他扮演的主人公都是鼻上驾着一副眼镜、机敏伶俐、能言善辩,但又带有些神经质、经常被人欺骗的知识分子形象。《安妮·霍尔》(1977)中他扮演的纽约布鲁克林区喜剧演员的形象实际就是艾伦的自我写照。艾伦回忆自己写作《安妮·霍尔》的过程:"我的电影大纲很少写满一页纸,通常我写到一半就没兴趣了。我会写,你知道,'艾尔维遇到了安妮。浪漫的场景。他们相遇时的回闪。'我会这样写八条,等写到第八条或第九条时就腻味了,因为我太了解我的故事了,真的不需要这样做。"②《安妮·霍尔》是一部艺术气息浓厚的浪漫喜剧,讲述艾尔维与安妮的爱情故事。影片中的搞笑成分基本上是伴随故事情节的展开、通过演员的对白讲述表达出来的,带有艾伦个人特色的絮絮叨叨的对白与对爱情的哲理性思考恰是影片的精髓所在。他在接受采访中把《安妮·霍尔》说成其职业生涯中的一个重要转折点,认为,"也正是从那时起,我开始将《安妮·霍尔》当成是我迈向成熟的第一步。"③

他的另一部受到好评的电影《开罗紫玫瑰》(1985),"我刚开始写的是这样一个故事:一个女人的梦中情人从银幕上走了下

---

① [美]埃里克·拉克斯.伍迪·艾伦谈话录[M].付裕,纪宇,译.郑州:河南大学出版社,2016:108.
② [美]埃里克·拉克斯.伍迪·艾伦谈话录[M].付裕,纪宇,译.郑州:河南大学出版社,2016:107.
③ [美]伍迪·艾伦、[瑞]史提格·比约克曼.我心深处[M].周欣祺,译.北京:新星出版社,2016:76.

来,两人坠入爱河,然后现实中的男演员本人出现了,于是她必须在虚构和现实之间做出选择。选择虚构显然是不可能的,那太疯狂,因此你只能选择现实,但现实会伤害你。就是这么一个简单的故事,其他都是写作时想到的内容。"[1]在实际拍摄中,他将背景放在三十年代美国经济大萧条时期,女主人公米亚·法罗是个女服务生,面对丈夫不忠和毫无希望的生活,她只好在看电影中消磨时光,并在看电影时爱上了电影中的男主角。当男主角从银幕上走下来与她一起生活后,失去了主角的电影大乱套,女主人公的现实生活也开始面临诸多挑战。最终电影人物还是回到虚幻的电影世界,而女主人公还是继续在现实生活中过着旧日生活。一切就像是做了一场美丽的电影梦。这部影片很好地表现了他原初设定的"你只能选择现实,但现实会伤害你"的创作主题,因此艾伦也认为,"只有《开罗紫玫瑰》,那是我最接近满意的一部电影,拍完之后我感觉'这一次我的想法终于成真了'。"[2]

其四,在处理剧本与演员的关系上,由于艾伦身兼作家、导演和演员多职于一身,他的影片一般是低成本影片,但却能吸引很多明星加盟他的影片,对此,伍迪·艾伦认为这要归功于他的剧本的力量:"我是利用这样的事实,这些演员大部分是演技精湛的表演家,他们厌透了那些站不住脚的脚本,什么外星人、天地灾象。我交给他们一些剧本,里面写有人性的人,有人性的故事。这使他们有机会去表演,而不是跟着镜头转。他们到一部灾难片中去赚了2000万美元,然后到我这里过上5星期洗洗脑子。"[3]

伍迪·艾伦曾经自我评价道:"我是个严肃的人,一个严守自律的劳动者,我喜欢写作,喜欢文学,喜欢戏剧和电影。为了喜剧效果,我把自己描绘得很愚蠢,但我并不是那种人。我清楚自己

---

[1] [美]伍迪·艾伦、[瑞]史提格·比约克曼.我心深处[M].周欣祺,译.北京:新星出版社,2016:138.

[2] [美]伍迪·艾伦;[瑞]史提格·比约克曼.我心深处[M].周欣祺,译.北京:新星出版社,2016:109.

[3] 马振聘.伍迪·艾伦访谈录:"这个社会的文化悬了"[J].书城,1999(6).

的人生不是连串让人发笑的灾难——之所以搞笑是因为它们荒唐无稽。而我本人则要无趣得多。"①因此,他给自己的定位并不是一位电影艺术家,"我觉得自己是个电影工匠,一直不停地工作,而不是每三年去走走红地毯。我并不愤世嫉俗,离艺术家也差得很远。我是个幸运的劳动者。"②在他影片中,通过对城市生活的展示、对人生哲理的探讨,展现了带有个人作者特质的电影。

3.作者型电影编剧:弗朗西斯·福特·科波拉

【获奖记录】

1975 年第 47 届奥斯卡金像奖最佳改编剧本(获奖):《教父 2》(The Godfather: Part Ⅱ)。

1973 年第 45 届奥斯卡金像奖最佳改编剧本(获奖):《教父》(The Godfather)。

1971 年第 43 届奥斯卡金像奖最佳原创剧本(获奖):《巴顿将军》(Patton)。

弗朗西斯·福特·科波拉(Francis Ford Coppola,1939—)出身于意大利移民家庭,1956 年进入霍夫斯特拉大学学习,求学期间加入戏剧社团。大学毕业后,科波拉进入加利福尼亚大学洛杉矶分校攻读硕士,师从好莱坞 B 级片导演罗杰·柯曼,成为他最得力的助手。科波拉在学院派的背景中成长,又受到好莱坞体制的熏陶,在 1962 年拍摄了首部剧情片《痴呆症》,其后拍摄了《雨族》(1969)、《教父》(1972)、《教父 2》(1974)、《现代启示录》(1979)、《斗鱼》(1983)等作品。

科波拉是科班出身的"好莱坞小子"一代,在好莱坞的成功是从 1970 年参与《巴顿将军》的编剧获得奥斯卡最佳原创剧本奖开始的。之后以编剧兼导演的身份拍摄的《教父》改编自马里奥·

---

① [美]埃里克·拉克斯.伍迪·艾伦谈话录[M].付裕,纪宇,译.郑州:河南大学出版社,2016:5.
② [美]埃里克·拉克斯.伍迪·艾伦谈话录[M].付裕,纪宇,译.郑州:河南大学出版社,2016:133.

普佐的同名小说《教父》,该片用史诗性的叙事讲述一个黑帮家庭的变迁,并将影片主题从暴力、犯罪升华到人类社会中的权力斗争。影片最终获得了第45届奥斯卡最佳影片、最佳改编剧本、最佳男主角三项大奖。影片在票房与口碑的巨大成功促使弗朗西斯与原小说作者普佐再次合作,改编和拍摄了《教父2》这部续集。这部续集同样获得了票房与评论的双赢,影片成本为一千五百万美元,票房收入则高达到了两亿三千万。影片用回忆的叙事描绘了美国黑手党的产生历史、内部斗争及复杂的社会联系,展现了第一、二代教父的奋斗经历和内心世界。该片最终在47届奥斯卡上收获6项大奖,其中就包括最佳改编剧本奖。

《教父》小说作者是马里奥·普佐,这是他的第三部作品。普佐将小说的电影改编权卖给了派拉蒙,派拉蒙邀请普佐先写了一个剧本的初稿。由于《教父》描写黑手党的故事而在寻找导演的过程中一波三折,一些著名导演认为这部电影是为黑手党和罪犯涂脂抹粉而拒绝执导,于是派拉蒙找到科波拉当导演,因为"他是意大利人,又年轻"[①],而且当时已经因为《巴顿将军》的剧本而获得奥斯卡奖。

据说,当派拉蒙公司要求科波拉根据通俗小说《教父》改编成电影时,他最初对《教父》的小说毫不在意,他说:"当派拉蒙公司向我提供这一机会时,我开始看这本小说,只看了五十页就看不下去了。我认为它只是一本流行的、耸人听闻的小说,是那种不登大雅之堂的东西。"他非常失望,对自己的父亲说:"他们希望我来导演这堆垃圾,我不会干的,我要拍的是艺术电影。"但很快,科波拉因为与乔治·卢卡斯共同创建的电影公司的经济状况非常糟糕,负债累累,"派拉蒙公司又派人打电话请他导演《教父》。科波拉用手捂住话筒,转身问他的朋友乔治·卢卡斯。他说:'乔治,我该怎么办? 我该不该拍这部暴力片?'卢卡斯回答说:'弗朗

---

① [美]马里奥·普佐.马里欧·普佐谈《教父》的创作[J].黄水乞,译.福建外语,1988(22).

西斯,我们需要钱啊!'科波拉立即向电话中说:'好吧,我干!'"①这就是科波拉加入这部影片的缘起。

作为一部通俗小说,《教父》语言平平,线索杂乱。但很快,科波拉的艺术领悟力让他面对这部平庸的通俗小说时有了新的感悟。他后来说道:"我真正进入了这个故事的实质:一个家庭的历史,父亲、儿子们以及权力和继承人的问题。如果把其他的枝蔓砍掉,这是一部了不起的小说。我认为它不仅会成为一部受欢迎的电影,还会成为一部好电影。如果说这两集《教父》都有力量的话,那是因为马里奥的原作写得有力……我非常尊重马里奥,他创造了故事、创造了角色,即使在我本人写得较多的'二集'里,那些角色也是出于他的创造。派拉蒙之所以会聘请我,是因为这本书当时还没给人以深刻印象,很多导演都拒绝拍这部影片。而且我这个人有一点使人感兴趣,就是我拍片很节省。"②

实际上,科波拉为了改编这部影片花费了不少功夫。由于原著小说内容比较庞杂,为了得到一个清晰的故事大纲,科波拉采用自己独特的写作技巧来改编剧情,完成剧本的写作。普佐说道:"我与科波拉配合默契。他修改前半部分,我修改后半部分,然后再相互交换着修改。拍片用的剧本终于产生出来了。"③而至于剧本的改编方法,科波拉说:"我费时颇久。我小心翼翼,一丝不苟。众所周知,我为改编《教父》一书花了很长很长时间。我就是这样确立了自己的改编方式。我实际上是给那部小说做了一份手写的阅读手册。所以,首先我会拿一册书,通读一遍,在所有可能选用的对话下划线。然后我再拿另一册,在所有可能被宣之于口的想法下划线。然后我再拿一册书,挑选出所有真实的场景以及所有可以被表现成梦境的场景。然后我逐条记录自己在这几遍通读中想到的评论。比如,每个场景的核心是什么?比如,

---

① [美]罗·约翰逊.科波拉和他的《教父》[J].陈梅,译.电影艺术译丛,1980(3).
② [美]罗·约翰逊.科波拉和他的《教父》[J].陈梅,译.电影艺术译丛,1980(3).
③ [美]马里奥·普佐.马里欧·普佐谈《教父》的创作[J].黄水乞,译.福建外语,1988(22).

要完成这一场景的任务至少要说哪些词句?比如,这一场景需要怎样的质地——服装或者布景外观如何?然后我把这几册书拆开,复印相关的文页,有时会用不同的颜色来区分文页,以追寻不同的故事元素的进展。然后我把这些装订成活页笔记本,这就是一份完整的拍摄概要文档。……这才是我起步的地方;是我的剧本素材。"[1]

就是在这样精细的改编工作中,科波拉将影片的重点放在黑帮的家族史中来叙述,开拓了影片主题的深度与广度。这部影片本属于好莱坞最擅长的黑帮片,但在新好莱坞运动反体制、反主流的艺术潮流影响下,科波拉在影片的叙事结构、人物刻画、情节编织、镜头语言、个人表现、风格尺度上都对传统的好莱坞黑帮类型电影进行了改造,使之成为一部带有宏伟气度的黑帮家族史诗片,从而为新好莱坞类型电影的再创作提供了可供借鉴与参照的范例。首先,影片《教父》在叙事结构方面弃用了传统黑帮片类型范式,科波拉采用了多点错位、主副线平行并进的形式来贯穿整部电影的结构,《教父》主要以老教父科列昂为主线,同时又分别介绍科列昂家族的长子桑尼、养子哈根、幼子迈克尔、女婿卡罗斯等各条支线,主线贯穿,副线交叉叙事,形成复杂但不杂乱的叙事架构。其次,《教父》在人物塑造方面也善于依据不同的人物性格来刻画人物形象,主要集中展现了老教父科列昂和新教父迈克尔的形象。影片改变了传统黑帮片人物塑造脸谱化的类型模式,注重挖掘人物性格变化的过程,展现复杂的人性状态,勾画了一个黑帮家族人物的命运史。最后,在影片主题上,影片《教父》通过怀旧、追忆,展现了意大利后裔的黑帮家族在美国不同历史阶段的荣辱兴衰。

在《教父》第一部取得巨大成功后,人们都希望能继续看到科波拉拍摄续集。他最初也是拒绝拍摄续集,但后来他自己写了《教父》第二部的剧本,并且是在演员排练前才完成最后的剧本,

---

[1] [美]基特·卡森.青春的真相——弗朗西斯·福特·科波拉访谈[J].吉晓倩,译.世界电影,2008(4).

当演员们听完台本的内容后,全体纷纷起立鼓掌。事实证明,第二部的《教父》仍然延续了科波拉的艺术掌控力,该片获得6项奥斯卡奖项的肯定。16年后,《教父》第三部在1990年上映,交代了第二代教父迈克尔的最后结局。

实际上,科波拉时隔多年接拍这部系列剧的最重要原因是,他之前的影片《现代启示录》等均遭遇票房滑铁卢,使得他的电影公司陷入资金困境。他根据康拉德小说《黑暗的心》改编的《现代启示录》是其最具野心的电影,该片讲述美军库茨上校在越战的丛林中叛逃,成为丛林王国中的国王。而美军士兵威拉德奉命去杀死上校,却在过程中经历了思想的巨大变化。该片战争场面恢宏,但拍摄过程却困难重重。由于得不到美国军方支持,科波拉只得在当地雇佣菲律宾士兵,还要自费租用飞机。拍摄过程中遇上台风,拍摄进度一再延期,最终影片完成后在市场上反应平平,票房巨亏,科波拉为此差点破产。于是《教父》第三部成了科波拉为了偿还欠债而不得不接下的一个任务,这部剧本仍然由马里奥·普佐与科波拉合作编写。最终《教父》第三部获得了7项奥斯卡提名,唯独没有最佳剧本奖的提名。以著名电影网站 IMDB 上三部曲的评分可以看出:第一部 9.2 分,第二部 9.0 分,第三部只有 7.6 分。可以说,这部电影作为科波拉《教父》系列的最后一部作品,评论上也是毁誉参半,不尽如人意。

4. 罗伯特·汤的编剧艺术

【获奖记录】

1975 年第 47 届奥斯卡金像奖最佳原创剧本(获奖):《唐人街》(Chinatown)。

罗伯特·汤(Robert Towne,1934—),美国编剧,新好莱坞运动中的代表人物之一。罗伯特·汤 1934 年出生于洛杉矶,大学毕业后希望能做个作家或演员。于是他来到好莱坞投身于 B 级片之王罗杰·科曼旗下,开始为他的《地球上最后一个女人》(1960)创作剧本并在其中扮演了一个角色。他通过不断写作,逐渐在好莱坞的编剧界打下名声,其参与过的工作包括为《邦尼与克莱德》(1967)剧本担任"剧本医生",该片取得的巨大成功也让罗伯特·汤声名大噪。20世纪70年代,他创作的三个剧本《特殊特务》(1973)、《唐人街》(1974)、《洗发水》(1975)均获得奥斯卡剧本奖提名。其中最知名的作品是为波兰斯基执导的《唐人街》创作剧本,该片也获得第47届奥斯卡最佳原创剧本奖,同时位列美国编剧协会评选的"影史101个最佳剧本"的第3名。据他本人后来说明,剧本的灵感来自 Carey McWilliams 的一本作品《南加州乡村:大陆中的孤岛》以及与雷蒙德·钱德勒有关的杂志文章。20世纪80年代,他导演的影片均失利,如《个人最佳》(1982)、《破晓时刻》(1988)。也许,作为编剧的罗伯特·汤比作为导演的他更有天分。20世纪90年代,罗伯特·汤参与到卖座大片《碟中谍》第一部和第二部的创作,他在剧本创作上的成就也让其成为编剧典范。

《唐人街》复兴了20世纪四五十年代的黑色电影潮流,按照保罗·施拉德的《黑色电影札记》中给黑色电影风格下的定义:"(1)大部分场景都是按夜景布光;(2)宁愿使用斜线与垂直线也不用横线;(3)为演员和布景提供同等的照明强度。演员常常隐藏在城市夜景的实际画面之中,更明显的是,在他说话时面部总是被阴影遮住。(4)构图张力优先于形体动作。典型的黑色电影宁可通过摄影机让镜头围着演员运动,也不愿让演员的形体动作控制场面。(5)一种几乎是弗洛伊德式的对水的依恋。(6)对浪漫叙事的偏爱。(7)经常使用复杂的顺时时序来加强对于无望与流逝的时间的感受。"[1]在电影《唐人街》中,私家侦探杰克受雇去调查一起外遇事件,却不料卷入了一场政治阴谋,随着剧情发展,杰克寻找幕后凶手,中途甚至爱上了委托人伊芙琳,并竭尽全力去保护他的爱人。但是《唐人街》的结局与其他的经典黑色电影相比更加残酷和悲凉,甚至被称为电影史上最凄惨的结局之一。

---

[1] [美]保罗·施拉德.黑色电影札记[J].郝大铮,译.世界电影,1988(1).

在《唐人街》结尾,费·唐娜薇扮演的伊芙琳被子弹洞穿了右眼,一个大大的血窟窿出现在了银幕上,以死亡结束了影片。杰克原本以为能逃离这样的梦魇,到头来他才发现,整个世界都充满着暴力、阴谋、谋杀与堕落。影片中的悲惨结局跟剧本结局是截然不同的,导演罗曼·波兰斯基修改了罗伯特·唐尼的剧本,在原稿中,杰克带着伊芙琳逃到了墨西哥,而影片结局伊芙琳被射杀在驾驶座位上,杰克眼看这一切发生却无能为力,这种笼罩在杰克身上的宿命感加重了影片绝望的气息。

导演波兰斯基在谈到自己参与修改剧本时说道:"与罗伯特·汤合作拍《唐人街》(1974)时并非如此简单,但我们是朋友,而且始终都是。我们在合作之前、之后是朋友,在合作时不是!剧本他已经写了很长时间,我接手影片时剧本刚写完,但无法拍摄。他写了200页,也就是说,影片将长达四五个小时!结构过于自由,人物过多,必须压缩,必须更严谨、更有条理。但罗伯特捍卫对白中的每一个字,每天争吵不休!不仅如此,那年夏天出奇的热,我的办公室又在好莱坞的山丘上,令人喘不过气来。罗伯特有一条硕大的狗,它就卧在我的脚旁。罗伯特抽着烟斗,气味十分难闻!事情还不止于此,我们有两点主要分歧。其一,他不愿意让侦探(杰克·尼科尔森饰)与伊芙琳(费·唐娜薇饰)睡觉,而我觉得这很重要。在影片故事发生的伟大时代的黑色影片中,人们永远不知道女人与人睡觉是出于爱情、出于享乐、出于私利还是出于失望。我认为这增强了悬念。其二,他不愿意伊芙琳在最后死去。而我认为,在这部表现腐败与不公的影片中,我们不需要充当伸张正义的人。我认为必须让好人失败,让观众在走出影院时仍然因不公而感到失望。"[1]波兰斯基认为剧本这样的改动是必要的,"我一直确信这是出于整体的逻辑,因为如果你要造成任何不公正的感觉,那你就必须将它贯穿到结尾。我也认为如果这女孩最后死了,他们应该有一夜温存。他们之间必须有一些

---

[1] [法]罗曼·波兰斯基. 罗曼·波兰斯基谈电影[J]. 石泉,译. 世界电影,2004(1).

更为强烈的东西,而不仅仅只是柏拉图式的幻想。"[①]《唐人街》电影用最后的死亡将影片的黑暗特质推到了极致。黑色电影经典作品这一的《马耳他之鹰》的导演约翰·休斯顿在其中饰演了一个重要的角色:真正的幕后黑手地产大亨诺亚。侦探杰克面对这样的幕后黑手无能为力,只能眼见伊芙琳最后绝望死去。

三、奥斯卡奖上的作家们

1. 玛格丽特·杜拉斯与《情人》

【获奖记录】

1961年第33届奥斯卡金像奖最佳原创剧本(提名):《广岛之恋》(Hiroshima mon amour)。

玛格丽特·杜拉斯(Margaret Duras,1914—1996),法国小说家、剧作家、导演。出生在法属印度支那,18岁回到法国。1943年,29岁的杜拉斯发表处女作《无耻之徒》登上文坛。她一生中共写作了33部小说(包括短篇小说集)、11部喜剧、7部电影剧本,还亲自指导参与20多部电影的拍摄。1961年,由杜拉斯编剧的《广岛之恋》获得第33届奥斯卡最佳原创剧本提名。1975年出版的剧本《印度之歌》获得法国电影节实验艺术电影协会奖。1984年,年届70岁的杜拉斯出版的小说《情人》获得法国最具影响力的龚古尔文学奖;1990年,根据小说《情人》改编的电影还获得了第65届奥斯卡金像奖最佳摄影提名。可以说,杜拉斯是在文学史与电影史上最有跨界影响力的作家之一。

杜拉斯第一次与银幕结缘是她的小说《抵挡太平洋的堤坝》(1950)的改编权被卖给了导演勒内·克莱芒。其后,同名影片于1958年在法国上映。这也是杜拉斯的小说第一次被改编搬上银幕。虽然影片导演克莱芒曾以《铁路战斗队》(1946)赢得第1届

[①] [美]詹姆斯·格林伯格.电影里的人生:波兰斯基访谈[J].沈文烨,译.当代电影,2016(4).

戛纳电影节最佳导演奖,片中演员有日后出演希区柯克导演的《精神病患者》(1960)的安东尼·博金斯,但还是难掩杜拉斯对影片的失望。这种失望直到1960年,杜拉斯发表《广岛之恋》的剧本才得以平复。这个剧本的创作契机也是一波三折。

  法国的电影公司阿尔戈公司之前凭借一些短片作品获得政府津贴,因此在1958年初与雷奈合作,希望以广岛遭遇原子弹轰炸为主题拍摄一部电影长片。雷奈要写一部带有纪录片风格的剧本,但却无法找到贴切的语调,也无法在剧本中注入主题本身所包含的那种情感。彷徨了三个月之后,他提出了一个建议,打算采用女性的视角。最初他想到了《你好,忧愁》的作者萨冈,并约好了见面详谈。但萨冈却两次爽约。接着有人想到了波伏娃,但她的书生气却令人不快。最后,雷奈建议找杜拉斯。他不久前读了《琴声如诉》,并为之兴奋不已。制片人阿纳托尔·多曼同意了这个主意,认为杜拉斯的写作或许"更有女性特质"。于是,阿尔戈电影公司在1958年给杜拉斯发出邀请希望能合作电影剧本。杜拉斯于是投入创作中,雷奈的个人追求与"新小说"不谋而合:声画错位、线性叙事中的断裂、对沉默的偏爱等。据称,杜拉斯写作的奇迹般的迅速使得剧本很快就圆满完工,而且"一些出来就是成品"[①]。于是,一部对新浪潮电影运动产生巨大影响的影片就这样以合作的形式产生了。但实际上,《广岛之恋》的剧本与原计划的主题并不是特别切合,原有的命题是"一个原子弹爆炸后有关生存的故事",结果杜拉斯展现的是遗忘、爱情与死亡的主题。剧本完成后,因为剧本的预算只有1200万日元,雷奈在日本和法国各自拍了十几天就结束了影片的拍摄。作为杜拉斯第一次接触电影产生的作品,这部电影的完成度很高。这部电影与其说是雷奈的电影,不如说剧作者的烙印更加深刻,变成了带有杜拉斯印记的电影。

  这部电影原计划参加1959年的戛纳电影节,但这一届评委

[①] [法]阿兰·维贡德莱.杜拉斯传一个世纪的穿越[M].胡小跃,伍倩,译.南京:江苏凤凰文艺出版社,2017:205.

会更青睐《四百击》,最终这部电影退出了电影节的竞赛单元。但是,报刊评论界对这部影片的大量赞誉与评价却推高了影片的票房,因为电影公司在宣传中突出了影片的爱情主题,纷纷赞誉"《广岛之恋》,一段充满甜蜜、温柔与欲望的爱情!"或者"《广岛之恋》,一部关于爱情的电影,令人震惊的爱情,离经叛道且无视时空界限的爱情,无上的爱情。""《广岛之恋》,一部关于爱情的影片,一段疯狂并咆哮的爱情,一段呐喊的爱情。"最终影片在49天内就吸引了高达256900人次的观众观看,影片最后还获得了奥斯卡最佳原创剧本奖的提名。杜拉斯这次与电影的结缘可以说是比较成功的。其后,她的其余小说作品也纷纷被改编成电影。如1960年,杜拉斯的小说改编影片《琴声如诉》在戛纳上映,该片导演彼得·布鲁克获得了第13届戛纳电影节的金棕榈奖提名,女主角让娜·莫罗则获得了戛纳电影节的最佳女主角奖。但杜拉斯也不是很满意,认为彼得·布鲁克的影片"把主题搞错了"。1961年,她的小说《长别离》被导演亨利·柯比搬上银幕并获得了第14届戛纳电影节的金棕榈奖。1964年,杜拉斯为马兰·卡密兹写了《黑夜,加尔各答》的剧本。1965年,杜拉斯为乔治·弗朗叙写了《白色的帷幕》。1966年,杜拉斯为托尼·理查德森写了《家庭教师》;为朱尔斯·达辛写了《夏夜十点半》等。

尽管这些根据杜拉斯小说改编的电影也曾获得电影节奖项的肯定,但杜拉斯总体来说对这些电影并不满意,于是她干脆自己做导演来拍自己想要的电影。1967年,杜拉斯让自己儿子做副导演,将出演过《去年在马里昂巴德》(1961)的演员召集在一起拍摄了电影《音乐》。之后,她自导自编了《毁灭吧,她说》(1969)、《娜坦丽·葛兰吉》(197)、《恒河女儿》(1974)、《印度之歌》(1975)、《树上的岁月》(1976)、《卡车》(1977)、《夜船》(1979)、《孩子们》(1985)等影片。《卡车》还获得了第30届戛纳电影节金棕榈奖提名。至于拍电影的原因,杜拉斯表示,"我之所以产生了拍电影的念头,是因为那些根据我的小说拍成的电影,简直让我无法忍受。所有的电影,真的,都背叛了我写的小说,简直是到了让我匪夷所思的地步。最离谱的背叛是勒内·克莱芒拍的《抵挡太平洋的堤坝》(1958)。"[1]杜拉斯的电影反对通行的电影语言,在她的影片中甚至让银幕漆黑一片。对于法国观众来说,他们对于杜拉斯的电影只有一个评价,就是弗朗索瓦·努里西耶在评价《毁灭吧,她说》时的论调:"我们得拼命抑制自己想掐死电影人玛格丽特·杜拉斯的冲动。"[2]

杜拉斯被认为是新小说派中的一员,这里的"新"即指区别于巴尔扎克时代留下的"旧"的现实主义小说的创作手法。新小说作家在小说理念与创作方法上,追求一种崭新的创作方法和艺术风格,如:在叙事结构上淡化故事情节与传统时空叙事,多采用"迷宫式"结构来展现时空交错的多层次空间。在描写方式上,注重对事物的客观描绘,提倡视觉性效果与绘画般的写作手法。在人物塑造与语言表现上,多采用意识流、对话体等方式,来表现人物的内心意识及探索人的精神世界。杜拉斯的小说与剧本以记忆、遗忘为主题,展现了这样的虚实交替、若有若无、言外有音、跳跃多变的时空画面。

在杜拉斯的电影观念与编剧手法上,她形成了一种"电影的零度表达"[3]。即她在电影拍摄中也展现出一种"不介入"的态度:"我一开始执导,立即就想要定义出杜拉斯电影的特征:一种语言,我的语言,我的畏惧;而且不能有我任何一位明师的影子。"在影片的叙事特征上,杜拉斯的电影保持了与其小说一样的"跳跃"叙事,她认为传统的电影将一切说得太满,正如自己的小说是关注对断裂的、断片的、跳跃的叙事,她的电影也是如此,"我的电影是由最大程度的撕裂、重叠、材料、落差、溶解的持续变异所制成:所有这些想象出来的事物都被视为在重建生命中原本就带有的

---

[1] [法]塞纳克.爱,谎言与写作:杜拉斯影像记[M].黄荭,译.重庆:重庆大学出版社,2014:137.

[2] [法]塞纳克.爱,谎言与写作:杜拉斯影像记[M].黄荭,译.重庆:重庆大学出版社,2014:174.

[3] [法]杜拉斯,[意]莉奥波迪娜·帕洛塔·德拉·托雷.杜拉斯谈杜拉斯:悬而未决的激情[M].缪咏华,译.桂林:广西师范大学出版社,2016.

异质性和不可还原性。""这些跳跃式的语法,让剧本变得丰富——从现在式到假设法、到简单过去式——很明确地凸显出这种疏离效果,这是传统叙事所无法呈现的。"这种力图还原生活本身的破碎、断裂的叙事手法,表现人物内心世界的追求不仅是杜拉斯的风格所在,也是她的自觉追求,因为"我想在胶片上重现的内心时间,跟大家所理解的一般电影里的'叙事'时间,一点关系都没有。"

在文学与电影的关系上,杜拉斯的很多小说或者剧本都被改编成了电影,但杜拉斯唯独认可的是雷奈导演的《广岛之恋》,认为其保留了自己的电影美学,其余的则皆不如意。包括《抵挡太平洋的堤坝》(1958)、《琴声如诉》(1960)、《夏夜十点半》(1966)、《直布罗陀的水手》(1967)、《死亡的疾病》(1985)、《长别离》(1961)等影片,杜拉斯毫不客气地评价:"我开始拍电影,因为——除了雷奈——把我的小说改编拍摄的电影,我都不喜欢。我就在想,我倒要瞧瞧我自己能拍出什么来:不可能比这些更差劲。"改编的弊端就在于杜拉斯的文本一般比较简洁,缺少很多的背景、叙事等内容,而这些导演为了电影叙事的需要而补充了很多的情节、叙事、人物等,因此杜拉斯批评他们"害文本变得庸俗。随便挪用,以浪漫的形式重新塑造故事,却全然不了解这关系着文本的初衷。他们不知道文本的想象力主要建立于简省或悬疑之上,而非叙事的饱和。这些导演想填满书写的空,但这种方式却害话语失去了它全部的强度:在他们的电影里面,影像成了话语的替代品,透过替代空白书写来阐明故事。"对于她偏爱的《广岛之恋》,她则认为雷奈的改编是最能传达自己风格的,因为"《广岛之恋》毕竟还是一部属于我的电影的人,再怎么转换,还是立时就看得出来。"[1]

对于自己的电影生涯,杜拉斯说:"我拍电影是为了打发时间。如果我能够什么都不做,我当然不会去做。正是因为我无法

---

[1] [法]杜拉斯,[意]莉奥波迪娜·帕洛塔·德拉·托雷.杜拉斯谈杜拉斯:悬而未决的激情[M].缪咏华,译.桂林:广西师范大学出版社,2016.

让自己无所事事,我才会去拍电影。不为其他。关于我的事业,这是我能说的最真实的话。"杜拉斯总共拍了19部电影(其中包括4部短片),皮埃尔·德斯普罗日对此打趣道:"杜拉斯不只写了一堆蠢话。她还把它们拍成了电影。"①

2. 弗拉基米尔·纳博科夫与《洛丽塔》

【获奖记录】

1963年第35届奥斯卡金像奖最佳改编剧本(提名):《洛丽塔》(Lolita)。

弗拉基米尔·纳博科夫(Vladimir Vladimirovich Nabokov,1899—1977),当代著名美籍俄裔作家,出生于圣彼得堡,俄国革命之后举家流亡欧洲。1919年他考入英国剑桥大学,毕业后以写作为生。1940年为躲避纳粹移居美国,分别在哈佛大学、威斯利学院、康奈尔大学教授欧洲文学与俄国文学。代表作有《洛丽塔》(1965)、《普宁》(1957)、《微暗的火》(1962)等。

纳博科夫的小说《洛丽塔》是其最知名的作品,曾经两次被拍成电影。第一次是1962年由好莱坞著名导演库布里克搬上银幕的,而第二次则是由艾德云·连于1997年将其拍成彩色电影。《洛丽塔》的故事框架最初源自1941年他在欧洲创作的短篇小说《魔法师》。"《洛丽塔》第一次小小的悸动穿过我,是在1939年底或1940年初的巴黎。"《魔法师》写的是一个恋童癖的故事,背景在一个无名的法国小城,为了追求一个在公园中邂逅的12岁小女孩,他故意迎合她得了绝症的寡母。结婚几个月后,那个女人死去,留下男主人公照料她的女儿。他提议带她去海边,在路上,他们停留在一家旅馆过夜。发现自己最终单独与小女孩在一起,他开始慢慢地、以色情意味的礼仪形式抚摸她熟睡中的身体,小女孩醒了过来,开始尖叫。眼见丑事败露,惶恐羞愧之余,这个男

---

① [法]阿兰·维贡德莱.杜拉斯传[M].胡小跃,伍倩,译.南京:江苏凤凰文艺出版社,2016:192.

第一编 奥斯卡剧本奖历史溯源

子仓皇逃跑,刚冲上道路,就被迎面而来的卡车撞死。但在《洛丽塔》小说创作构思的过程中,纳博科夫加入了美国大众文化元素,据说:"他记录了青春期女孩的举止、行为和兴趣,他阅读社会和心理学研究,拜访当地的一所女校,记录下最新的时尚,列出自动点唱机的曲名、著名歌手和演员的名字,从杂志、广告、收音机、电影中草草记下几行。"因为"我不认识任何12岁的美国女孩,我也不了解美国。我不得不发明美国与洛丽塔。"据说,纳博科夫写作这部小说时,注意到报刊上登载的卓别林与第二任妻子丽塔·格蕾的故事。卓别林曾挑选12岁的丽塔出演了《寻子遇仙记》中的一个角色,后来又让她主演《淘金记》,同年丽塔怀孕,当时年仅16岁,而卓别林35岁。卓别林带着她远走墨西哥,并在那里娶了她。两人于1928年离婚,各大小报纷纷报道关于卓别林的离婚丑闻。纳博科夫为自己小说的女主角取了一个相似的名字,丽塔·格蕾原名莉莉塔·麦克默里,有一双灰色的大眼睛。她也被视为洛丽塔的原型。[1]

纳博科夫始终认为小说是一部严肃的作品,并认为《洛丽塔》充满了高度的隐喻文体,包括中世纪骑士传奇、哥特式神话、20世纪电影、通俗音乐的戏仿。但是小说出版的过程却与纳博科夫的想法截然相反。这部小说因其主题敏感而先后遭到五家大出版社拒绝,最后找到了巴黎的奥林匹亚出版社,这是一家之前出版过阿瑟米勒、贝克特的作品以及色情读物的小出版社。因此,这本书最初没有产生任何影响,直到英国作家格雷汉姆·格林在报纸上撰文将其评为当年最佳作品,才引发讨论热潮。这本书出版3周已经卖出十万余册,《洛丽塔》也成为畅销书。小说的畅销也吸引了好莱坞的注意。其实早在1944年,纳博科夫就曾给好莱坞的一个经纪人主动写信询问是否可以到加州做一名电影编剧,他还出售了《黑暗中的笑声》的电影版权,收入2500美元。但这一次,好莱坞给他的回报更加丰厚。

---

[1] [美]芭芭拉·威利.纳博科夫评传[M].李小均,译.桂林:漓江出版社,2014:102.

1958年9月,纳博科夫签下了好莱坞著名经纪人欧文·拉扎。就在小说出版一个月后,拉扎撮合了一项价值15万美元的交易,将《洛丽塔》电影的电影版权卖给了詹姆斯·哈里斯和斯坦利·库布里克,包括15%的制片人版权。这是个很好的生意,因为之后曾经有制片厂出65万美元向库布里克购买电影版权,但库布里克决定自己改编这部电影,最好还要让纳博科夫来写剧本。1959年,纳博科夫见到库布里克,导演热情邀请他写《洛丽塔》剧本。但纳博科夫不太同意他们的改编主张(据说主要分歧在于制作方有意让两位主人公最后结为合法夫妻)。他回纽约后就让他们另请高明。后来几周后,纳博科夫收到库布里克的电报,问是否重新考虑亲自写《洛丽塔》电影剧本。纳博科夫答应了下来,条件是尊重作者的想法,不受干预。库布里克答应了。1960年1月,经纪人拉扎谈妥了电影剧本报酬4万美金,另加上35000美金单独在银幕上署名的费用。3月初,纳博科夫夫妇抵达洛杉矶,拉扎为其引介了约翰·休斯顿、大卫·塞尔兹尼克等。[1]

热闹的好莱坞之行并没有给纳博科夫创作剧本带来太多好处,他最终的剧本长达400页,"我将剧本写成了诗歌,这正是我的初衷"。库布里克很失望,说"太难操作,包含了太多不必要的场景,要用七个小时才能演完"。纳博科夫再一次剪裁了剧本(大概长度是开场白10分钟,第一幕40分钟,第二幕30分钟,第三幕50分钟),库布里克告诉纳博科夫,这是"好莱坞有史以来最优秀的剧本"。但在实际拍摄中,库布里克大量改动纳博科夫的剧本,如删去了全部的背景故事。但影片还是保留了高中的夏日舞会、亨伯特与洛丽塔的逃亡之路、最后在希勒家的结局等。其中库布里克认为最有趣的两个场景:一是亨伯特与奎尔蒂在庄园的乒乓球台上的扭打;一是夏洛蒂出车祸后,亨伯特在浴缸里喝的酩酊大醉等。因为对于库布里克来说,"《洛丽塔》是一部什么样

---

[1] [美]芭芭拉·威利.纳博科夫评传[M].李小均,译.桂林:漓江出版社,2014:145.

的电影？它就是我对社会的一种看法。"①库布里克觉得这部电影的缺点就是缺乏色情描写的场面,他说:"读这本小说最重要的事就是去想:亨伯特从一开始就被他的变态性欲所奴役,直到最后,等到洛丽塔结婚了,怀孕了,不再是个少女了,你才会和亨伯特本人一样意识到他是爱她的。而在电影中,性困扰不能被充分刻画,这样就会暗示出,从一开始他就是爱她的。"②

可以说,这部电影是库布里克希望作为当代社会参照物来拍的电影,与纳博科夫的创作初衷截然不同,也难怪改编之后大大出乎纳博科夫的意料。在1962年的影片的首映式上,纳博科夫失望地看到,"只有一些边角材料"被用到,他评价道,"我不愿说库布里克的电影平庸,电影是一流的,但它不是我写的东西。小说在摄像机的弧形镜头下被歪曲了,也被变得粗糙了……这很遗憾。"但他仍然恭维库布里克是"伟大的导演",说他的《洛丽塔》是"巨星云集的一部影片"。尽管纳博科夫认为自己的剧本被改动得面目全非,但库布里克最后还是保留了他的剧本署名权,最终他还凭借此片获得奥斯卡最佳改编剧本奖提名,但最后还是输给了霍顿·福特的《杀死一只知更鸟》(1962)。

1972年,纳博科夫出版了由他原创的剧本《洛丽塔》,书上注明这是纯粹的纳博科夫式的《洛丽塔》的剧本。

---

① [美]菲利普斯编.我是怪人,我是独行者:库布里克谈话录[M].顾国平,等译.北京:新星出版社,201:24.
② [美]菲利普斯编.我是怪人,我是独行者:库布里克谈话录[M].顾国平,等译.北京:新星出版社,201:40.

第四章 20世纪80年代—21世纪：新新好莱坞时期的剧本奖

一、媒介时代与银幕映像

1. 里根时代与保守美学

20世纪80年代，好莱坞演员出身的罗纳德·里根(1981—1989)入主白宫，象征着美国进入了一个与好莱坞电影媒介联系更为紧密的时代。一方面，里根上台后不断扩大军费开支、开展军备竞赛，还开展了被称为"星球大战"的高科技太空发展计划，还推行所谓的"里根经济学"来促进美国经济快速增长。另一方面，美国思想文化上的保守主义色彩越来越浓厚，表现出回归传统价值观的倾向，这个年代也被称为"里根时代"。20世纪60年代的叛逆青年到了80年代都是人到中年，成为朝九晚五的上班族和父母亲。于是家庭问题与保守主义价值观成了这个时代的一个主要议题，也体现为20世纪80年代以来奥斯卡获奖影片中的家庭观念、美式价值观、怀旧主题等保守主义观念盛行。

(1) 家庭危机与现实主义美学

20世纪80年代以来，叛逆的青年运动与民权运动慢慢消退，一些美国传统价值观得以重塑。同时，电视尤其是有线电视在美国家庭中迅速发展，为家庭提供了丰富多彩的娱乐节目，使得家庭中可用于观影的客厅成为家庭生活的核心。因此，在20世纪80年代社会文化背景之下，人们回归到秩序与传统家庭生活中，而反映现实生活的家庭伦理影片自然成为颇受瞩目的电影类型，展现了多元化的社会环境给普通家庭生活带来的各种挑战。

这一时期的奥斯卡获奖影片也反映了这一时期各式各样的家庭问题,如1980年第52届奥斯卡金像奖以描写家庭离异危机的《克莱默夫妇》(1979)获得5项大奖揭开了这一个时代的影像序幕。接着讲述一个普通家庭复杂的感情关系与心理状态的影片《普通人》(1980)获得第53届奥斯卡金像奖最佳影片、最佳导演、最佳改编剧本等4项大奖。另一部反映了家庭内部两代人的相处问题和回归家庭的传统价值观的影片《金色池塘》(1981),则获得第54届奥斯卡金像奖最佳改编剧本奖的肯定。探讨母女两代人修复关系的《母女情深》(1983)获得第56届奥斯卡金像奖最佳影片、最佳导演、最佳改编剧本等5项大奖的肯定。《我心深处》(1984)讲述了主人公面对挫折重建家园的故事,该片也获得第57届奥斯卡金像奖最佳原创剧本奖。第59届奥斯卡金像奖最佳原创剧本奖的《汉娜姐妹》(1986)展现了一个演员家庭中的姐妹俩不同的生活际遇。《月色撩人》(1987)讲述了一个意大利家庭中的爱情关系与传统观念,该片获得第60届奥斯卡金像奖最佳原创剧本奖。《雨人》(1988)讲述了一个家庭中患有自闭症的哥哥与唯利是图的弟弟抛弃前嫌并重归于好的故事,该片获得第61届奥斯卡金像奖最佳影片、最佳导演、最佳原创剧本等4项大奖。表现了家庭中的老年人问题的《为黛西小姐开车》(1989)获得第62届奥斯卡金像奖最佳影片、最佳改编剧本等4项大奖。2000年第72届奥斯卡金像奖,描写中年危机的《美国丽人》获得包括最佳导演、最佳影片、最佳原创剧本在内的5项大奖。可以说,这20年间的奥斯卡奖最为青睐这些表现家庭问题的影片。

20世纪80年代的家庭伦理片更加贴近现实,在人物设定和剧情走向等方面也更加平实,好莱坞银幕上发生这样的变化与当时的受众变化也有很大关系。好莱坞的观众越来越低龄化,年轻人群体回归到普通的家庭环境中,个人和家庭在纷乱中会不断出现各种问题和矛盾。这一时期奥斯卡奖上出现的各种家庭伦理片恰恰抓住了这些普通人的问题,并努力在银幕上与美国公众一同探讨这些家庭问题该有的出路,使得影片更加具有现实主义美学追求。

(2)"美国梦"与美式价值观

演员出身的里根成为第40届美国总统,他既不是出身名门,也没有显赫的学历,早年曾做过各种职业均不得志,当演员也从未获过任何奖项。最后他投身政界,历尽艰辛,最终在古稀之年成为美国总统。可以说,里根用自己的一生生动诠释了何谓"美国梦"。"美国梦"是美国文学及美国社会着力渲染的一种主流价值观,它宣扬不论地位、出身、学历、家庭,人人都有机会凭借自己的努力在社会上获得成功,实现自己的梦想。很自然地,当里根成为美国总统之后,好莱坞也在有意无意地用影像宣扬"美国梦"的实现与各种美式价值观。

首先,好莱坞宣扬"美国梦"的文化精神,即宣扬普通人通过努力都能实现梦想,获得成功。这一精神在好莱坞的宣传中得以强化。如在第67届奥斯卡金像奖获得最佳影片、最佳导演、最佳改编剧本等6项大奖的影片《阿甘正传》(1994),通过一个小人物阿甘的成长经历,反映了美国历史的种种大事,如肯尼迪和里根遇刺、美国陷入越战、青年反战的民主运动历史。好莱坞银幕上那些尊重权威、注重家庭、维护社会秩序的保守主义意识形态成为主流,正如《阿甘正传》中的主人公阿甘最终迎来人生的幸福与平静,阿甘的成功也是"美国梦"的成功。也正如此,好莱坞电影中"美国梦"作为一个在美国人心目中根深蒂固的信念,不仅激励不计其数的美国人依靠个人奋斗取得成功,也吸引世界各地移民抱着"美国梦"的理想奔向美国。

其次,好莱坞还在电影中宣扬自由、民主、博爱的普世价值观以及美式道德伦理观。如斯皮尔伯格执导的影片《辛德勒名单》(1993),讲述了二战期间德国商人辛德勒在亲眼目睹犹太人遭受到大屠杀的惨剧后,良知未泯的他利用自己开设的工厂拯救上千犹太人的故事。导演斯皮尔伯格通过两个场景描写人物内心变化的过程,如影片中表现辛德勒在面对德军的暴行时,一位身着红衣的小女孩出现在黑白影像中,这个红衣小女孩最终惨死在德军手中;另一个场景是在影片结尾时,那些被辛德勒救出的人们送他去流亡,辛德勒因自己没有通过变卖汽车去拯救更多的人而懊悔不已,这时的辛德勒已成为时代危机中的一个孤胆英雄,用一己之力拯救了无数面临厄运的犹太人。这部影片在第66届奥斯卡金像奖上也是大获全胜,赢得了最佳影片、最佳导演、最佳改编剧本等7项大奖,也继续传递了人类追求自由、平等、博爱的精神追求。

最后,好莱坞还从民族主义和爱国主义的角度出发,宣扬拯救人类的使命感。如《拯救大兵瑞恩》(1998)描写为了寻找二战期间已有三个兄弟先后阵亡的伞兵瑞恩,美军派出了一支小分队深入敌人后方。在寻找的路上,人们对这次任务有不解、好奇、热忱等,但最终用多人死亡换来对瑞恩的解救,突出表现了美式的爱国主义与道德观。该片获得了第71届奥斯卡金像奖最佳导演等5项大奖。可以说,好莱坞电影最善于表现这种从"水深火热"中拯救人类的使命感。从现实层面来看,美国经过两次世界大战,其经济、军事力量都位居世界前列,美国需要在国民中宣扬这样的爱国主义和民族自信心,这种美式价值观就成为好莱坞大片中非常重要的意识形态。

实际上,这一时期的美国现实却是截然相反的,美国深陷海湾危机和局部战争中,美国的扩张主义带来美军士兵的大量死伤,也受到世界上大多数国家的批评与反对。但好莱坞的银幕通过人文关爱和自由的追求进行巧妙包装,通过电影精彩的内容、高科技的画面、精妙的构思来吸引观众,将家庭观念、"美国梦"理念、美国式价值观传播到全世界。而且好莱坞的故事叙事往往超越国别、文化、宗教、种族界限,以共通的人性和价值观引发全世界观众的共鸣,从而克服电影跨文化传播的种种障碍,使得这种意识形态输出带有极强的隐蔽性,也让美国价值观、美国国家形象的塑造、美国的生活方式随着好莱坞电影传播到世界各地。

(3)名著改编与"遗产电影"

随着保守主义思想在英美各国的传播,20世纪80年代以来的奥斯卡颁奖典礼上出现了一股名著改编电影的潮流,一股怀旧、历史、经典的潮流正席卷奥斯卡。首先是《烈火战车》(1981)讲述了1924年巴黎奥运会上两位英国短跑健将在比赛中彼此竞争取得胜利的故事,该片获得第54届奥斯卡金像奖最佳影片、最佳原创剧本等4项大奖。《甘地传》(1982)描绘了圣雄甘地传奇的一生,以及印度与英国之间的复杂关系,该片获得第55届奥斯卡金像奖最佳影片、最佳导演、最佳原创剧本等8项大奖。《印度之行》(1984)讲述了英国人莫尔夫人与艾德娜来到印度,结识印度医生艾斯,艾斯招待众人去印度著名景点马拉巴洞穴参观,谁知道艾德娜产生幻觉以为受到医生侵犯,医生被告上法庭,最终艾德娜清醒地意识到山洞里面什么也没有发生,但此时艾斯医生与众人的隔阂已经产生,这部电影改编自英国作家爱·摩·福斯特的同名小说,影片获得第57届奥斯卡金像奖最佳改编剧本提名。《看得见风景的房间》(1985)是根据英国作家爱·摩·福斯特小说改编的电影,讲述中产阶级女性露西在意大利之行中爱上乔治,却被迫嫁给同阶级的塞西尔,最终露西恍然醒悟还是选择了最爱的乔治,该片获得第59届奥斯卡金像奖最佳改编剧本奖。《霍华德庄园》(1992)作为爱摩福斯特小说改编的影片,该片讲述了海伦与玛格丽特姐妹俩结识资产者威尔克斯一家,海伦去他们所拥有的霍华德庄园做客,却与这家的小儿子有了一段短暂的感情纠葛的故事,后来,威尔克斯太太去世后将庄园留给了玛格丽特,玛格丽特又与威尔克斯先生结婚,两个不同阶层的家庭联姻后产生许多冲突与矛盾,影片获得了第65届奥斯卡金像奖最佳改编剧本奖。《长日留痕》(1993)改编自日裔英籍作家石黑一雄获得布克奖的作品,该片获得第66届奥斯卡金像奖最佳改编剧本提名。《理智与情感》(1995)改编自英国小说家简·奥斯汀的同名小说,讲述理智的姐姐埃莉诺与热情的妹妹玛丽安的爱情故事,影片获得了第68届奥斯卡金像奖最佳改编剧本奖。《英国病人》(1997)是作家迈克尔·翁达杰获得布克文学奖的作品,影片讲述了一段战地爱情故事,获得了第69届奥斯卡金像奖最佳影片、最佳导演奖等9项大奖以及最佳改编剧本提名。《爱玛》(1996)作为英国作家简·奥斯汀同名小说改编的影片也获得了第69届奥斯卡奖的最佳原创配乐奖。《莎翁情史》(1998)作为讲述英国大文豪莎士比亚生平的传记影片获得了第71届奥斯卡金像奖最佳影片、最佳原创剧本等7项大奖。

20世纪80年代,奥斯卡获奖名单上出现了大量带有怀旧、历史特征的名著改编影片这类影片一般以英国制片或电影人为创作班底,选取英国历史上特殊的时间阶段为故事背景或者改编英国经典文学名著,尤其善于表现上层社会的生活方式与文化特征,结合英国乡村田园风光或者遗迹景点,再现了英国过去的荣光与历史的沉淀。这些影片也被称为"遗产电影",即Heritage Film或者说Heritage Cinema。学者认为其有两层含义:"其一,20世纪80年代以来在英国和其他地方拍摄的一系列豪华制作的优质古装片,通常是根据大众流行的经典文学著作改编,在声腔气势上具备某种艺术电影的气质,但是缺乏独特指向的明确作者式签名,而且在叙事的风格和形式上相对传统的影片;其二,作为艺术电影的一种变体,它所秉承的文化优势和声望主要来自于过去悠久的资源,通常是文学方面的材料,而不是源自美学和电影革新方面的启示。"[①]这些遗产电影因其极具异国特色的主题及艺术风格对美国观众有着独特的吸引力,在美国的票房收入也远远高于英国,而且还一再获得这一时期的奥斯卡奖的肯定。

遗产电影的大量出现是与这时期英美两国的保守主义思潮有着密切联系的。20世纪80年代的英国政府在国内推行将国内历史景点遗产化,同时在国外则不断丧失殖民地和国际影响力,"日不落帝国"正在走向衰亡。这种在银幕上再现英国贵族和上层社会昔日辉煌的影片带有浓厚的怀旧情绪,使得观众再一次借

---

① 李二仕,杨一红.遗产电影批评概述[J].北京电影学院学报,2018(1).

助影像回归到昔日的优雅与帝国荣光。这类遗产电影以其文学特征与优质艺术品质而成为电影节的常客。因为"原作的文学地位是遗产电影的组成部分,遗产电影就是要绑缚展现出这部分的文学价值,而这反过来又成为遗产电影自我宣扬和其他电影的区别所在,正是这个特点赋予了它某种'艺术'的外表。从这一方面来说,遗产电影是一种'艺术电影'"①。

2. 媒介帝国与大片策略

(1) 媒介帝国形成

从20世纪80年代开始,美国经历了里根(1981—1989)、乔治·布什(1989—1993)、克林顿(1993—2001)三任,进入了长时间的经济增长与经济繁荣的时期,发达的电视媒介也将这些大事一一在媒体上加以展示,如海湾战争爆发、苏联解体等。美国进入一个媒体大爆炸的时代,这一时期好莱坞电影不仅推动主流价值观的实现,也将美国的意识形态通过电影扩张到全世界。可以说,好莱坞媒介帝国的出现,在银幕上展现出一个"超级美国"的英雄主义形象。另外,20世纪80年代的好莱坞跌入了有史以来的第二次低谷,电视的普及与录像带的出现冲击了电影市场,家庭录像带和有线电视的利润超过了票房利润,造成大批影院关门倒闭。于是,好莱坞只能更多地借助外部资本和企业集团来收购好莱坞电影公司,庞大的媒体集团取代了旧的制片厂制度,成为新时期好莱坞的产业格局。

① 米高梅和哥伦比亚:米高梅先是被CNN的母公司特纳广播收购,特纳当时已经有了新线和城堡岩两家电影厂,很快米高梅再一次被卖给了一家意大利金融财团,建立了自己的有线电视网,并且收购了卡洛可影片库和宝丽金影业等破产公司的影片库,拥有了世界最大的电影库。2004年,索尼影业以30亿美元巨资收购了米高梅集团。而索尼早在1989年就已经从可口可乐手

---

① [英]约翰·希尔.有关遗产电影的议题和讨论[J].欧阳霁筱,李二仕,译.北京电影学院学报,2018(1).

里收购了哥伦比亚和三星,索尼通过这些收购进一步占领全球电影市场。

② 20世纪福克斯:传媒大亨默多克旗下的新闻集团在1985年收购了20世纪福克斯,并在此基础上建立了美国第四大电视网FOX,重组为福克斯娱乐集团并建立了福克斯探照灯公司。

③ 环球:日本电器巨头的松下在收购环球及其母公司MCA后,将其卖给了加拿大酒业巨头西格玛。2000年被法国媒体巨头维旺迪集团收购,并重组为维旺迪环球集团。2004年又转归到通用公司旗下,后转到康卡斯特。

④ 华纳:1989年,时代公司花了141亿美元购买了华纳公司,组成新巨头时代华纳集团。这是印刷媒体公司和影视公司之间的一次大融合。2000年,互联网企业美国在线以3500亿美元的天价合并了时代华纳,组成了"美国在线-时代华纳"的巨无霸新媒体集团。2009年,美国在线和时代华纳分拆。2018年,美国电信以854亿美元收购时代华纳。

⑤ 派拉蒙:1994年,传媒集团维亚康姆与大片娱乐公司合并,后收购派拉蒙,并建立了UPN电视网。

⑥ 迪士尼:20世纪90年代好莱坞发展最快的媒介集团是迪士尼,这个创建于1926年的动画制作公司一直以来都安于拍摄动画电影系列。但在20世纪90年代之后,其收购了美国最大的独立片商米拉麦克斯和ABC电视网,最终成为好莱坞新的媒体巨头。

20世纪90年代中后期,美国几大电影公司经历分分合合和重组并购,全部都成为跨国传媒集团的一部分,这也是传媒公司国内竞争向国外扩展的结果。"跨国传媒集团的这种国际性竞争格局造成的结果是,全球传媒体系基本上被30~40家大型跨国传媒集团所控制,在这几十家大型跨国传媒集团中,处于全球顶尖地位的不超过十家。其中最主要的是新闻集团、时代华纳集团、维亚康姆集团、迪士尼集团以及贝塔斯曼集团。"①

---

① 王学成.全球化时代的跨国传媒集团[M].北京:社会科学文献出版社,2005:56.

据统计,1998年好莱坞各大电影公司的国内市场排名情况如下:

① 迪士尼:影片数量22部;总票房11.1亿美元;市场份额16.4%。

② 派拉蒙:影片数量13部;总票房10.5亿美元;市场份额15.5%。

③ 华纳兄弟:影片数量25部;总票房7.55亿美元;市场份额11.2%。

④ 索尼:影片数量32部;总票房7.41亿美元;市场份额10.9%。

⑤ 20世纪福克斯:影片数量13部;总票房7.16亿美元;市场份额10.6%。[①]

以上五家大电影公司出品的影片数量、票房总收入、市场占有率等占据了美国国内电影市场的半壁江山。一方面,由于媒体的联合与互动造就了一个新时期的好莱坞,即一个拥有巨大娱乐文化产业的跨国传媒集团,大量资源集中在寥寥几个媒介大集团手中,使得好莱坞终于摆脱困境,走向了20世纪90年代的复苏繁荣。另一方面,从影片总数的统计来看,五大电影公司一年平均制片数量并不太多,但平均票房却非常可观。这说明在好莱坞越来越实行"高投入、少数量、大制作"的大片策略,时任美国好莱坞电影协会主席的萨姆纳·瑞德斯指出,好莱坞未来发展的四个重点是经济重点、市场重点、科技重点和大制作重点。也就是说好莱坞未来发展的策略是这些电影媒介帝国越来越注重打造大投资、大制作、大明星、高特效的大片电影,使得大片成为银幕绝对的制胜法宝,并凭借着这些好莱坞大片传播至全球其他国家,海外票房逐渐超过美国本土票房,成为跨国公司吸金的主要来源。

---

① 何建平.90年代美国电影(上):媒介全球化背景下的好莱坞制片策略[J].当代电影,2002(6).

(2)大片策略

大片策略是好莱坞从新好莱坞时期就开始发展的制片策略,并最终在20世纪八九十年代的好莱坞大行其道。大片的传统离不开斯皮尔伯格和乔治·卢卡斯这两位代表人物。斯皮尔伯格的《大白鲨》(1975)通过电视广告来宣传电影使得其票房大卖,还开创了暑期档电影的放映传统。而乔治·卢卡斯在1977年执导《星球大战》后,开创了大投入、大产出的"星战"赢利模式。在之后的30年里,卢卡斯不断推出《星战》系列的前传、续集等影片,最终《星战》系列6部影片累计创出35亿美元票房,衍生产品的销售高达80亿美元,不仅让影迷成为忠实的星战迷,心甘情愿地为《星战》电影买单,还缔造了巨额的《星战》周边衍生商品神话。"大片的英文词'blockbuster'原是军事用语,指的是第二次世界大战中使用过的大规模炸弹。后来,在20世纪50年代,该词进入电影领域,用来指规模浩大的电影。这里所谓的'规模'有两层意思:一是指高额的资金投入,二是指票房收入大片。"[1]媒体帝国的制片公司从巨额收入出发,倾向于投资和发行少量可能会有巨大利润的影片,而不是发行许多利润一般的影片。

大片的第一个特征是大制作,即高额的资金投入。从好莱坞的制片成本来看,其1961年每片平均成本为150万美元,1972年为200万美元,1977年为750万美元,1980年突破1000万美元,1995年大片成本骤升至3640万美元,2000年又升至5480万美元。不仅大片的制作成本高,它的营销成本也非常巨大。高额成本主要来源于大量采用高科技特效与大明星的策略。

大片第二个特征是大明星,即电影的制作团队、演员都倾向于选取有票房号召力的对象,其支出包括创意团队的支出、大明星片酬的支出等等。每年好莱坞片酬最高的一些演员同时也是在票房上最具号召力的。如汤姆·克鲁斯片酬高达上千万美元,其主演的《碟中谍1》(1996)制作费8000万美元,最终美国本土票

---

[1] [瑞]Marco Cucco,苏晨阳.前程锦绣:好莱坞大片与其经济[J].文化艺术研究,2010(3).

房1.8亿美元,海外票房2.7亿美元,他算是有着巨大票房回报的明星代表之一。

大片的第三个重要特征是大场面,即具有超越以往的壮观画面。大片之所以能与电视媒体或其他类型电影区别开来,最重要的特点就是必须提供前所未见的视觉体验,展现现实生活中没有的宇宙飞船、太空奇观等视觉奇观。这就使得大片必须采用适合展现特效效果的影片体裁,如科幻片、动作片、冒险片等等。这些大片借助数字技术的运用,特别是各种电脑生成的图像、动画特技,或者通过蓝幕技术和摄影图像结合起来,在数字领域内创造一个"虚拟"的现实。20世纪90年代的许多大片纷纷使用电脑技术来制作,包括《魔鬼终结者Ⅱ》(1991)、《玩具总动员》(1992)、《侏罗纪公园》(1993)、《阿甘正传》(1994)、《真实的谎言》(1994)、《泰坦尼克号》(1997)等。

大片的第四个特征是巨额的票房收入。一方面,大片不仅在美国国内市场上取得巨大成功,一部票房排名前十的影片至少可以在国内市场赚取1.35亿美元至2.2亿美元的票房收入。据统计,好莱坞在1968年的票房收入是13亿,1974年达到20个亿。其后这一数字继续增长:1979年达到25亿,1983年达到30亿,1989年高达50亿,1993年则达到51.5亿。到20世纪90年代中期,好莱坞在国内的年收入将近55亿。另一方面,大片可以在全球销售并取得巨大收益。如詹姆斯·卡梅隆制作的《泰坦尼克号》(1997)制作费花去2亿多美元,影片国内票房6亿美元,海外票房高达12亿美元。因此无论从制作还是盈利来看,该片都创造了美国电影史上的大片之"最",是好莱坞"大片哲学"的完美体现。可以说,大片策略将全球电影观众和全球电影市场都纳入到好莱坞电影的产业版图中。

3. 独立制片兴起

20世纪90年代也是美国独立电影复兴的时期。所谓独立电影的特点是:"题材视点独特,直面社会现实生活;好莱坞制片厂体系之外,以程度不等的手工业方式制作;非明星演员出演;成本低廉"。① 好莱坞除了各大媒介大公司外,各种小型制片公司也在好莱坞兴起。一方面,这些公司规模小、制片政策灵活,同时不太受票房等商业性因素的影响,有利于电影人保持独立的艺术地位,不断在电影艺术上进行各种创新。因此独立电影更多地让电影人享有掌握实际的创作控制权,不以商业利润为首要诉求,而是以独立影人个人艺术观念的言说与展现为主,强调艺术的革新与超凡脱俗的美学风格。另一方面,电影市场上的那些大制片公司砸巨资制作的大片并不总是受到市场青睐,相反那些小制作小成本极易成为票房黑马。如曾位列1999年十大最高票房收入影片之一的《布莱尔女巫》就是一个独立制片的成功范例,影片成本仅40万美元,赢利竟高达1.4亿美元,利润率达350倍。这不仅令批评家和主流电影人士惊讶不已,传统的好莱坞大制片厂也纷纷成立制作发行独立电影的子公司,而独立电影的导演们也转而追求将独立电影与好莱坞联姻而产生了新的电影形式。可以说,影片《逍遥骑士》象征美国电影进入了"新好莱坞"时代,《布莱尔女巫》则是新新好莱坞独立制片的标志性作品。

美国本土的一批新锐独立电影导演的作品包括:导演史蒂文·索德伯格的代表作有获得第62届奥斯卡金像奖最佳原创剧本提名的《性,谎言和录像带》(1989)、第73届奥斯卡金像奖最佳导演奖的《毒品网络》(2000);导演昆汀·塔伦蒂诺的代表作是获得第67届奥斯卡金像奖最佳原创剧本奖的《低俗小说》(1994);导演乔尔·科恩和伊桑·科恩兄弟的代表作是获得第69届奥斯卡金像奖最佳原创剧本奖《冰血暴》(1996);导演理查德·林克莱特的代表作是获得第77届奥斯卡金像奖最佳改编剧本提名的《爱在日落黄昏时》(2004);导演保罗·托马斯·安德森代表作是获得奥斯卡奖最佳原创剧本提名的《不羁夜》(1997)和《木兰花》(1999);导演韦斯·安德斯的代表作是获得第74届奥斯卡奖最

---

① [瑞士]Marco Cucco,苏晨阳.前程锦绣:好莱坞大片及其经济[J].文化艺术研究,2010(3).

佳原创剧本提名的《天才一族》(2001);导演亚历山大·佩恩的代表作是获得第77届奥斯卡金像奖最佳改编剧本奖的《杯酒人生》(2004);导演索菲亚·科波拉的代表作是《迷失东京》(2003)等。

这批独立制作电影人大都出生于20世纪60、70年代,是属于美国社会中的"X一代",成长于越战、嬉皮士的反叛时代。他们一般兼具导演和编剧身份,以低成本、小制作、个性化的影片开始电影创作。他们的影片在叙事上充满野性破坏力,在视听语言上灵活多变,更接近当代青年观众的观影口味与审美趣味。这批独立电影人一般通过参加圣丹斯这类独立电影节获得投资并获得拍片机会,在20世纪90年代前后他们开始形成自己的风格,拍摄出带有个人印记的电影作品,并以此进入到好莱坞电影工业中,成为好莱坞未来的主力军。当他们进入到当代好莱坞电影工业中,这批电影用低成本和富于原创性的电影表达他们对社会现实的思考。

二、媒介帝国里的编剧们

1. 编剧工作与"点石成金"的梦想

当好莱坞的制片厂制度分崩离析之后,制片厂对导演、演员、编剧的控制能力大大削弱。好莱坞引进了经纪人制度来协调与演员、编剧的关系。在这种制度之下,新新好莱坞的编剧工作和流程都发生了很大变化。

首先,大片时代也催生出了新的职业"剧本经纪",他们规划客户的职业生涯,力主推销剧本,使其成为电影商业的核心。如创意艺术家经纪公司(CAA)的迈克尔·奥维茨推出了《窈窕淑男》(1982)、《雨人》(1988)、《与狼共舞》(1990)等重要影片。编剧们大都有自己的经纪人,这些剧本经纪人与好莱坞的各大电影公司、制片人关系良好,擅长运作并负责将编剧完成的剧本推销到制片厂、导演、制片人处。一般来说,经纪人会收取编剧收入的十分之一作为佣金,但也会给编剧带来不少回报,包括售卖剧本的收入和后续电影分红等。

其次,好莱坞制片公司还设立有剧本分析师。他们的工作是负责审读编剧或是经纪人递交的剧本,并负责提炼成剧本大纲或进行剧本评价,分析剧本的优势与缺点、是否值得进行拍摄,以及剧本的类型是否适合市场需要等。

再次,流水线上"生产"出来的剧本难免会有纰漏,而且通常剧本初稿完成时,导演和主演尚未确定,影片开拍时,大牌导演和演员还会对剧本进行改动。这时,"剧本医生"就派上用场了。"剧本医生"是20世纪80年代在编剧圈兴起的一个特殊的职业身份。由于当时的制片产量不断增长,剧本数量却远远跟不上制片创作需求。一方面因为人员稀缺的跨团队合作,剧本创作过程可能会出现的纰漏故需要专门的"剧本医生";另一方面,有一定知名度却不愿意在高产量的电影环境中投机,想要维系生计的编剧也可以透过"剧本医生"的身份拿到一笔可观的收入,同时不会有更多的创作压力。所以"剧本医生"虽然都是不以编剧署名的无名英雄,但他们多是名家,甚至很多拿过奥斯卡或金球奖的最佳编剧或提名。"剧本医生"的主要任务是对剧本的漏洞进行修补和完善,增加对话或细节,最终让剧本逻辑合理、情节丰满。"剧本医生"多采取接力方法,不断修改这些好莱坞剧本作品。①

再次,根据好莱坞的制作流程,一部影片也可以从一个简单的构思最后发展成完整的剧本。当构思得到电影公司的认可后,就由专人将其细化,搭好整部影片的框架,让整部影片有一个总体的轮廓和基调。然后,再将构思扩展成一个大纲。好莱坞具有一定规模的制片公司都有庞大的编剧队伍。20世纪90年代,通常编剧队伍都是从一些电影工作室或者通过招聘搭建起来的。随着好莱坞编剧制度的不断完善以及制片公司创作倾向性的逐渐形成,如今的编剧团队组建开始出现相对固定的搭配,而往往

---

① 汪晓,贺文进.新好莱坞时期的剧本流水线生产[J].中国电影市场,2013(12).

编剧团队的搭建,取决于制片人对于整部电影产品整体的把握和诉求。基本上这个流水线顺序大致为:分管搭框架的编剧首先把故事情节编好;再由分管"抖包袱"的编剧加入笑料;随后,专门负责写对白的编剧再根据故事框架和人物线填充对白。好莱坞梦工厂拥有一个庞大的剧本流水线生产程序,其中有一个包罗万象的情节模板数据库。设计者可根据需要设定程序,从中调用相应的情节片断,然后电脑自动演绎组合这些环节,就形成了一个故事。

最后,编剧的资源分布严重不均。一方面,大部分编剧收入不高,他们依靠好莱坞的编剧工会争取利益。好莱坞编剧工会包括东部和西部两个分会,分别成立于1951年和1954年,各自总部设在纽约和洛杉矶。另一方面,由于好莱坞的大片策略,使得卖座影片的收益巨大,电影的大投资主要依赖有票房号召力的明星、编剧、导演、后期制作等,由于大片利润丰厚,编剧也能为自己争取更多的利益。一个成功的编剧可以为一个剧本开价100万美元或更多,可谓一字千金。"在20世纪90年代,投机性剧本的销售状况节节攀升,不断有价格超百万美元的剧本涌现。以好莱坞最为成功的编剧沙恩·布莱克(Shane Black)为例,1987年,他的第一个剧本《致命武器》成为八九十年代最成功的系列电影之一,布莱克身价节节攀升。他相继以175万美元的价格卖掉了《终极尖兵》(1991)、《幻影英雄》(1993)的剧本,而1996年的电影剧本《特工狂花》,在经历一场竞标后,更卖出了400万美元,创造了当时好莱坞投机剧本的最高价。"[1]

2. 女性编剧的黄金时代

20世纪以来,女性一直在进行争取平等权利的努力,美国历史上已经爆发了数次女性主义思潮。可以说,女性主义既是一种社会思潮,也是一种社会改良运动。在60年代开始的第二次美

---

[1] 彭侃. 好莱坞电影剧本开发体系[J]. 当代电影,2014(7).

国女性主义浪潮中,以波伏娃《第二性》提出的"女人并非生来就是女人,而是后天才成为女人"为标志,大力提倡妇女解放运动。弗里丹的《女性的奥秘》(1963)、米利特的《性政治》(1971)等著作提倡女性走出家门,发挥自我的潜能,寻求男女两性平等。女性主义运动到了20世纪80年代末掀起了第三次浪潮。[1] 其从种族角度、阶级角度出发探索有色人种女权主义的发展,设法改善女性在立法、就业、受教育、婚姻、生育等方面的权利,使得女性地位大幅提升,在社会生活中的角色更加多样。

美国女权运动的高涨,不仅唤醒了广大妇女的性别意识,反抗男权文化思想,美国女性文学、女性电影人也在不同领域中表达了女性的经历和感受,好莱坞银幕上的女性形象也在发生着很大的变化。如果说好莱坞早期电影中的女性形象是如同《一夜风流》《罗马假日》等片中纤弱的毫无生存能力的弱女性,那么到了90年代的《漂亮女人》《末路狂花》等影片中,女性显示出更为强大的精神力量,也寻求着各自独立的女性地位,这一切都源于女权运动后女性地位的提高。

好莱坞的女性电影人也越来越多,其中女编剧的数量和代表作也是非常突出的。首先,从女编剧的组成人员身份与擅长题材来看,这一时期女编剧群体大都才华横溢,横跨多个行业。而且女性编剧一般最为擅长的是探讨爱情、婚姻、家庭的题材故事。如英国女演员爱玛·汤普森不仅改编简·奥斯丁的经典文本《理智与情感》(1995),还亲自主演该片,并获得第68届奥斯卡金像奖最佳改编剧本奖。而女导演简·坎皮恩自编、自导了电影《钢琴课》(1993),该片获得第66届奥斯卡金像奖最佳原创剧本奖。

其次,从女编剧作品中的女性形象来看,其出现了一批以女性角色为核心、男性退居配角的爱情喜剧电影,以女性视角和女性观点来展现女性眼中的爱情与生活。20世纪90年代的女性编

---

[1] 金莉.美国女权运动.女性文学.女权批评[M].美国研究,2009(1).

剧中出现了以擅长写作浪漫爱情喜剧的诺拉·艾芙隆,其创作的《当哈利碰上莎莉》(1989)获得第62届奥斯卡奖最佳原创剧本奖提名,《西雅图夜未眠》(1993)获得第66届奥斯卡奖最佳原创剧本奖提名。两部影片不仅表现了新时期女性的爱情观念与家庭观念,同时也在票房与口碑上都获得成功。

再次,从女编剧的创作理念来看,20世纪八九十年代,女性导演更加关注个人艺术的表达。当代著名的女性电影《末路狂花》(1991)的剧作出自女权主义者卡莉·克里之手,影片融合了女性、伙伴和公路等多种元素,可以看作是20世纪60年代著名的《逍遥骑士》的女性版,同时该片还获得奥斯卡最佳编剧奖。编剧在《末路狂花》中塑造了两位脱离家庭,具有自立、自信、自尊的新时代独立女主人公的形象。新时代女主人公的首要追求不再是从属于男人的所谓"浪漫爱情",她们更注重于寻求个人的独立价值,维护自己的生活和事业等。

3. 诺拉·艾芙隆与《当哈利遇到莎莉》

【获奖记录】

1994年第66届奥斯卡金像奖最佳原创剧本(提名):《西雅图未眠夜》(Sleepless in Seattle)。

1990年第62届奥斯卡金像奖最佳原创剧本(提名):《当哈利遇到莎莉》(When Harry Met Sally)。

1984年第56届奥斯卡金像奖最佳原创剧本(提名):《丝克伍事件》(Silkwood)。

诺拉·艾芙隆(Nora Ephron,1941—2012),美国编剧、导演。艾芙隆出生于纽约,其父母也均为剧作家,家中共有四姐妹,日后也都成为编剧或作家。她以擅长浪漫爱情电影著称,并三获奥斯卡剧本奖提名:电影《丝克伍事件》(1983)获得第56届奥斯卡奖最佳原创剧本奖提名;以爱情喜剧电影《当哈利遇到莎莉》(1989)获得第62届奥斯卡奖最佳原创剧本奖提名;以爱情电影《西雅图夜未眠》(1993)获得第66届奥斯卡奖最佳原创剧本奖提名。除此以外,她编剧的作品还包括爱情电影《心火》(1986)、《电子情书》(1998)等。

艾芙隆最受欢迎的剧本《当哈利遇到莎莉》历时4年之久,修改不少于7稿。影片的创意源于:"导演提出了一个想法:他要拍摄的是这样一个故事:男人和女人想成为朋友,而不是像别的电影中那样成为情人;他们刻意选择不发生性,因为那会破坏一切;可随后,男女主人公之间还是发生了性的关系,这也的确毁掉了一切;正是基于这样一个创意点,编剧的兴趣才真正被激发出来。"①当时导演罗伯·雷勒自己正经历离异带来的抑郁状态,这种状态导致他情绪起伏不定,编剧艾芙隆就将导演的性格与情绪特征当作剧中哈利的原型。而在女主人公莎莉的塑造上,编剧则从女性的角度出发,融合了生活中诸多朋友的特征形成了莎莉人物的来源。影片主要描述了两位性格迥异的男性女性历经10年,从初相识的大学生到进入社会后再次重逢,从普通朋友到知心爱人的情感过程。从电影剧作的特点来看:首先,影片的结构非常特别,每一个故事片段间用一对相濡以沫多年的老夫妻讲述相处之道来作为转场,不同的爱情模式给人以哲理的思考。其次,影片中最出彩的场景是两人间的对白,尤其是基于男性与女性不同立场、情感对一些事件发表的看法。如哈利与莎莉第一次相遇时,哈利26岁,莎莉21岁,两人身份是大学生,但莎莉是一个"还没驶出芝加哥,我的故事就讲完了。我意思是,我没遇过什么大事,所以才要去纽约"的单纯、快乐的人。而哈利则是一个"要是没事发生呢。要是你就这么过了一辈子,而且仍旧什么也未曾发生过。你永远遇不到任何人,你永远也成就不了什么,并且最后你就像在纽约的一些人那样死去,两个星期无人问津,直到走廊散发出恶臭"。而且"我买一本新书的时候,首先阅读最后一页。这样一来,万一未读完之前就死了,我也好知道故事的结局。这,我的朋友,才是阴暗的一面"。两个对待生活、性格截然

---

① 李二仕.《当哈利遇到莎莉……》的剧作特色[J].世界电影,2015(2).

相反的人却奇妙地相遇了。而且哈利坚信男性女性之间没有真正的友谊,这也成了两个讨论的中心问题。

  5年后,哈利与莎莉在机场第二次相遇,两人在飞机上邻座,哈利准备结婚,莎莉新交了男友,两人开始了讲述彼此不同的观点,这一次哈利还是坚信男女之间没有真正的友谊。又过了5年,莎莉31岁,哈利36岁,两人第三次相遇。这时莎莉与男友分手,哈利与妻子离婚。哈利与莎莉两人终于握手言和,成为朋友。哈利觉得这次的自己"我感觉像是我成长了"。两人经历了双方好友的婚礼后对爱情有了新的领悟,哈利最终向莎莉告白说:"这样的方式可以吗?我爱你就因为即使外面21度,你还会感冒;我爱你即使你点一个三明治也要花上一个半小时;我爱你因为你看着我像个疯子似的时候眉心皱起;我爱你就是和你度过一整天之后,我还能在我衣服上嗅到你的清香;而且,我爱你因为晚上上床睡觉前,你是我最后想说话的那个人,爱你不是因为我孤独,另外,我爱你不是因为新年前夕。今晚我来到此处,因为我意识到了愿意和你共度余生,我就希望这样共度余生的生活越早开始越好。"①两人终于幸福地在3个月之后举行了婚礼,完成了从朋友到爱人的转变。影片最后用莎莉和哈利彼此对往事的回忆来结束全片。

  艾芙隆的另一部获得奥斯卡提名的剧本《西雅图夜未眠》构思巧妙,一条线索讲述丧偶的萨姆长期陷入悲痛,儿子乔纳为了让父亲走出阴影而打电话给电台为父亲寻找爱人的故事。另一条线索则是身处陌生城市的安妮偶然收听电台得知萨姆的故事,深受感动的安妮给萨姆写信并相约在帝国大厦见面。但阴差阳错的是,安妮与萨姆在影片的大部分时间是以陌生人的关系出现在银幕上的,两人第一次偶遇在机场,第二次偶遇是安妮来到山姆的住处。直到最后一次,两人经历多次擦肩后来到帝国大厦的顶楼,剧本最后的片段描述寻寻觅觅的两人终于相见的场景,语

---

① [美]诺拉·艾芙伦著;李二仕译.当哈利遇到莎莉[J].世界电影,2015(2).

言非常平实:

  安妮:萨姆。
  他看她。
  安妮:很高兴认识你。
  安妮的镜头。
  萨姆的镜头。
  乔纳的镜头。当电梯门关上的时候,他自己对自己
做了一个胜利的手势。

这时候双方认出彼此是那个最熟悉的陌生人,共同携手走进了帝国大厦的电梯里,影片就此也戛然而止,留下无尽的想象空间。艾弗隆的爱情电影一般极富有生活气息,对白贴近现代青年男女的所思所感,情感细腻,富有浪漫情调。

4.卡莉·克里与《末路狂花》

【获奖记录】

1992 年第 64 届奥斯卡金像奖最佳原创剧本获奖:《末路狂花》(Thelma & Louise)。

卡莉·克里(Callie Khouri,1957—),美国编剧、导演,出生在德州的圣安东尼奥,后成长于肯塔基,父母均为医生。中学时克里参加学校的戏剧社团,从此对戏剧产生浓厚兴趣,后进入常春藤普渡大学学习,本来专业为风景园艺学后转为戏剧专业。她还曾进入演员学院学习表演,当意识到自己无法当众表演时放弃了自己的演员梦想。之后的克里通过做音乐录影带的制作助理进入到电影行业中,并进入美国编剧协会。代表作有《末路狂花》(1991)、《爱情魔力》(1995)、《丫丫姐妹会的神圣秘密》(2002)等。

克里撰写的第一个剧本就是《末路狂花》(又名《塞尔玛与路易斯》),这个剧本为她赢得了第 64 届奥斯卡最佳原创编剧奖及金球奖最佳影片等。《末路狂花》讲述了家庭主妇塞尔玛和餐厅

女招待路易斯不甘被生活琐事牵绊，两人相约离家出走驾车去郊外散心，但半路上意外地碰上了陌生男性的调情，最后演变成强暴杀人事件，使得两人最后陷入了一场逃亡之旅。塞尔玛与路易斯最后面对男性的压迫时绝不屈从，她们以强硬的姿态反抗到底，在警察围堵走投无路之时驾车冲下悬崖，选择以死来维护自己的尊严，以此表现了女性对社会的抗争。影片由英国导演雷德利·斯科特执导，他之所以会执导这部影片的初衷是："这个剧本里还有一点吸引我的地方，它的焦点集中在两个人的性格上，这就意味着，我无法利用以前拍片时运用过的手法进行表现，必须要寻找些新的东西。"他寻找到的新的东西就是展示男性对女性的压迫作用，"应该把我们的电影看成一个讽喻，随着情节的进展，女主人公们遇到各种各样的男人——丈夫、情人、警察、暴徒、骗子、卡车司机。起初他们看上去都非常友好，但只要进一步接触之后，他们对妇女们的友善态度便无影无踪。我希望，通过这部影片，男人们能够从一个客观的角度来观察自己，能够自我解嘲。这就是我拍这部电影的用意所在。"[①]

这部影片自上映后引发巨大争议，也被视为是女性主义电影的代表作。影片中的两位女性的悲剧由不同的男性角色推动着：第一个是塞尔玛的丈夫达里尔，他是一个暴躁、专制、自私的人，一直把妻子当作保姆而不是有灵魂、有个性的人，经常贬低、嘲笑妻子，正是在他的令人窒息的精神暴力中激发了塞尔玛想要离家出走的念头；第二个男性是在酒吧里的花花公子哈伦，他是一个随意玩弄女性的人，也是随意对待塞尔玛，导致路易丝枪杀哈伦。这一意外事件也使得塞尔玛和路易丝不得不亡命天涯。第三个男性则是两人在路上碰上的骗子乔迪，他风度翩翩、谦和温文，以无辜的外貌赢取了塞尔玛的芳心。但这个乔迪趁两人不备，将路易斯男友吉米给两人准备的逃命钱给偷走了。他的行为进一步将两个女人推向犯罪的深渊，影片使她们不得不去抢劫。还有逃

---

① [俄]格·克拉斯诺娃.塞尔玛与路易斯[J].蔡小松,译.世界电影,1999(4).

亡路上碰见的粗鲁的油罐车司机、被锁进警车后厢的警察等等。这些男性形象对塞尔玛和路易斯的歧视、虐待、伤害将两人推向了命运的深渊,展现了一个男权社会对妇女的压迫,因此《末路狂花》也被视为是一部女权主义立场鲜明的影片。

这部影片中的女性形象塞尔玛从一个深居家庭、对社会险恶一无所知的单纯的家庭主妇成长为一个坚强独立的女性,路易斯也从早年被侵害的经历中恢复过来,她们的变化展示了美国当代影片中的女性形象从软弱到刚强、从被动到主动的转变过程。剧本最后的片段展示了两位女主人公的巨大变化:

"听着。我们不要做阶下囚!"前边车上,塞尔玛突然坚定地对路易丝说。

"你说什么?"路易丝有点不解地看着塞尔玛。

"我们继续走!"塞尔玛的表情更加坚定了。但她的声音里带着一种绝望的悲凉。

"什么意思!"路易丝惊愕。

塞尔玛用头示意:"往前走!"

路易丝转过头,看着自己的同伴,悲伤地笑了:"你肯定吗?"

塞尔玛点点头:"是的,真的! 开车吧!"她的声音由于过分地激动已变得哽咽了。

路易丝望着塞尔玛。两人相视而笑,眼睛里闪动着绝望的泪花。少顷,路易丝俯过身来把塞尔玛抱在怀里。站在远处的哈尔默默地望着她们。

车子发动了。哈尔意识到了她们的选择,他不顾一切地跑向前去……

(慢动作)哈尔双手举向空中,向前跑着……

(正常速度)路易丝在加速……

(慢动作)哈尔在追赶。他摇动着手臂,好像在呼唤……

(正常速度)塞尔玛和路易丝的车子已来到悬崖边

缘。路易丝伸出一只手,和塞尔玛的相邻的手握在了一起。一张两人的合影照片被风刮了起来。

两个人安详地笑着。路易丝猛踩油门,绿色的"蓝鸟"越出悬崖,飞向空中,形成一条优美的弧线,缓缓地向下落去……

画面定格。

影片最后定格在两位女主人公开着汽车冲下悬崖的那一瞬间,也象征着两位主人公宁愿牺牲自我也不愿意妥协的精神,他们的这种转变是在与男权社会的压迫做斗争的过程中发生的变化,也使得两人成为新时期电影史上最具女性主义色彩的人物形象。

5. 简·坎皮恩与《钢琴课》

【获奖记录】

1994年第66届奥斯卡金像奖最佳原创剧本(获奖):《钢琴课》(The Piano)。

简·坎皮恩(Jane Campion,1954—),新西兰著名女导演、女编剧,被视为是世界上最著名的女性电影导演之一。坎皮恩出生于威灵顿,父母为剧场导演和演员并建立了新西兰剧团,这使得她从小耳濡目染于新西兰的戏剧世界。但最初的坎皮恩并没有立志于戏剧界发展,她于1975年在威灵顿的维多利亚大学获得人类学的学士学位,又在1979年获得悉尼大学艺术系的绘画学士。在20世纪80年代初期她开始拍摄电影短片,并在澳大利亚的电视电影学校进修直到1984年毕业。她的第一部短片《果皮》(1982)在1986年的戛纳电影节上获得短片金棕榈奖,她的其他短片还包括《私语时刻》(1983)、《一个女孩的故事》(1984)、《八小时之外》(1984)等。1989年,她导演并参与编写的第一部长片剧本《甜妹妹》,获得了美国独立影视协会最佳外语片奖、洛城电影节新时代奖等一系列奖项。接下去她又执导了根据新西兰女作家珍妮特·福瑞姆的自传改编的影片《天使与我同桌》(1990),

获得了 1990 年的威尼斯电影节银狮奖,并且在当年的多伦多电影节和柏林电影节上也都分别获奖。坎皮恩的电影作品大都集中对女性生活的描写,而她在 1993 年拍摄的影片《钢琴课》获得了戛纳电影节的金棕榈奖,使得她成为第一位获得金棕榈大奖的女导演。同时该片还获得第 66 届奥斯卡最佳女主角奖、最佳女配角奖、最佳改编剧本奖三项大奖,坎皮恩还被提名为最佳导演,使她从此跻身世界顶尖女导演的行列。接下来,坎皮恩拍摄了几部文学气息浓厚的影片,如根据亨利·詹姆斯的小说改编的《淑女本色》(1996)获得第 69 届奥斯卡金像奖最佳女配角提名,《圣烟》(1999)获得第 56 届威尼斯电影节金狮奖提名、《裸体切割》(2003)、根据英国诗人济慈生平改编的《明亮的星》(2009)获得第 82 届奥斯卡金像奖最佳服装设计提名和第 62 届戛纳电影节金棕榈奖提名。由于导演独特的女性主义视角,也为电影打下女性主义理论基调。

简·坎皮恩的影片有着鲜明的个人特色,其善于塑造沉默、坚忍的女性形象,展现了对固有社会习俗的反抗与自我的追求。以其最具有代表性的《钢琴课》为例,影片用冷静的镜头语言讲述了一个哑女的爱情故事,也是一个女性自我觉醒的故事。哑女艾达带着私生女和一架钢琴远嫁到新西兰。艾达与丈夫斯图尔特并没有多少感情,斯图尔特嫌弃钢琴太笨重而不愿意搬回家中,结果钢琴就被遗忘在海滩上日晒雨淋,而艾达则画着纸钢琴在家练习。眷恋钢琴的艾达请求邻居贝因带自己去海滩弹琴,肆无忌惮的发泄对音乐的热爱。贝因被艾达吸引,用一块地与斯图尔特交换钢琴,并让艾达给自己上钢琴课。在上钢琴课的过程中,艾达与贝因互相吸引,爆发了惊天动地的爱情。二人的私情被斯图尔特发现后,斯图尔特非常嫉妒,还把艾达囚禁在屋子里,但这还是不能抑制艾达与贝因的爱情及思念,于是暴怒的斯图尔特用斧子砍掉了艾达的小指头。最终,斯图尔特与贝因达成协议,贝因带着艾达、女儿、钢琴离开了这里,在一片新土地开始新的生活。艾达终于能用戴着银色指套的手自由的弹奏心中的乐曲。

剧本一开始描写女主人公艾达:"我不能像其他人那样开口说话。谁也不知道这是为什么?连我自己也不清楚。父亲说,我具有一种莫名的能力。要是我失去了它,我就会停止呼吸,会死去。""我从不觉得我是个哑巴,因为我有这架钢琴。它可以替我表达任何情感。少了它,这段旅途该是多么寂寞啊!"①

坎皮恩在塑造艾达这个人物形象时是有着自己的想法:"艾达的过去我们还是知道一点儿的:她从六岁开始无缘无故地不再说话了。我记得在书里读到过,艾米莉·勃朗特不喜欢与人相处,她对社会有些蔑视,不愿意当众说话。夏洛蒂带她和自己的朋友一起出去,她一句话也不说。艾达的问题在于她太固执:她浪漫,她对自己头脑中的东西如此投入,以至于可以为它们而死。为了活着,人必须和自己的理想做些妥协。年轻人总是有着十分强烈的信念,但成长就是自我调整,而且我并不觉得这是件坏事。活着就要面对复杂性,这是事实,而纯粹的理想并不考虑这些。影片的最后,艾达让她的理想在她的想象中活下去,让自己在现实的生活中陶醉、快乐。她能把艺术从生活中分离了。在此之前,她对自己有一个诗意的理想,陷在对这种浪漫理想的热爱之中,这种热爱控制了她,几乎将她窒息。"②

影片的故事与原初剧本的结构有很大变化。"在原来的故事中,前面只是一些钢琴课,片尾是传统的暴力结局。"剧本里最残暴的一幕是丈夫斯图尔特面对妻子艾达爱上了别人,愤怒的砍下她的手指的一幕。但坎皮恩:"觉得这种常见的结尾和主体内容的美好不太平衡。……所以,我们决定更深入地表现这个故事的心理因素。剧本的第二稿让艾达回到了贝因身边;斯图尔特看着他们走到了一起。同时他也爱上了艾达,情感变得更细腻。改动集中在剧本的后 50 页。我们还加进了几个姑妈的形象,主要人物也显得不那么平面化了,因为在初稿中他们的发展线索和童话

---

① [新西兰]简坎皮恩. 钢琴课[J]. 蔡小松,译. 世界电影,1996(6).
② [美]托马斯·伯圭农、米切尔. 我是俗人,不是美学家——简坎皮恩访谈[J]. 赛门·霍文利,译. 当代电影,2003(2).

中的人物太相像了。"①剧本描写了斯图尔特在心境变化后送走了艾达。艾达与贝恩斯最后带着钢琴一起离开了,但在路上碰见风浪,钢琴被丢进大海,艾达再一次重生。

艾达的心声:现在我开始学说话。不过嗓子还不听使唤。但这会克服的。眼下我对自己能说话还有些害羞。

艾达:"死亡,死亡,死亡……wa,wa,wa,ba,ba,ba,ba,ha,ha……"

艾达的心声:夜晚的时候,我常常忆起我的钢琴,静静地沉睡在大海的坟墓里。有时我好像在它的上面游来游去。一丛丛的水草随波招摇,一群群的鱼儿四处游弋……

艾达穿着宽大的裙子在钢琴上面滑翔。

艾达的心声:下面如此宁静。这才是真正的沉默。万籁俱寂。一座冰冷的坟墓,深深地、深深地埋藏在海底。

蓝色渐渐加深,变成一片蓝绿色,然后逐渐成为黑色。

黑色的衬底上打出一行字幕:"献给埃迪德"。

正是由于这部影片立足探索一个聋哑无语的女性的内心世界,这就给了影片更为深沉的力量。影片中坎皮恩对坚忍、沉默的女性主人公的塑造,灵感来自《呼啸山庄》:"每次读到《呼啸山庄》,我都震惊于这本小说能够如此残忍和精准的描写人性无与伦比的创造性。令人觉得不可思议的是,如此有力的一个故事出自于这么瘦小的一个女人,一个几乎和世界没有任何联系的女人。艾米丽·勃朗特几乎足不出户,面对陌生人哑巴似的不说一句话,她笔下赤裸潮湿的沼泽仿佛让我触摸到了新西兰的泥土,

---

① [美]托马斯·伯圭农,米切尔·赛门. 我是俗人,不是美学家——简坎皮恩访谈[J]. 霍文利,译. 当代电影,2003(2).

这种如孤岛般的自我隔绝让我感受到了立于世界尽头的风景和苍凉,《钢琴课》就是这样一个'世界尽头'的故事,而艾达就是那个站在世界边缘的人,在那里永远有着不平常的人发生着不寻常的事。"①《钢琴课》中的艾达是将沉默与死亡联系在一起的,在片头的心声中就表示:"喋喋不休的人比比皆是,如果有人可以守口如瓶,简直是件乐事了。每个人到头来还不都得闭上嘴,只不过这两种沉默的含义不同而已。"②影片借由沉默的女性角色,通过对女性心理细腻含蓄的描写刻画,展现其在坚忍中迸发出无所畏惧勇往直前的爱情态度,这是一种简·坎皮恩电影中的女性美学的呈现。而"女性意识"占据了女性导演简·坎皮恩的每部电影的核心,她从女性角度出发来展现女性的观点和女性的情感内涵。她说:"我感觉就像有人问我为什么讲英语一样,之所以女演员在我的影片中占主导地位,那是因为我也是女人,我理解女人,我理解女人的灵魂,女人的一切。这是我独特的洞察力。"③

三、奥斯卡奖上的作家们

1. 哈罗德·品特的编剧生涯

【获奖记录】

1984年第56届奥斯卡金像奖最佳改编剧本(提名):《背叛》(Betrayal)。

1982年第54届奥斯卡金像奖最佳改编剧本(提名):《法国中尉的女人》(The French Lieutenant's Woman)。

哈罗德·品特(Harold Pinter,1930—2008),英国戏剧家,

---

① 杜眹雯. 论简·坎皮恩电影女性主义创作观的发展[D]. 上海戏剧学院,2012.

② [新西兰]简坎皮恩. 钢琴课[J]. 蔡小松,译. 世界电影,1996(6).

③ 芒果. 简·康萍演绎爱与坚强[J]. 中国女性,2003(8).

1997年第50届英国电影和电视艺术学院奖终身成就奖、2005年诺贝尔文学奖获得者,同时也两获奥斯卡最佳剧本奖的提名。代表作有戏剧《看门人》、《送菜升降机》。品特出生于伦敦东区一个犹太裁缝家庭。1948年,品特考入英国皇家戏剧艺术学院,但他无法忍受在学校的生活,一切都让他感到厌倦。他常常在家中按时出门,假装自己是去学校,但实际上是在街上闲逛。而且18岁的品特拒绝服兵役,还被送上了军事法庭,但品特自认反对冷战,不会做战争的帮凶。后法庭判处他大笔罚金,由他的父亲代缴而没有入狱,但之后的品特从学校辍学回家。

1950年品特到英国广播公司加入广播剧的制作播出工作,据说他曾经在《亨利八世》扮演了一个小角色。1951年进入伦敦中央演讲戏剧学校深造。品特非常喜欢这里的生活,但生计所迫,他在1953年申请加入莎士比亚剧团开始在各地巡回演出,展开他的戏剧生涯。参加巡回演出的经历让品特对编剧、导演和演员有了更多的了解,而且这时候品特结识了塞缪尔·贝克特,两人成为密友。为此他回忆道:"一天我翻开——无意间翻开大卫·马卡斯主编的《爱尔兰诗歌》杂志,读到贝克特的《瓦特》的节选,我简直惊呆了。"[1]他因为买不到这本杂志,就在公共图书馆里把那几页撕了下来。2005年的品特在一次谈话中承认那是他一生犯下的"唯一罪行"。贝克特是荒诞派戏剧的代表人物,他的作品《等待戈多》等给了品特很大的影响。尤其是品特在写自己的第一部被搬上舞台的剧本《房间》时受到影响最大。50年代的品特混迹于多个剧团中当演员,演出了各式各样的剧目,为他以后的戏剧生涯奠定了基础。

20世纪60年代是品特大量改编各类小说作品的时期。这段时期品特对罗宾·毛姆写于1948年的小说《侍从》很感兴趣,1962年他把这部小说改编成了电影剧本,对于小说中的暴力主题,品特认为,"世界就是个充满暴力的地方,这没什么奇怪的。"

---

[1] [美]威廉·巴克尔.哈罗德·品特传[M].任蕾蕾、孟国锋,译.南京:江苏人民出版社,2017.

小说中的暴力行为"我不愿称之为争夺地位的斗争,因为这太平常了,司空见惯。"[1]品特的另一个受人欢迎的剧本《看门人》在1962年被改编成了电影版,1964年这部电影以《房客》为名在美国发行。这一年,品特还创作了电视剧剧本《情人》。品特大部分的电影剧本都是改编自别人的作品,他曾经谈到"我喜欢这种类似搬运的技艺"[2]——即将文学剧本改编成电影剧本。他在改编中一般并不拘泥于原著的精神和本质,而是坚持"电影媒介是以不同的方式、从不同的角度去揭示原作的真谛"。[3] 他改编的《侍从》(1964)获得了英国编剧协会奖和纽约电影评论家协会最佳编剧奖。1963年,品特改编了潘尼洛普·默迪摩尔写于1962的小说《吃南瓜的人》。品特把小说的第一人称的叙事视角和作者的声音改为客观的叙述小说的情节。品特自己也承认,这部电影是完全按照剧本来拍的。品特还将特雷弗·达德利·史密斯写于1965年的小说《柏林备忘录》改编为电影剧本《谍海群英会》。这是一部间谍片,讲述一位特工深入柏林与纳粹残余做斗争的故事。影片以德国为背景,讲述了负罪感、复仇、权力这些主题。品特接下来又改编了尼古拉斯·莫斯利的《车祸》剧本,这是一个讲述三角恋的故事。影片在1967年的戛纳电影节上获得了评委会特别奖,但票房不佳,评论界认为这部电影渲染了20世纪60年代的性道德;出轨会得到宽恕。1969年,品特改编哈特利小说《幽情密使》,这部影片描述1900年夏天英国乡村发生的故事,少年里奥被卷入一对来自不同阶级的男女私情中,当时的他未能理解这件事情。但是当他老了以后,历尽沧桑的老年里奥回忆并讲述过去发生的事件时则有了新的领悟。剧本中,品特通过一篇框架式序言和片段化写作技巧,将遥远的过去生活与一位老人当前的回忆编织在一起,常常通过倒叙和旁白的手法来表现过去与未来

---

[1] [美]威廉·巴克尔. 哈罗德·品特传[M]. 任蕾蕾,孟国锋,译. 南京:江苏人民出版社,2017.

[2] 同上.

[3] 同上

交织的时空关系。影片上映后获得了1971年的戛纳电影节金棕榈奖以及英国电影学院最佳剧本奖。品特对小说的改编是非常成功的,因为他既忠实了原著,又以自己的视角还原了原著中世事变迁的问题。

20世纪七八十年代,是品特电影改编生涯中的重要时刻,这期间他创作了几部代表作。70年代早期,品特与翻译家约瑟夫·洛塞和巴巴拉·布雷共同改编普鲁斯特的小说《追忆似水年华》,但这一改编一直没有能拍摄成电影。1982年,品特出版了一部名为《普鲁斯特的电影剧本》的作品。作品开篇用35个镜头展示了蒙太奇所具有的非常震撼的视觉效果,且没有一句台词。品特在电影剧本序言中强调小说的双重线索:1880至1919年间法国社会的分崩离析和主人公马塞尔内心自我意识的觉醒。他认为:"作品的主题是时间。马塞尔在他40多岁的时候,听到了童年的钟声,那早已忘却的童年,突然之间出现在他的内心,而他作为一个孩子的自我意识,以及对过去种种经历的记忆,远比经历本身更真实、更强烈。"[1](《品特传》P98)这个剧本的创作对品特来说非常重要,在于剧本探索了品特一直关注的时间与记忆的问题,而这种探索也将持续到他之后的作品中。品特在剧本简介中说:"改编《追忆似水年华》是我有生之年最有意义的工作。"[2]

1974年,品特改编了菲茨杰拉德《最后的大亨》的剧本,影片在1977年上映后不尽如人意。1978年品特的戏剧《背叛》在国家大剧院首演,1983年被改编成电影上映。这个剧本以倒叙的手法讲述了出版商罗伯特的妻子爱玛与丈夫的好友杰瑞之间的7年的婚外情。剧本中充斥着各种各样的背叛行为,有人与人之间的背叛,职场上的背叛等。但剧本仍旧是在回忆与时间的线索中展示背叛的行为。1978年至1980年间,品特改编了约翰·福尔斯的小说《法国中尉的女人》。小说展现了两条线索,一条是现在时

---

[1] [美]威廉·巴克尔. 哈罗德·品特传[M]. 任蕾蕾、孟国锋,译. 南京:江苏人民出版社,2017.

[2] 同上.

空中剧团里的迈克与安娜的生活,一条是19世纪时查尔斯与萨拉的生活。品特说道:"把这部小说改编成电影,棘手的问题可真不少。小说假托是一部维多利亚时期的小说,可实际上却并非如此,这是一部现代小说。作者清晰的表明,此时此刻,他仍然在写作中,这一点要时刻铭刻于心。"①品特主要采用对话、情景变换和交叉剪接的方法来展现情节。将这部长篇小说改编成了时长约为两小时的电影,设置了一个开放式的结局。影片获得了成功,品特获得奥斯卡奖最佳改编剧本的提名。

20世纪80年代是品特创作的活跃期,他改编了8部电影剧本,写了5部戏剧。其中包括根据康拉德1915年的同名小说改编的《胜利》、根据罗素·霍本1975年的同名小说改编的《海龟日记》、根据弗雷德·乌尔曼1971年的小说改编的《团圆》、根据玛格丽特·阿特伍德1986年同名小说改编的《侍女的故事》、根据伊恩·麦克尤恩1981年同名小说改编的《陌生人的慰藉》、根据伊丽莎白·鲍温1949年同名小说改编的《赤日炎炎》等。品特在1987—1988年间将弗雷德·乌尔曼的小说《团圆》改编成同名电影,讲述了主人公离乡背井半个世纪后重返家乡的故事。

20世纪90年代以后,品特还陆续改编了5个电影剧本,包括根据卡夫卡1937年的同名小说改编的《审判》。品特坚持了自己对卡夫卡的理解,他认为:"最自然的方式是直截了当讲故事,按照它本来的样子,客观冷峻的呈现……叙事本身是没有感情的,不必回避某些东西。不需要粉饰,也不需要改装。"②同时,品特认为:"电影剧本删掉了卡夫卡对K内心独白的分析……我觉得《审判》的叙事很简单:K遭到逮捕,此后发生的一切都与此有关。他不是受害者,也不觉得自己是受害者。他拒绝这一角色。我想为《审判》加上这样的字幕:'上帝到底在玩什么把戏?'这正

---

① [美]威廉·巴克尔.哈罗德·品特传[M].任蕾蕾,孟国锋,译.南京:江苏人民出版社,2017.

② 同上.

是 K 追问的问题。他得到的唯一的答案是非常残酷的。"[①](P125)1994 年,品特将纳博科夫的小说《洛丽塔》改编成电影剧本。品特不满意库布里克的改编版本,认为他没有触及原著中亨伯特与未成年少女洛丽塔之间的纠葛,电影中的洛丽塔比小说中的人物至少大了 4 岁。于是品特努力通过亨伯特的自我旁白来展示他对洛丽塔的痴迷最终导致毁灭了自己。1993 年,品特还改编了石黑一雄的小说《长日将尽》,因为这也是一部靠记忆和时间来叙事的作品。但他最后删掉了自己在这个剧本的署名。女编剧鲁丝·贾华拉后来为导演詹姆斯·艾弗里重新写了一个剧本,这个电影非常成功,据说剧本中有 7、8 个场景是出自品特的剧本。1997 年,品特还改编了伊萨克·迪内森的小说《做梦的孩子》。2000 年,品特改编了莎士比亚的《李尔王》。2003 年,品特改编了安东尼·莎福的戏剧《侦探》。但这些电影剧本都没有能真正拍摄。

审视品特的一生,他一共创作的电影剧本达到 27 个,其中有改编自自己的戏剧作品,但最多的是改编自别人的作品,这些原著小说题材各异,但品特都很好的驾驭了这些主题和题材。用品特自己的话说:"我一部原创电影剧本也没写过。""但我很享受改编别人作品的过程。尽管出自我手的电影剧本有 24 部。两部压根儿没拍。三部由其他人重写。两部尚未投拍。17 部(其中四部改编自我自己的剧作)写出来就拍了。我觉得这很不寻常。我当然懂得,把小说改编成电影是一项严肃认真却又令人着迷的手艺。"除了关注电影剧本创作,对于电影理论与历史他也有一定涉及。品特曾表示:"从过去十年的发展来看,电影这种艺术形式要比话剧更有前景。"2004 年的品特在一次访谈中说,他一生中对他的想象力产生最大影响的是达利与布努埃尔合作的影片《一条安达鲁狗》,影片开头的片段让他惊奇不已,如一个男人磨着剃刀,划开了一个女人的眼球,这时还有一片浮云略过月亮。还有拉着

---

① [美]威廉·巴克尔. 哈罗德·品特传[M]. 任蕾蕾,孟国锋,译. 南京:江苏人民出版社,2017.

钢琴的驴子、大海等等电影画面。品特认为,在他真正参与戏剧表演之前,电影对他的影响是最大的。而这部电影对品特的影响就是那种碎片化的场景以及时空紊乱的表达,在品特改编的电影中,如《法国中尉的女人》等都是镜头呈现一个个过去与现在时空重叠的场景。[1]

2. 福斯特与"遗产电影"

E. M. 福斯特(Edward Morgan Forster,1879—1970)是 20 世纪初英国著名作家,其出身中产阶级,年轻时继承大笔遗产,1901 年从剑桥毕业后开始游历希腊、意大利等地,陆续发表《天使不敢涉足的地方》(1905)、《最漫长的旅行》(1907)、《看得见风景的房间》(1908)、《霍华德庄园》(1910)。之后福斯特在 1912 年与 1921 年两次游历了印度,曾担任了当地统治者德瓦省君王的私人秘书,并将其在印度的所见所闻与对英国和印度殖民地之间关系的思考写作成书《印度之行》(1924)。在福斯特去世后,他最后一部小说《莫里斯》(1971)才得以出版。

福斯特生活的年代,正是电影不断发展并确立其艺术地位的时代。但福斯特本人却对电影没有什么美言,他生前也拒绝了所有意图改编其小说的电影人。福斯特后期的一些电影评论与文学评论中透露其独特的电影观念,如他在 1934 年发表了一篇《米奇与米尼》的评论文章,主要描述其对当时的电影娱乐的看法,他写道:"我是个被迫的电影观众,而不是一个电影迷。我之所以必须来看和听这些东西是因为别人希望我这么做!大约两个星期前的一天,我正在思考生活和艺术,一阵风把我从凳子上吹了起来,以友善的名义让我飘到了另一个完全不同的位子上。姑且称它为安乐椅吧,也就是剧场楼下的特别座位。这里,没有艺术,也没有生活。观众既不幸福,也非不幸。我当时就陷入了一种迷糊昏呆的状态……我有理由相信在我周围有许多不情愿的电影观

---

[1] 哈罗德.品特的电影处女作[J].李二仕,梅峰,译.世界电影,2012(2).

众,他们都跟我一样,但我们彼此并不交流,而且在黑暗中无法与那些入迷的人区分开来。"①福斯特将身处电影院的自己称为是陷入"迷糊昏呆""被迫"的观众,而且他认为这类题材的爱情电影充满了琐碎的生活细节,对提高人们的价值或情感熏陶毫无帮助。不过福斯特有一次去参观拍摄过程中的电影摄影棚之后,对电影的布景与制作产生了新的认识。在福斯特放弃写作长篇小说之后,重新审视电影这门新兴艺术成为他后期评论创作的一个重要方面。他曾在1945年为纪录片《提摩西的日记》撰写评论,1948年参与歌剧《比利·巴德》的编剧工作以及将自己的小说《印度之行》改编成戏剧。正是在不断接触这些与小说截然不同的新媒体的过程中,福斯特的小说获得了新的生命。1965年,英国广播公司BBC改编了《印度之行》的电视剧版本并引起很大反响。随后,《天使不敢涉足的地方》在1966年被改编成电视剧,《霍华德庄园》在1970年被改编,《看得见风景的房间》在1973年被改编成电视剧。

  但是直到福斯特去世后,他的小说才被改编成电影并被搬上大银幕。1984年,福斯特的小说《印度之行》由大导演大卫·里恩改编并执导搬上银幕。影片以主人公莫尔夫人与阿黛拉从遥远的英国来到英属殖民地之后的遭遇为主线,他们遇上开明的印度人阿齐兹,并建立彼此间良好的友谊。然而当有一次他们去山上野餐时,阿黛拉走入了一间阴森的岩洞,产生幻觉被阿齐兹强暴。当英方试图通过审判阿齐兹来向当地民族施压时,恢复清醒后的阿黛拉小姐主动在法庭上承认了自己的错觉,还阿齐兹清白。该片由朱迪·戴维斯、维克多·班纳杰等主演,获得第57届奥斯卡金像奖最佳影片、最佳导演、最佳改编剧本等十一项提名,并最终获得最佳女配角奖。但实际上,这部影片在从小说到电影的转换过程中无比艰辛。

  首先是关于小说的改编权,福斯特生前拒绝了多位希望改编

---

① 许娅.转变、矛盾、否定:E.M.福斯特的戏剧观和电影改编观[J].阜阳师范学院学报,2009(2).

这部小说的电影导演,包括印度导演萨蒂亚吉特·雷伊和大卫·里恩,并明确表达不希望自己的小说被任何人改编成电影。直到他去世后,大卫·里恩才从福斯特的著作执行人手中获得作品的改编权,当时大卫·里恩也已经是73岁的老人了。

其次,在小说与电影的改编过程中,大卫·里恩曾谈到改编《印度之行》的难处:"我在电影里喜欢采用清楚生动的叙述手法,而E.M.福斯特——我认为他并不像许多人说的那样注意叙述手法,把它改编成电影遇到的麻烦是,在叙述过程中,福斯特常常要插进一些极精彩的次要情节,这样一来,人们就被这些情节吸引过去,忘记了主要的故事剧本刚写几页,你就会喊起来:'哎呀,不好!我怎么把主要的故事扔到一边了!'因此,你不得不删改,而这本书的篇幅又很长,删改起来很困难,再说,福斯特已经形成了一种叙事手法,要掌握这种手法很不容易。我常常逼自己坐下来想'这一段到底是什么意思'。小说的结尾部分简直是乱七八糟,新的人物突然冒出来,一个王公奄奄待毙,阿齐兹让他的医疗器械生了锈,等等。"①于是,大卫·里恩在影片最后改变了小说的结局。小说结尾处写道,菲尔丁与阿齐兹在庆祝印度传统节日时骑马相遇,他们的马最终分道扬镳:"然而他们的坐骑没有这种愿望——它们会转向各奔东西……所有这一切它们都没有这种愿望,它们异口同声地喊道:'不,你们现在还不能成为朋友!'苍天也在呼叫:'不,你们在这儿不能成为朋友!'"②而影片最后则是阿齐兹目送阿黛拉与菲尔丁离开,并表示"我们再也不会再相见了。"这象征着除此以外,大卫·里恩还压缩故事情节,丰富了人物形象等。他对于文学改编的经验是"我想关键在于不要企图把小说中的每一个细节都面面俱到地拍出来,这样到头来只能是一塌糊涂。要选择如果是你写这本小说你所要写的东西,并放手拍出来。如有必要,可以裁剪人物,不要把每一个剧中人物都保留

---

① [美]哈伦·肯尼迪.大卫·里恩访问记[J].吴迪,译.北京电影学院学报,1988(2).
② [英]E. M. 福斯特.印度之行[M].杨自俭,译.南京:译林出版社,2003:369.

下来并蜻蜓点水似地挨个儿点一点。"①

1987年,福斯特的另一部小说《莫里斯》被导演詹姆斯·艾弗里改编搬上银幕。原著小说是在福斯特去世后才得以出版,皆因小说的题材较为敏感之故。这部小说描述了发生在剑桥学生克莱夫与莫里斯之间的一段同性恋情,借用福斯特在小说末尾札记中写道:"倘若莫瑞斯代表了伦敦近郊的郊区居民,克莱夫象征的则是剑桥。"导演艾弗里在谈到影片的改编时说:"对我来说,影片《莫里斯》要重点展现其心理状态的对象是克莱夫·德拉姆,而非性情更简单、更直接的莫瑞斯。其实,这也是我对《看得见风景的房间》中的西塞尔·维斯的看法。尽管维斯像德拉姆一样总是令人不悦,但我觉得相对故事中的另外两位男主角,德拉姆和维斯对观众更具吸引力,也更加不可预测。"②这部影片上映后获得第44届威尼斯电影节的银狮奖最佳影片、第60届奥斯卡金像奖最佳服装设计提名等奖项。

导演詹姆斯·艾弗里在1986年改编了《看得见风景的房间》,影片讲述英国少女露西在去意大利旅行时,爱上了中产阶级青年乔治,却因为阶级身份的阻碍而嫁给乏味、保守的贵族青年塞西尔。直到最终在情感的感召下,两人最终有情人终成眷属,在重游意大利之际互定终身。该片获得了第59届奥斯卡金像奖最佳改编剧本等3项大奖,以及最佳导演、最佳影片等5项提名奖。艾弗里接着又在1992年改编了《霍华德庄园》,该片获得了第65届奥斯卡金像奖最佳改编剧本、最佳女主角等3项大奖,以及最佳影片、最佳导演等6项提名大奖。1991年,导演查尔斯·斯特里奇自编、自导了福斯特的小说《天使不敢涉足的地方》,也引起了很大反响。

虽然福斯特生前坚持自己的小说不被改编成影片,但纵观福斯特小说的改编电影,无论是文学特质还是影像风格都获得了很好评价,而且因这些改编电影还被纳入到遗产工业和文化观光的

---

① 徐建生.大卫·里恩访问记[J].世界电影,1990(4).
② 克莱夫.福斯特笔下的柏拉图式同性恋[J].许娅,译.外国文学,2010(1).

讨论范畴中，被冠以"遗产电影"的名称。即通过对地道的英式风光与历史的展示，展现了那些已经消失的殖民时代与贵族生活方式，表现了大英帝国最后的帝国荣光。因此，福斯特改编电影也成为"英国性"与"民族身份"的代名词。

第五章　21世纪以来的剧本奖
（2001年—　）

一、"后911时代"的媒体狂欢

1. "后911时代"的好莱坞主题

2001年9月11日，恐怖分子劫持飞机撞击纽约世贸大楼，震惊世人的911事件导致美国的国内外政策发生巨大变化。后续发生的阿富汗战争、伊拉克战争、本拉登被击毙、叙利亚内战等政治军事事件直接导致美国政治、历史、文化裂变为所谓的"前911时代"和"后911时代"。

"后911时代"的美国国内社会和好莱坞电影主题发生了明显变化。首先，电影是最能直观反映现实生活和展示社会变化的艺术形式。好莱坞电影在内容上增加了对恐怖袭击事件的阐释、对战争进行的深刻反思以及战后深陷困境的芸芸众生的生活。"911"事件不但撞毁了美国人的精神大厦，而且撞击了他们的自信和安全感。一系列的好莱坞电影展现了美国人的心理变化：从骄傲自信到困惑、迷茫以及面对灾难所引发的焦虑、忧郁、仇恨、多疑等心理状态。如《迷失东京》(2003)、《撞击》(2006)、《巴别塔》(2006)、《杯酒人生》(2004)和《老无所依》(2008)等影片充满了对命运无法把握的悲观宿命感和对社会的不信任感。评论家贾磊磊认为，好莱坞"以电影中的失败来警告人们：美国的军事优势与国际地位正面临着某种威胁"，而且"这种威胁的潜台词在于：为了不让假想的失败真正发生，为了不让可能的威胁成为现实的灾难,就必须有所作为。"好莱坞电影就是这样以一种失去了霸权(决胜)地位的叙事形态,映现出美国在现实历史语境中"王者"地位的动摇,进而力图实现在现实层面上对这种地位予以巩固与加强。所以,"9·11"事件以后的好莱坞电影不再仅仅是一种娱乐消遣的麻醉剂,而是成为一种与美国国家机器沉瀣一气、刺激美国国民的强心剂。"[1]

其次,好莱坞的电影类型也发生了变化。由于受到人们控诉暴力影像带来的不良影响,"911"事件后许多涉及暴力、枪战的动作片以及惊悚血腥的灾难片和恐怖片等都被推迟上映。好莱坞商业大片更多的强化了正义必胜和超级英雄的主题,比如《蜘蛛侠》(2002)、《黑客帝国》(2003)、《星球大战前传Ⅱ》(2002)、《X战警Ⅱ》(2002)、《谍影重重》(2002)等系列影片,通过塑造新一代的美国银幕英雄来转移恐怖主义的现实威胁和民众的恐慌心理。

再次,由于美国对伊拉克、阿富汗等地局部战争的开始,战争的阴云再次笼罩在美国人心中,好莱坞的类型片生产出现新变化。一方面是战争片大量兴起,出现了《黑鹰坠落》(2001)这类描写1992年美国与索马里之间战事的电影,也有《拆弹部队》(2009)这样富有现实主义色彩的战争电影,还有《比利林恩的中场战事》(2016)这种描述美国普通民众对伊拉克战争的反战情绪以及对美国精神重新评估的影片。女导演凯瑟琳·毕格罗执导的影片《拆弹部队》,讲述美军三人拆弹小组怀抱着军人的荣誉感和使命感走向战场,但在被派往巴格达执行反恐任务过程中却经历了不同的心路历程的故事。组长詹姆斯服役结束后难以适应和平宁静的家庭生活,他选择重返战场面对死神,而他的另两位战友却渴望结束轮执任务早日回国。他们的矛盾心态折射了创作者对伊拉克战争的矛盾心态,既厌恶战争又不得不宣扬军人的使命感,《拆弹部队》大量采用纪录片的移动跟拍手法进行拍摄,以强烈的纪实手法逼近战争的真实状态,极大改变了好莱坞惯用

---

[1] 贾磊磊.影像化的机器——9·11后美国电影的意识形态症候[J].艺术评论,2004(11).

的战争大片模式,也因此于2010年获得了第82届奥斯卡金像奖最佳影片、最佳导演、最佳原创剧本等六项大奖。

再次,多种族的电影受众构成的变化导致电影银幕上出现越来越多的文化混杂和多元族裔的主题。在美国族群统计中,千禧年出生的一代被称为"Z时代"。据统计这一代人中五分之一的孩子父母至少一方是移民,十分之一的孩子父母至少一方不是美国公民。因此,新千年的青少年中有更加显著的多元文化,他们更易于被那些具有多文化特征的主题所吸引,这种需求反映在好莱坞的银幕上则是出现了更多带有多元文化碰撞的"全球化好莱坞"的主题。如表现多种族族裔冲突的《撞车》(2004)获得了第78届奥斯卡最佳原创剧本奖;讲述摩洛哥、墨西哥、日本三种文化冲突的《巴别塔》(2006)获得第79届奥斯卡最佳原创剧本奖提名;讲述西方文化中长大的印度孤儿踏上寻亲路的《雄狮》(2016)获得第89届奥斯卡最佳原创剧本提名。而表现黑人族裔主题的影片也成为新千年以来奥斯卡奖的常客,如《珍爱》(2009)获得第82届奥斯卡最佳改编剧本奖、《为奴十二年》(2013)获得第86届奥斯卡最佳改编剧本奖、《月光男孩》(2017)获得第89届奥斯卡最佳改编剧本奖等,刻画种族关系的《绿皮书》(2018)获得第91届奥斯卡金像奖最佳原创剧本和最佳影片奖。

总而言之,"后911时代"的好莱坞以全球化与多元文化的特征席卷了全世界的电影市场,使得好莱坞全球化的特征也越来越明显。纵览美国电影海外表现出色的影片,其内核几乎永远是几个简单的主题:弘扬美国主旋律、塑造个人英雄主义、表达自由向上的理念、真挚的情感、永远的抗争精神、完美的英雄主义等等。观众将自己置身于好莱坞电影构建的宏大主题和惊险场景之中,完成了自己由观众到参与者的转化。在情感上对好莱坞产生共鸣、心理上与好莱坞产生认同。好莱坞已经成为一个符号,成为美国文化乃至世界最高法则的象征。借助这种简单而直接的传播方式,好莱坞大片可以在全球范围内大行其道。

2. 全球化的好莱坞新格局

"后911时代"的美国人视野比从前宽广，这场全球化图景投射在好莱坞电影工业上，使得好莱坞的媒介巨头重新制定策略来进行好莱坞电影的全球化展望。首先，传统媒介"巨头"继续推进好莱坞电影全球化的发展进程。目前在全球电影市场占统治地位的六大好莱坞传媒巨头，如迪士尼、华纳、环球、福克斯、派拉蒙、索尼等等被大跨国集团并购，改变了好莱坞新的电影产业格局。如迪斯尼在2019年3月对福克斯的收购，巨无霸企业美国电信（AT&T）在2018年以854亿美元的巨资收购了时代华纳都增加了强强联手的效果。以2016年北美电影市场来看，好莱坞六大电影公司全年凭借139部影片获得总票房收入95.685亿美元，占北美地区总票房收入的84.1%。其中迪士尼电影公司不仅是全美总票房冠军，还凭借着76亿美元的全球总票房位列榜首。华纳兄弟以49亿美元位居第二，福克斯公司以45亿美元居第三，环球以33亿美元居第四，索尼与派拉蒙分别位居第五、第六。同时通过各大电影公司的北美票房与全球票房相比较，可以看出迪士尼、华纳兄弟、福克斯的海外票房收入远远超过美国本土票房两倍以上。这些数据表明美国几大跨国媒体集团对全球市场的依赖度越来越高，专业化和规模化、集中化程度越来越高如表1所示为2016年美国各大电影公司北美市场票房收入份额的数据和排行。

表1 2016年美国各大电影公司北美市场票房收入份额排行榜（单位：亿美元）[①]

北美排名	公司名称	全年发行总数	年内生产发行数	北美总票房	北美地区市场份额
1	博伟影业	16	13	30.009	26.3%
2	华纳兄弟影业	35	23	19.022	16.7%

---

① 储双月.2016年美国电影商业美学实践的观察与思考[J].艺术评论,2017(3).

续表

北美排名	公司名称	全年发行总数	年内生产发行数	北美总票房	北美地区市场份额
3	20世纪福克斯影业	23	17	14.691	12.9%
4	环球影业	20	17	14.080	12.4%
5	索尼/哥伦比亚影视	27	22	9.115	8.0%
6	派拉蒙影业	18	15	8.768	7.7%

（注：博伟影业：美国最大娱乐集团，包括试金石、米拉麦克斯、好莱坞影业、迪士尼、帝门等公司。）

其次，新兴媒体帝国的出现推动好莱坞电影发生了新的变化，逐渐成为电影全球化运动的新角色。如互联网巨头亚马逊成立了亚马逊电影公司，出资制作的《海边的曼彻斯特》(2017)获得了第89届奥斯卡金像奖最佳原创剧本奖。另一个后起之秀是在线付费影片租赁网站Netflix，它不仅提供网上平台可以让人们通过手机及电脑随时在线观看电影，还在2017年初开始组建自己的原创电影部门进行内容制作。Netflix投入巨资聘请好莱坞大导演制作旗下电影，如完成大导演奥逊·威尔斯的遗作《风的另一边》(2018)、安吉丽娜朱莉执导的《他们先杀了我父亲：一个柬埔寨女儿的回忆录》(2017)、阿方索·卡隆执导的《罗马》(2018)。《罗马》一片不仅在第75届威尼斯电影节上摘下最佳影片金狮奖的桂冠，还获得第91届奥斯卡金像奖的最佳外语片奖和最佳导演奖。这些网上新媒体平台财大气粗，如Netflix每年计划制作影片的数量高达50余部，是传统电影制片厂的数倍之多，单部影片的预算也高达2亿美元。而在2019年的颁奖季开始，Netflix出品的《爱尔兰人》(2019)、《婚姻故事》(2019)、《教宗的承继》(2019)在奥斯卡奖、金球奖上均获得提名。其中马丁·斯科塞斯执导的《爱尔兰人》从2008年就开始谋划，因影片的黑帮题材和过高预算一再被好莱坞传统的大制片公司拒之门外，直到Netflix大手笔投资2亿美元，才让这部电影最终得以拍摄成功。流媒体平台不仅在影片生产规模、生产类型等方面展现积极态势,而且平台本身也在寻求与传统电影制片公司相同的市场地位。Netflix 在 2019 年 1 月 22 日加入美国电影协会(MPAA),正式成为好莱坞电影版图中新崛起的"第七大"力量。而各大传统媒体集团为了应对新兴媒体的挑战,从 2019 年 11 月起纷纷推出自己旗下的流媒体平台,包括苹果公司推出的依托明星效应的 Apple TV＋、迪士尼推出了定位合家欢收看模式的 Disney＋、环球推出的 Peacock、华纳依托母公司 AT&T 推出的精品流媒体平台 HBO Max 等。这些媒体集团可以依托流媒体平台来整合自身的影视资源并吸引观众进行线上观看,新的流媒体平台还能为其增加灵活的数字电影发行方式。可以说,这些新旧媒体帝国从内容到形式都将极大推动好莱坞电影新的传播方式的推广和传播影响力的扩大。

再次,独立电影人为新千年后的好莱坞注入了新鲜血液。随着好莱坞的独立制片的蓬勃发展,这些独立电影人在新千年后纷纷进入到好莱坞工业中,并接替斯皮尔伯格等老牌导演,成为美国主流商业类型电影的主导力量。因此,不仅好莱坞的电影人身份更加多元,银幕上的主角形象也多是一些新型的多元的族裔身份主人公。审视新世纪以来的奥斯卡获奖名单来看,新世纪获奖的好莱坞电影导演及编剧的人员来自世界各地,文化背景也更加多元。表 2 分析了 2001 年至 2002 年历届奥斯卡金像奖最佳导演奖的数据。

表 2　2001—2020 历届奥斯卡最佳导演获奖人数及国籍统计

序号	年份	获奖人	国籍	获奖次数
1	2001	史蒂文·索德伯格	美国	获奖 1 次
2	2002	朗·霍华德	美国	获奖 1 次
3	2003	罗曼·波兰斯基	波兰	获奖 1 次
4	2004	彼得·杰克逊	新西兰	获奖 1 次

第一编　奥斯卡剧本奖历史溯源

续表

序号	年份	获奖人	国籍	获奖次数
5	2005	克林特·伊斯特伍德	美国	获奖2次
6	2006	李安	中国台湾	获奖2次
7	2007	马丁·斯科塞斯	美国	获奖1次
8	2008	乔尔·科恩与伊桑·科恩兄弟	美国	获奖1次
9	2009	丹尼·博伊尔	英国	获奖1次
10	2010	凯瑟琳·毕格罗	美国	获奖1次
11	2011	汤姆·霍伯	英国	获奖1次
12	2012	米歇尔·哈扎纳维希乌斯	法国	获奖1次
13	2013	李安	中国台湾	获奖2次
14	2014	阿方索·卡隆	墨西哥	获奖2次
15	2015	亚利桑德罗·冈萨雷斯·伊纳里图	墨西哥	获奖2次
16	2016	亚利桑德罗·冈萨雷斯·伊纳里图	墨西哥	获奖2次
17	2017	达米恩·查泽雷	美国	获奖1次
18	2018	吉尔莫·德尔·托罗	墨西哥	获奖1次
19	2019	阿方索·卡隆	墨西哥	获奖2次
20	2020	奉俊昊	韩国	获奖1次

　　从上表中可以看出,历数2000—2020年获得奥斯卡核心奖项"最佳导演奖"的20次获奖者的国籍,只有7届得主是来自美国本土的导演,其余大半数奖项获得者来自其他国家或地区,包括欧洲(4次)、南美洲(5次)、亚洲(3次)、大洋洲(1次)。同时,获得奥斯卡剧本奖的得主也是来自世界各地。

　　欧洲:来自英国的克里斯托弗·诺兰,曾获得第74届奥斯卡奖最佳原创剧本提名的《记忆碎片》(2000)和获得第83届奥斯卡奖最佳原创剧本提名的《盗梦空间》(2011);导演丹尼·博伊尔代表作是获得第81届奥斯卡最佳导演、最佳影片、最佳改编剧本奖的《贫民窟的百万富翁》(2008);导演马丁·麦克唐纳曾获得第90

届奥斯卡金像奖最佳原创剧本提名的《三块广告牌》(2017)。来自法国的迈克尔·哈扎纳维希乌斯,代表作是获第84届奥斯卡金像奖最佳影片、最佳导演、最佳男主角奖以及最佳原创剧本提名的《艺术家》(2011);来自挪威的莫滕·泰杜姆曾获第87届奥斯卡金像奖最佳改编剧本奖的《模仿游戏》(2015);来自加拿大的让-马克·瓦雷的代表作是获第86届奥斯卡最佳原创剧本提名的《达拉斯买家俱乐部》(2013)。

南美洲:来自墨西哥的亚利桑德罗·冈萨雷斯·伊纳里多的代表作是获第87届奥斯卡金像奖最佳原创剧本奖的《鸟人》(2014)、获第88届奥斯卡金像奖最佳导演奖的《荒野猎人》(2015);导演吉尔莫·德尔·托罗的代表作是获得第90届奥斯卡金像奖最佳影片、最佳导演奖及最佳原创剧本提名的《水形物语》(2017);阿方索·卡隆的代表作是获得第79届奥斯卡金像奖最佳改编剧本提名的《人类之子》(2006)、获第86届奥斯卡金像奖最佳导演奖的《地心引力》(2013)。

亚洲:李安的代表作是获第73届奥斯卡金像奖最佳外语片奖《卧虎藏龙》(1999)、获第78届奥斯卡金像奖最佳导演、最佳改编剧本等3项奖的《断背山》(2006)、获第85届奥斯卡金像奖最佳导演奖、最佳改编剧本提名的《少年派的奇幻漂流》(2013)。

大洋洲:来自澳洲的巴兹·鲁赫曼的代表作是获得第74届奥斯卡金像奖最佳影片提名的《红磨坊》(2001)、《了不起的盖茨比》(2013)。来自新西兰的彼得·杰克逊的代表作是获得第76届奥斯卡金像奖最佳影片、最佳导演、最佳改编剧本的《指环王3:王者无敌》(2003)、获得第74届奥斯卡金像奖最佳改编剧本提名的《指环王1:魔戒再现》(2001)、获得第75届奥斯卡金像奖最佳影片提名的《指环王2:双塔奇兵》(2002)等。

这些数据表明好莱坞吸纳大量来自世界各地的电影人进入好莱坞电影的制作机制,这些电影人大都具有多元文化的身份,因此他们制作的影片既能得到好莱坞雄厚制作资源的保障,又能有各自独特的文化特点来满足全球观众的喜好。这也让他们不仅可以得到电影节奖项的青睐,也使他们的电影获得巨大票房。这种多元文化打造的世界影响力,正是好莱坞电影能够在全球化发展之路上取得成功的基石。

3. 超级英雄电影

新千年的好莱坞银幕上,超级英雄电影成为一种特有的电影类型并有了长足的发展。第一部超级英雄电影是1978年理查德·唐纳执导的《超人》,随后的《超人2》(1980)、《超人3》(1983)、《超人4》(1987)在票房上均取得了佳绩。而后1989年蒂姆波顿执导的《蝙蝠侠》(1989)开创了另一个超级英雄蝙蝠侠电影系列。该两大系列预示了超级英雄电影在好莱坞银幕上已占据了重要的位置。新千年后,短短十余年间涌现出《蜘蛛侠》系列、《钢铁侠》系列、《X战警》系列、《复仇者联盟》系列等四五十余部作品。截至2019年的全球票房十佳中,超级英雄电影占据了半壁江山。同时超级英雄电影也逐渐受到各大颁奖礼的礼遇,如《蝙蝠侠:黑暗骑士》(2008)获得第81届奥斯卡最佳男配角奖,《金刚狼3:殊死一战》(2017)获得第90届奥斯卡最佳改编剧本的提名,《黑豹》(2018)获得第91届奥斯卡最佳影片提名并最终获得最佳服装设计和最佳艺术指导奖。毋庸置疑,超级英雄电影的市场号召力和奖项关注度一次又一次地得到了验证,超级英雄已然成为当代好莱坞的一种典型符号,并以新兴主流电影式样的姿态迎来了类型的独立,成为好莱坞新千年表现最亮眼的电影类型。好莱坞超级英雄电影的流行不仅是一个技术现象和产业现象,更是一个文化现象,它集中表达了一种全球性的社会文化焦虑。

截至2019年的票房统计,全球票房排行里,前十位分别如下表3所示:

表3　全球票房排行 ①

序号	影片	票房	年份
1	Avengers：Endgame《复仇者联盟4》	$2,797,800,564	2019
2	Avatar《阿凡达》	$2,789,968,301	2009
3	Titanic《泰坦尼克》	$2,187,463,944	1997
4	Star Wars：Episode VII-The Force Awakens《星战7》	$2,068,223,624	2015
5	Avengers：Infinity War《复仇者联盟3》	$2,048,359,754	2018
6	Jurassic World《侏罗纪世界》	$1,670,400,637	2015
7	The Lion King《狮子王》	$1,655,141,409	2019
8	The Avengers《复仇者联盟1》	$1,518,812,988	2012
9	Furious Seven《速度与激情7》	$1,515,047,671	2015
10	Avengers：Age of Ultron《复仇者联盟2》	$1,402,805,868	2015

(1)超级英雄电影的文化内涵与技术内涵

超级英雄电影的热门,反映的是美国社会深藏的一种对英雄神话的集体无意识的隐形表达。古代希腊神话中的赫拉克勒斯、阿喀琉斯等就是英雄神话。现代美国的第一个超级英雄"超人"漫画诞生于1938年,是饱受经济大萧条和战争折磨的人们表达的一种英雄拯救的渴望。而超级英雄电影《超人》自1978年诞生,在进入到新千年以来获得长足发展,各个系列的英雄纷纷登上银幕。这表达着自"911"事件发生以后,美国爆发的一系列经济危机和信仰危机使得人们产生对"英雄"的内心需求和心理情结。人们渴望由超级英雄们来拯救世界,让这些现代英雄们成为美国大众神话中拯救芸芸众生的救世主。现代评论家坎贝尔曾总结英雄神话的模式是"英雄从日常生活的世界出发,冒种种危

---

① 数据来自于美国票房网站 Box Office Mojo,时间截止至2019年12月,https://www.boxofficemojo.com/chart/top_lifetime_gross/ • area＝XWW&landingModalImageUrl＝https%3A%2F%2Fm.media-amazon.com%2Fimages%2FG%2F01%2FIMDbPro%2Fimages%2Fhome%2FwelcomeToBomojov2._CB1571421611_.png。

险,进入一个超自然的神奇领域;在那神奇的领域中,和各种难以置信的有威力的超自然体相遭遇,并且取得决定性的胜利;于是英雄完成那神秘的冒险,带着能够为他的同类造福的力量归来"①。另一方面,超级英雄电影的兴起与电影技术的发展是分不开的。也就是说,视觉奇观与内在精神救赎共同成就了超级英雄电影的辉煌。

超级英雄电影一般将故事设定于当代或者未来世界,电影中的这些超级英雄并非十全十美的大英雄,而是各自有着自己的缺点。他们大部分出身平民,但机缘巧合下获得超级能力,从而担负起超越常人的伟大任务或艰难事业。如作为高中生的蜘蛛侠、作为生物学家的绿巨人、普通士兵出身的美国巨人都在平常人外表下隐藏着绝对的能力和内心困境。这些电影描述了这些超级英雄对超级能力的获取、丧失和转移等的过程,超级能力象征着社会文化领域的绝对能力,超级英雄们可以上天入地,无所不能。一方面,这些对超级英雄的形象刻画与能力表达都表现了当代人对英雄顶礼膜拜的英雄情结。另一方面,这些超级英雄的存在,注定其面对着超级坏蛋的二元对立。超级坏蛋是超级英雄的直接对手和人类社会的直接威胁者,他们怀抱邪恶目标,在个人野心的膨胀下觊觎超级英雄的超能力,进而产生超级坏蛋与超级英雄之间的对决,这也成为了超级英雄电影的主要叙事模式。超级坏蛋常常是来自于社会之外的独裁者、毁灭者或社会机构的代理人,他们是人类社会中邪恶社会机构模式的代表,在现实中对应着本·拉登这样的恐怖分子,反映出人们对邪恶力量的恐惧。可以说,正是在后"911"的全球反恐环境下,社会大众对于不受控制的恐怖力量的集体焦虑在电影领域的投射和表达,从而让超级英雄电影在21世纪焕发出巨大的跨文化的影响力,超级英雄电影中的英雄与超级坏蛋和邪恶组织之间的戏剧性冲突,象征着正义与邪恶的对抗,而且也指明了超级能力的现实意义。

---

① [美]约瑟夫·坎贝尔.千面英雄[M].黄珏苹,译.杭州:浙江人民出版社,2016:62.

超级英雄电影取得的巨大成功,不仅有当代人精神投射的原因,还与电影技术的发展有极大的关系。在 CG 技术的发展下,银幕上虚拟的英雄世界光怪陆离,极具视觉震撼性,这种视觉奇观也成为超级英雄电影流行的主要原因,如 1978 年版的超人首次展现了超人在天空中飞行的震撼的视觉体验。新千年之后,好莱坞的仿真和 CG 等各项电影特效推动超级英雄电影缔造一个个票房神话。导演和计算机图像专家展开合作,借助日新月异的动画技术,在银幕上逼真还原了时空穿越、宇宙空间和城市毁灭的"银幕奇观";还通过 IMAX 和 3D 为主的观看形式呈现,将漫画本来天马行空的奇幻画面真实的搬上了银幕,如《蜘蛛侠》电影还原了蜘蛛侠在纽约高楼大厦间凌空穿梭的景象,《复仇者联盟》则描绘了外太空激战的壮观景象,使得这些影片上映后引发了票房和口碑的爆炸效应。

如漫威影业(现属迪士尼影业)的超级英雄电影还通过联盟与分支、集体与个体交替演绎而互为补充,将英雄们的冒险故事与拯救壮举通过影像再现形成一个根系庞大的英雄版图,让电影中的残酷对抗与社会生活类比起来,形成了深刻、复杂的"漫威电影宇宙计划",并在好莱坞产业格局中占据越来越重要的位置。如 2012 年的《复仇者联盟》将之前各自为战的《钢铁侠》《绿巨人》《雷神》和《美国队长》这些超级英雄系列电影在银幕上集合起来一起对抗邪恶力量,展现超级英雄们气势磅礴的对战外星人的壮观场面,在当年取得 15.18 亿美元的高票房。这一高票房的生产模式得到市场与观众的首肯后,好莱坞继续将这一系列发扬光大,将更多的新的超级英雄作为英雄谱系支线登上大银幕。事实证明,这样的超级英雄联盟是票房的绝对保证。这些群英汇聚的超级英雄巨片以全明星的阵容组合不仅一开始就吸引大量观众关注,培养了忠实粉丝,还注重在故事中推出英雄的成长历程,将英雄在成长中的自我认同与观众的认同联合起来,进一步推进票房成功。

(2) 超级英雄电影的制作模式与产业架构

好莱坞超级英雄电影在商业上取得的巨大成功，与其成熟的 IP 策略分不开。知识产权（IP）可谓好莱坞的核心所在，而好莱坞银幕上的超级英雄王国的打造，离不开漫威和 DC 两个大公司与好莱坞的合作。

漫威漫画公司（Marvel Comics）始建于 1939 年，漫威将旗下的众多漫画角色打造成了人们耳熟能详的美国超级英雄角色，如蜘蛛侠、钢铁侠、雷神托尔、绿巨人、金刚狼等。而这些超级 IP 改编成的电影，平均每部电影票房都有 4.9 亿美元。漫威公司的电影策略分为两个阶段。在 2007 年以前，由于漫威公司实力有限，其主要是与好莱坞的各大制片厂合作，授权给大公司改编其旗下的作品，如与好莱坞六大影业公司华纳兄弟、二十世纪福克斯、派拉蒙、索尼影业和环球影业等合作。漫威与各大制片厂的合作模式是由制片厂负责作品的拍摄、宣传、营销，如《蜘蛛侠》三部曲（影视娱乐旗下哥伦比亚影业公司，2002—2007）、《X 战警》三部曲（二十世纪福克斯，2000—2006）、《刀锋战士》（新线影业，1998—2004），这些系列均取得不错的票房成绩。但这样的合作模式，漫威公司获得的利润与票房分红有限。于是，漫威自 2008 年开始了新的合作模式，即自筹资金并联合独立媒体公司制作《钢铁侠》系列电影。2009 年，由于迪士尼收购了漫威，这个大媒介巨头旗下业务覆盖电影、电视、出版、音乐、音像、游戏、主题公园等各种细分的娱乐和媒体产业，可以全方位的对 IP 进行开发。漫威通过打造"漫威电影宇宙计划"，陆续推出《钢铁侠 2》(2010)、《雷神》(2011) 直到《惊奇队长》(2019) 等 23 部电影累计全球票房达到 220 亿美元，成为 21 世纪以来最成功的电影产品。

DC 漫画公司（Detective Comics）是与漫威齐名的漫画公司。它创建于 1934 年。其在 1938 年在创刊号上创造出第一位超级英雄——超人的形象，还在 1939 年在《侦探漫画》第 27 期上创造出世界上第一位没有超能力的超级英雄——蝙蝠侠的形象。1967 年公司正式定名为 DC 漫画并沿用至今，1969 年 DC 被时代华纳集团收购,旗下拥有超人、蝙蝠侠、闪电侠等超级英雄。英国导演克里斯托弗·诺兰执导的《蝙蝠侠黑暗骑士三部曲》系列在票房和口碑上均有不俗表现。DC开创了《正义联盟》的大英雄集和电影,并希望组成"DC扩展宇宙"。2018年新上映的《海王》也在全球取得不错票房,2019年上映的《小丑》不仅获得金狮奖,还以6000万美元的投资获得了10亿美元的票房收入,成功改写了R级片的全球票房记录。

从好莱坞的历史来看,以往好莱坞的剧本开发主要侧重于小说领域的改编。据统计,每年好莱坞高达半数以上的影片都来自改编作品。"据The Numbers网站的统计数据,1995年到2014年,好莱坞共公映了10615部电影,其中原创剧本电影6842部,占据49.5%的票房市场份额,而改编自其他来源的电影共5703部,占据市场份额50.5%。……1995—2014年,好莱坞共有2280部改编自小说的电影,创造了513亿美元票房,占据23.1%的市场份额,平均票房较原创剧本电影高出了39.6%。"而漫画改编作品数量不能和小说改编作品相抗衡,"在1995—2014年,好莱坞只有168部根据漫画或绘本改编的电影,但创造票房高达126亿美元,平均每部0.75亿美元,是原创剧本电影平均票房的4.7倍之多。漫画改编电影多是高投入的超级英雄电影。"[1]高票房、大产业,这才是超级英雄电影得以风靡的主要原因。

好莱坞在改编超级英雄电影的过程中,以"高概念性"大片的制作模式与营销模式发挥到了极致。所谓好莱坞高概念电影(High Concept Movie)是指"六大电影公司针对全球目标观众市场所采用的一种技术、资本与人才密集型的、以商业诉求为目的的电影拍摄模式"[2]。在当代好莱坞,超级英雄电影就是一种最具有票房回报的高概念大片,其具有的特征包括以下几个方面:第一,叙事上重善恶二元对立的英雄叙事,情节比较简单但易于传

---

[1] 彭侃.好莱坞电影的IP开发与运营机制[J].当代电影,2015(9).
[2] 胡云.全球化语境下好莱坞电影的商业策略[J].现代传播(中国传媒大学学校),2014(6).

达;第二,结构上多为开端、发展、高潮的三幕式戏剧结构,戏剧冲突强烈,易于感染观众;第三,主题上多为英雄主义、惩恶扬善等具有普世价值观的主题,消磨国别差异与文化差异,这使得超级英雄电影更容易进行跨国传播成为全球卖座的作品;第四,人物塑造上类型化,超级英雄们的形象和性格一般具有类型化和脸谱化的特征,这让他们易于标识并能在不同的作品中轻易地被观众所认识,还可以通过不断挖掘这些人物故事来制作续集、前传、翻拍片等系列电影;第五,特效和壮观的画面超越了对白的重要性,观众不需要去理解电影而只是视觉上感受电影,这也造成超级英雄电影的"视觉奇观";第六,超级英雄电影借由明星造势、大成本特效投入、以 G 级或 PG 级的合家欢电影定位吸引青少年观众、通过对人物或故事的不断挖掘来形成系列化的超级英雄电影,这使得续集、前传、重拍片充斥着当代的好莱坞电影银幕。如《复仇者联盟》系列电影俨然已经是全球票房最高的超级英雄电影,其中《复仇者联盟 1》(2012)票房 15 亿美元,《复仇者联盟 2》在 2015 年上映后尽收 14.05 亿美元票房,2018 年上映的《复仇者联盟 3》则狂收 20.46 亿美元,2019 年的《复仇者联盟 4》收入 27.9 亿美元的全球总票房,打破了《阿凡达》保持的全球影史单片票房纪录,成为最新的全球票房冠军,在全球掀起一股超级英雄热潮。

二、新时代的编剧生意

1. 美国编剧协会大罢工

好莱坞电影从诞生到如今,电影编剧虽然决定着影片的内容与走向,但他们在好莱坞电影的生产链中一直处于次要地位。编剧不同于电影导演、明星、制片人的地位,被认为是好莱坞的二等公民。于是,编剧们联合起来建立了属于自己的组织,即美国编剧工会(The Writers Guild of America,简称 WGA),这是好莱坞编剧的行业组织,包括 1951 年建立的东部分会和 1954 年建立的西部分会,它们分别以纽约和洛杉矶为中心,主要职责是为了保障好莱坞编剧获得合理报酬、确保他们的著作署名权、在电影和电视发行中获取一定利润比例等。历史上,美国编剧工会曾为维护编剧们的合理收入而举行了5次大罢工。第一次是在1960年,目的是为了从电视上播放的电影中取得收入,最后得到一定比例的分红而取得胜利。1981年与1985年出于相似目的而进行了两次罢工,最终获得更高的分成,且1985年的罢工只持续了两周时间。1988年的第四次罢工是编剧工会史上时间最长的一次罢工,当时持续时间为153天,主要是为了增加从家庭录像带中的销售分成,这次罢工影响很大,最终造成约5亿美元损失。

进入新世纪,好莱坞的编剧们为了提高自身地位和收入又再一次举行了罢工。2007年11月5日至2008年2月12日,美国编剧工会(WGA)与美国电影电视制片人协会(AMPTP)因再一次冲突而进行大罢工。美国编剧工会在其组织注册登记的职业影视剧作家大约有2万多人,好莱坞大公司给一部完整的确定拍摄的电影剧本收购价为8万—10万,远低于给导演或演员支付的报酬。此次大罢工起因是美国编剧工会与美国电影电视制作人协会就利润分配问题展开了谈判,编剧工会坚持要从新媒体和网络下载的影视剧中也要分一份利润,但电影电视制作人协会并不接受这一提议,于是编剧工会才举行这一次的罢工。2008年的大罢工持续了3个月,造成的经济损失超过30亿,遭到停播的电视节目有60余部,当年的金球奖因受到编剧抵制没人写串场词只得无奈取消了颁奖礼。同年举办的第80届奥斯卡奖颁奖礼在罢工结束后如期举行,在颁奖礼上特地调整了颁奖顺序,将最佳原创剧本奖调至与最佳导演、最佳影片同等重要级奖项颁出,难怪获奖的《朱诺》的编剧高呼:"这是为编剧准备的奖项。"[1]

据美国编剧协会的数据,好莱坞电影业编剧的就业率2012年下降了6.7%,已是连续第三年下降。主要是因为六大制片厂

---

[1] 倪骏.颁奖的冬季[J].世界知识,2008(6).

将更多的资源集中在大片上,中等规模的电影变少。1537 名编剧总收入 3.434 亿美元。较于 2007 年的 5.266 亿已经下降了 35%。从媒体列出的编剧收入来看,好莱坞编剧的收入体系是好莱坞的高成本电影(投资在 500 万美元以上的项目)的原创剧本,编剧最少应获得 127,295 美元的报酬,改编剧本的最低报酬为 110337 美元。其后则按照编剧递交剧本大纲、剧本第一稿、剧本第二稿的不同阶段而获得不同的报酬。在好莱坞,近年来的趋势是"在过去十年间,好莱坞的剧本开发表现出了日益明显的跨界趋势,从别的版权内容(如小说、游戏、漫画)等来源改编剧本的电影项目越来越多"。① 如表 4 所示为好莱坞剧本开发成本数据情况。

表 4 好莱坞剧本开发成本[②]

原创剧本(含剧本大纲)	低成本电影(美元)	高成本电影(美元)
第一次付款:递交原创剧本大纲	67,804	127,295
第二次付款:递交剧本第一稿	30,721	50,874
第三次付款:递交剧本第二稿	26,700	50,874
改编剧本(含剧本大纲)	10,383	25,547
第一次付款:递交原创剧本大纲	59,331	110,337
第二次付款:递交剧本第一稿	22,248	33,916
第三次付款:递交剧本第二稿	26,700	50,874
重写剧本	10,383	25,547
剧本润色	22,248	33,916
剧本经纪	11,132	16,959

2017 年,编剧协会举行了新一轮的大罢工,使得人们开始再一次关注好莱坞剧作家的生活。罢工的原因在于美国编剧协会与电影电视制作人协会之间的合同到期,而双方对新协议无法达

---

① 彭侃.好莱坞电影剧本开发体系[J].当代电影,2014(7).
② 彭侃.好莱坞电影剧本开发体系[J].当代电影,2014(7).

成一致,协议主要集中在对双方的《基础协议》(Minimum Basic Agreement)中规定的编剧的最低工资标准、署名约定、纠纷仲裁程序、影视剧重播和其他收入分成、养老与福利等等出现的分歧。编剧协会具体提出的新要求包括增加编剧收入,特别是那些薪水还没到福利线的编剧、解决喜剧综艺节目编剧长期以来的低薪状况、与行业水平相当的高预算视频点播服务的剩余报酬标准至少提高三个百分点、提高编剧的报酬等问题。峰回路转的是,美国编剧协会与电影电视制作人协会在5月1日合同到期前的最后一刻达成临时协议,这次罢工最终得以取消,好莱坞编剧们还有望多获得1.3亿美元的报酬。[①]

据美国编剧工会的数据,好莱坞电影业编剧的就业率只有60%,主要是因为大制片厂将更多的资源集中在大片制作上,中等规模的电影变少,相应的编剧的工作机会也在变少。其次,在工作流程上,编剧工会对编剧在创意开发、第一次初稿直至修改定稿等各个阶段的工作流程都规定了相应报酬,但现实中却出现更多的"一次性"协议来对编剧的所有工作只支付一次费用,这实际上是降低了编剧的报酬。再次,编剧工会内部的薪酬悬殊太大,好莱坞的编剧们收入高低失衡,虽有凭借一部剧本收入过百万的编剧大家,但还有千千万万的不知名的编剧们过着非常窘迫的生活,工作条件也不尽如人意。最后,在好莱坞的工业体系中,制片人、导演和明星往往是作品的核心,而编剧们缺少话语权,这才导致编剧们一次次以罢工的形式表达自己对行业的不满。

2. 好莱坞权势榜中的作家与编剧

虽然好莱坞的许多编剧对自身处境不满而掀起了几次罢工,但好莱坞的一些作家与编剧还是有着点石成金的本事,能以一支"笔杆子"在电影工业中获得不菲的收入,这些编剧们也成为好莱坞新的权力拥有者。根据《好莱坞报道者》在2016年将好莱坞最

[①] 新华网.剧荒再见!好莱坞编剧达成协议,不闹罢工. http://www.xinhuanet.com//world/2017-05/04/C_129586939.htm.

有影响力的作家与编剧所做的划分而制成的一份榜单,这份榜单也说明了在编剧行业中占据金字塔顶尖的这些人物在好莱坞权力榜单中有了一席之地,逐渐展现出其在好莱坞电影工业中发挥着举足轻重的作用。《好莱坞报道者》曾在2016年评选出的"好莱坞最有影响力的25名编剧"名单包括:J.K.罗琳、斯蒂芬·金、詹姆斯·帕特森、乔治·R.R.马丁、埃里卡·伦纳德、迈克尔·刘易斯、马修·奎克、约翰·葛林、尼尔·盖曼、丹尼斯·勒翰、吉莉安·弗琳、恩斯特·克莱恩、大卫·格雷恩、戴安娜·盖伯顿、尤·奈斯博、玛格丽特·阿特伍德、班·梅立克、莉安·莫里亚蒂、保拉·霍金斯、杰弗瑞·图宾、格拉汉姆·摩尔、艾玛·多诺霍、劳伦·奥利弗、帕特里克·内斯、玛利亚·森普尔等。

同年,著名杂志《福布斯》评选的2016作家富豪榜名单包括下表5所示:

表5 2016作家富豪榜名单

序号	福布斯作家富豪榜排名	收入(万美元)	代表作
1	詹姆斯·帕特森	9500	《桃色追捕令》《消失的总统》
2	杰夫·金尼	1950	《小屁孩日记》
3	J.K.罗琳	1900	《哈利波特》《神奇动物在哪里》
4	约翰·格里沙姆	1800	《无辜的人》
5	斯蒂芬·金	1500	《小丑回魂》《肖申克的救赎》
5	丹尼尔·斯蒂尔	1500	共出版170本浪漫小说
5	诺拉·罗伯茨	1500	共出版230本浪漫小说
6	埃里卡·伦纳德	1400	《五十度灰》系列小说、电影
7	韦罗妮卡·罗思	1000	《分歧者》
7	约翰·葛林	1000	《生命中的美好缺憾》
7	保拉·霍金斯	1000	《火车上的女孩》
8	乔治·R.R.马丁	950	《冰与火之歌》
8	雷克·莱尔顿	950	波西·杰克逊系列小说、电影
8	丹·布朗	950	《达芬奇密码》《但丁密码》

从这两份榜单来看,新世纪的作家们也会兼职担任编剧这一职责,而一旦他们的小说畅销或者改编的电影卖座,那么这些编剧们会获得巨大的收益。日益完善的知识产权保护使得这些作家、编剧们能获得更多的经济效益,也能更好地保障自己的权益。所谓IP,是"Intellectual Property",指"具备知识产权的创意产品"。如曾出版了《哈利·波特》和《饥饿游戏》等畅销书的出版社总裁埃莉·伯杰曾说:"如果一部不错的小说被搬上大银幕,此前从未接触过它的人就会找来原著,电影改编版上映前后,原著小说的销量则可以提高10%以上。"

以榜单中的J. K. 罗琳为例,她曾创作了《哈利·波特》系列小说,该系列成为畅销书后均被改编成了电影,开创了系列电影的票房奇迹。《哈利·波特》的7部小说被改编成了8部电影,其中克里斯·哥伦布执导了《哈利·波特与魔法石》(2001)和《哈利·波特与密室》(2002)两部电影,阿方索·卡隆执导了《哈利·波特与阿兹卡班的囚徒》(2004),迈克·内威尔执导了《哈利·波特与火焰杯》(2005)、大卫·叶茨执导了《哈利·波特与凤凰社》(2007)、《哈利·波特与混血王子》(2009)、《哈利·波特与死亡圣器(上)》(2010)、《哈利·波特与死亡圣器(下)》(2011)四部电影。在这些改编电影中,虽然电影编剧实际上都是由史蒂夫·克洛夫斯担纲,但罗琳亲自参与了剧本的改编及最后定夺,为影片的忠实改编奠定了基础。在《哈利·波特》系列结束后,罗琳宣布亲自担任编剧兼制片人开始规划5部《神奇动物》系列电影,包括已上映的《神奇动物在哪里》(2016)和《神奇动物:格林德沃之罪》(2018),这两部电影在全球分别获得8.1亿与6.5亿美元票房,这一切都让罗琳不仅是最卖座系列电影的IP拥有者,也是好莱坞身价最高的编剧之一。

2019年,流媒体平台创造了好莱坞新的编剧身价记录:先是亚马逊花1.5亿美元与编剧乔纳森·诺兰与其妻子丽莎·乔签下5年合约,乔纳森曾在2002年凭借《记忆碎片》获得奥斯卡最佳原创剧本提名。接着Netflix以2亿美元的巨资签下编剧大卫·贝尼奥夫和 D.B. 威斯,他们曾参与电影《双子杀手》(2019)、《金刚狼》(2009)、《特洛伊》(2004)、《权力的游戏》等影视作品的编剧工作,他们不仅以此创下好莱坞编剧身价的新纪录,且对自己作品具有的掌控力不仅体现在剧本的创意开发上,还延伸到影片制作和营销层面,从而开创了好莱坞顶尖编剧的新的创作业态。

3. 查理·考夫曼的"解构"编剧作法:

【获奖记录】

2005 年第 77 届奥斯卡金像奖最佳原创剧本(获奖):《美丽心灵的永恒阳光》(Eternal Sunshine of the Spotless Mind)。

2003 年第 75 届奥斯卡金像奖最佳改编剧本(提名):《改编剧本》(Adaptation)。

2000 年第 72 届奥斯卡金像奖最佳原创剧本(提名):《成为约翰·马尔科维奇》(Being John Malkovich)。

查理·考夫曼(Charlie Kaufman,1958 年—   )美国当代著名编剧之一。考夫曼出生于纽约的一个犹太家庭,中学时加入学校的戏剧社,高中毕业后,考夫曼上了波士顿大学,随后转到纽约大学学习电影。从 80 年代开始,考夫曼就在报刊界工作,其后开始创作电视剧剧本。1991 年,考夫曼担任电视剧《Get a Life》的编剧。1995 年,他又担任电视剧《奈德与斯泰西》的编剧。但这些剧要么没有制作或者因为考夫曼的剧本太过于自我而没有太大影响,所以一直以来考夫曼还是默默无闻,编剧生涯一点起色也没有。

直到 1999 年,考夫曼因写作电影《成为约翰·马尔科维奇》的剧本才真正引起业界关注,该片还入围了第 72 届奥斯卡金像奖最佳原创剧本奖。据说这部电影剧本曾被考夫曼送到好莱坞各大电影公司均被退回,考夫曼回忆道:"我一开始写它只是为了争取工作,从来没想过有谁会把它拍出来。结果马尔科维奇本人读了这个本子,并且很喜欢。我当然很高兴,但知道也就到此为止吧,不会有什么结果的。确实,有好几年,剧本无人眷顾。接着,机会来了。"①直到最后这个剧本交到了斯派克·琼斯手上,最终琼斯成为这部影片的导演,两人开始了第一次的电影合作并取得了成功。

两人接下来的第二次合作是影片《人性》(2001),该片由考夫曼编剧、米歇尔·贡德里导演、斯派克·琼斯担任制片人。2002年,考夫曼与琼斯再一次合作拍摄了电影了《改编剧本》,这部影片讲述编剧考夫曼与孪生兄弟一起受雇去改编一个兰花贼的剧本的故事。剧本用故事套故事的方式解构了剧本的创作过程,创意十足。这部影片也为考夫曼获得了第75届奥斯卡金像奖最佳改编剧本的提名。2004年,考夫曼担任爱情电影《美丽心灵的永恒阳光》的编剧,该片由米歇尔·贡德里执导,并为考夫曼获得第77届奥斯卡金像奖的最佳原创剧本奖。2008年,考夫曼自编自导了影片《纽约提喻法》,该片讲述了一位生命进入末期的戏剧导演的最后时光,影片入围第61届戛纳电影节主竞赛单元。2015年,考夫曼还自编自导了动画电影《失常》。从考夫曼在好莱坞的编剧生涯来看,其创作的剧本数量并不是很多,但考夫曼的剧本创作在好莱坞绝对是一个不可忽视的"异类"存在。考夫曼的创作的突出特点是带有"元叙事"的后现代主义色彩,他常常在故事中解构剧本的创作过程或者解构一些常见的价值观及观念,从而使得他的剧本结构独特、主题深刻、人物塑造哲理化,形成独特的剧作方法。

首先,在电影结构上,考夫曼擅长用解构式的创作方法,将剧本结构融入故事讲述中。如《美丽心灵的永恒阳光》讲述的是乔尔与克莱门蒂娜是一对恋人,两人在一次争吵过后,克莱门蒂娜去到"忘情诊所"把所有与恋人乔尔的记忆通通抹去,而乔尔无法忍受失去恋人的痛苦,要求医生也删除自己关于恋人的记忆。但乔尔为了不忘记恋人,只能把她深藏在记忆最深的地方以保存这

---

① 1905电影网.《暖暖内含光》鬼才编剧查理·考夫曼专访. http://edu.1905.com/archives/view/1148/.

份爱情。考夫曼在思考剧本的结构时说道:"创意很简单,但要具体表现出来却一点儿也不简单。应该怎么描绘那种您意识到自己的记忆正在被清除的状态?记忆没有了,但您却仍然记得。怎样来建构这样的故事?这个问题很棘手。我在想:我的主人公处于什么位置?在自己的意识内部还是仅仅从外部观察?或者有两个乔尔:一个经历回忆,一个发表感想?我们绞尽脑汁,但毫无结果。最后我决定,他可以进入自己的回忆里,也可以走出来,我想,这一决定是成功的。另一个难题是:如何表现已经不存在的回忆。您从一个被删除的记忆转移到另一个,从一个场景到另一个场景,但不知道这个场景是什么,它如何发展,如何结束。对我而言重要的是表现乔尔和克莱门蒂娜恋情的经过,将它由终至始地演出来,从他们共同生活最坏的时刻演到最好的时刻。好让观众明白一切。"[1]这是一个重构人的记忆的故事。考夫曼曾从莉季娅·戴维斯的《故事的结局》一书中获得灵感,这本著作认为人的回忆会不断地更改。本身经历的事件没有改变,但感觉和感情色彩的转变会让人对一件事的回忆发生很大变化,因此回忆实际上是重组的过程。而影片《美丽心灵的永恒阳光》则是运用了主人公的爱情回忆重组来作为故事结构,当爱情结束后再通过回忆重组记忆时,不仅原初的爱情的模样发生了改变,连同故事的结构也随同记忆的变化而发生变化,使得影片在众多爱情影片中独树一帜。而在另一部作品《改编剧本》中,考夫曼则是重建了编剧的创作过程。这部影片以戏中戏的方式展开,一条线索展示作家苏珊·罗琳如何创作《兰花贼》小说的故事;另一条线索则是影片中的编剧查理·考夫曼视角,展示其改编小说的过程。可以说,这位带有后现代主义特色的编剧,擅长在剧本结构中重构编剧话语。

其次,在人物塑造上,考夫曼认为他的剧本中的人物都是以自己为原型来进行塑造的,因为"在创作某一个角色时,我总是求

---

[1] [美]罗布·费尔德.成为真实的——查利·考夫曼访谈[J].罗姣,译.世界电影,2007(6).

助于自己,求助于自己的生活经历。只有这样才能保持诚实。我笔下的人物就是我自己。但同时又不是我"①。《改编剧本》中考夫曼以自己的名字作为影片中主角的名字,还给编剧这个角色设定了一个孪生弟弟唐纳德·考夫曼,两兄弟共同参与了剧本的创作,但彼此却有着截然不同的世界观与创作理念。剧中的查理·考夫曼是刚刚结束《成为约翰·马尔科维奇》剧本创作的编剧,坚持"我喜欢让我的作品水到渠成,因此我想设计有几分开放式结尾的那种……而且决不落入好莱坞风格的窠臼"②,而且在改编过程中坚持"不想让它堕落为一件好莱坞制品。……就像,我不想塞进什么床上戏,汽车追逐,枪战;或是主人公领悟了什么深邃的人生真谛;或耳鬓厮磨,或日久生情,或历经磨难有情人终成眷属,懂吗?这本书完全不是那回事。生活完全不是那回事。完全不是。对于这一点,我有很深的体验。"因为"我不想靠怪异过活。我不想像别的作者那样乞灵于性和暴力。我想独立思考。"剧中人更像是夫子自道,表明查理·考夫曼在庸俗的好莱坞中希望能坚持自己的理想,但在现实中只能遭到失败。剧中的唐纳德作为查理的孪生兄弟,享有相同的DNA,更像是作者的另一个分身和影子。拥有的理想是"无论如何,我希望成为一名作家,写些深刻而单纯的东西。"③唐纳德参加了三天麦基的剧本研讨会就以编剧自居,拿着麦基的《十诫》加入了查理的剧本编写中。两人却在编写剧本的过程中发现苏珊与种兰花的拉罗歇共同贩毒。最后,唐纳德还被苏珊撞死。而唐纳德写的剧本《三面人》则是汇集了凶杀、色情、犯罪等一切好莱坞商业元素的剧本。评论家认为"基本上可以把查理和唐纳德看作是一个人彼此有交斗的双方——也可以说是内在的两面——他们代表了美国2002年左右独立电影

---

① [美]罗布·费尔德.成为真实的——查利·考夫曼访谈[J].罗姣,译.世界电影,2007(6).
② [美]查利·考夫曼,罗纳德·考夫曼.改编剧本[J].王俊花,译.世界电影,2004(4).
③ 同上.

制作的双胞胎现象(艺术的和商业的)。"①考夫曼这种从自我出发来塑造人物,力求展现自我人格的多面,也使得他笔下的人物不仅鲜活而且具有独特的个性。

再次,在剧本的开头与结局的写作上,考夫曼认为,"没有什么比提前就能猜到的结局更差劲的事了。"②于是,他总是希望能为自己的剧本找到一个与众不同而又出乎意料的结局。他给《美丽心灵的永恒阳光》设立了一个开放式的结局:"克莱门蒂娜和乔尔的故事我是这样安排的,在多年里,他们经常去找"拉昆纳"公司为他们清除对彼此的记忆。这不,克莱门蒂娜又一次接受洗脑程序。和乔尔一样,她已经老了。她毫无知觉地躺在床上,而乔尔在呼唤她:'你在哪,克莱姆?你在干什么?'这时,技术员按下了按钮,开动了机器……这就是结局。这才是我想要的结局。开放的,不同寻常的,甚至有点奇怪可笑的……"③而《改编剧本》的结局也是急转直下,从一个平静的书写编剧生涯的剧情片转向成为一个混合犯罪、凶杀的悬疑片,主人公苏珊与拉罗歇死于非命,查理的分身"自我"唐纳德也死于事故中。而查理最终适应了好莱坞的生活,并且与玛格丽特重归于好。剧本最后描写道:

226. 内景　汽车——几分钟后

考夫曼在停车库,排队等着验票。服务员接过票,考夫曼将车开到街上。玛格丽特出现在他的汽车前面。看上去脸色有些苍白。

考夫曼摇下车窗——

考夫曼:嘿,怎么啦?

她走近,紧张地吻他。他看着她。

---

① [美]弗兰克.P.托玛苏洛.电影《改编》如何改编——从苏珊.奥尔良的小说《兰花贼》到查理(和《唐纳德》).考夫曼的剧本,再到斯派克·琼泽的电影[J].李二仕,译.电影艺术,2013(4).
② [美]罗布·费尔德.成为真实的——查利·考夫曼访谈[J].罗姣,译.世界电影,2007(6).
③ 同上.

玛格丽特：我在想也许今天我可以逃学——愚蠢的工作。你觉得呢？

考夫曼：唔，听上去不错。我以前从来没有逃过学。

玛格丽特笑了，绕到车前，钻进了乘客座。他们开车走了，俩人都望着前方，都紧张而甜蜜地期待这次新的冒险。

（淡出为黑色）

227. 黑色屏幕上的白色篇章

"我们实为一体，中尉。我终于搞懂了。就像同一体内的细胞。这就是为什么我们看不到身体。正如鱼看不到海洋。因此我们彼此嫉妒。彼此伤害。彼此仇恨。这岂不是非常愚蠢？脏细胞憎恨肺细胞。"

——凯茜 摘自《三面人》 深情地怀念唐纳德·考夫曼

如果我们把这看作剧本最后化解了艺术与商业的对立矛盾，那么在第75届奥斯卡金像奖最佳原创剧本奖的提名时，查理·考夫曼与唐纳德·考夫曼一同获得了提名则是对这一妥协的现实表征。考夫曼在接受《好莱坞报道》记者采访时讲述了对编剧作法的总结。他认为"我写剧本，的确是不想跟好莱坞的老调子有什么瓜葛。我想表现真正的人与人之间的感情关系。我想在电影里看到的就是这种东西，我会说："对，我明白，它跟我的生活有关系，而不是渺不可及的童话故事。"同时，"我喜欢有趣的故事结构，我喜欢一种独特的讲故事方式。我在《改编剧本》中就是探讨这个问题的，一个故事怎么用不同的方式讲出来。但我不觉得自己只是所谓才智之士，我觉得自己的作品都是用心写的，而不只是用脑写的。"[①]

[①] 1905电影网.《暖暖内含光》鬼才编剧查理·考夫曼专访. http://edu.1905.com/archives/view/1148/.

4. 理查德·林克莱特的编剧作法

【获奖记录】

2015年第87届奥斯卡金像奖最佳原创剧本(提名):《少年时代》(Boyhood)。

2014年第86届奥斯卡金像奖最佳改编剧本(提名):《爱在午夜降临前》(Before Midnight)。

2005年第77届奥斯卡金像奖最佳改编剧本(提名):《爱在日落黄昏时》(Before Sunset)。

理查德·林克莱特(Richard Linklater,1960—　)美国编剧、导演,出生于美国德克萨斯州的休斯顿。曾就读于美国萨姆·休斯敦州立大学文学和戏剧专业,后在奥斯汀社区学院学习电影。1985年,他组建了一个非营利性的"奥斯汀电影协会",并开始购买摄影机拍摄一系列短片来磨炼自己的电影技艺。他的第一部电影实验作品是《从书里无法学会耕地》,自此开启了自己的独立电影生涯。林克莱特在1995年以《爱在黎明破晓前》获得第45届柏林国际电影节的银熊奖,自此他以对时间主题的严肃思考和独树一帜的导演风格成为美国独立电影的旗帜性人物之一。林克莱特在独立电影的道路上,更加倾向于小制作、小成本、个人化的独立道路,其电影的主题善于表现青少年群体的"成长"问题。虽然是低成本的独立制作,却具有鲜明的写实风格和批判精神,是新世纪美国电影不可或缺的重要组成部分。

林克莱特电影关注的主题是"时间,在我看来,是一个重要的主题,我用自己的方式来探索它:不是用书,而是用电影"[①]。林克莱特花了将近二十年时间,讲述了一对美法青年的跨国爱情故事,这就是他的"爱情三部曲"——获得第45届柏林电影节银熊奖的《爱在黎明破晓前》(1995);获得第77届奥斯卡金像奖最佳

---

① [美]迈克尔·亨利.理查德·林克莱特访谈——我在说笑,我没说笑[J].曹轶,译.世界电影,2014(6).

改编剧本提名的《爱在日落黄昏时》(2004);获得第86届奥斯卡金像奖最佳改编剧本奖提名的《爱在午夜降临前》(2013)。《爱在黎明破晓前》作为三部曲的序幕,讲述美国青年杰西(伊桑·霍克饰)在开往维也纳的火车上邂逅法国学生赛琳娜(朱莉·德尔佩饰),两个年轻人一见钟情,在维也纳享受甜蜜的初恋,并在第二天分手时相约半年后再见。爱情的开始之后,这一别竟是九年,在《爱在日落黄昏时》中,已经成为作家的杰西和赛琳娜在浪漫的巴黎再次相见,两个曾经错过的恋人再续前缘,在巴黎的浪漫风光中互相交流彼此的生活感悟。转眼又是九年,到《爱在午夜降临前》,有情人终成眷属,杰西和赛琳娜结婚后定居巴黎,并有了一对双胞胎女儿。但两人此时却面临"七年之痒"的婚姻危机,一方面杰西需要处理好跟前妻和儿子的关系,另一方面又要与赛琳娜一起经营好现在的家庭生活。林克莱特用跨越时空的"爱情三部曲"讲述了爱情的开始、爱情的继续以及走入婚姻的爱情。既诠释了爱的真谛,也讲述了青春与成长的故事。

  林克莱特影片的结构也非常特别,他的这个爱情系列的起因来自于自己的个人经历,但他最初并没有想把这个电影当成一个三部曲来进行拍摄。拍摄影片最初,"《日出之前》的想法诞生在1989年10月。我前往费城看望我的姐姐,我在那儿遇见了一个在玩具店工作的女孩。我们一起散步在凌晨的美好时光中。这并不是在维也纳,但是费城对我来说同样充满了异域色彩。我记得在这一短暂的经历中,我已经在想某一天要把它拍成电影。这是两个人相遇的简单故事,就像两艘船在黑夜中擦肩而过。我花了五年时间将这个计划付诸行动。这期间,我的第一部影片《都市浪人》将我第一次带到了欧洲,带到柏林电影节。我在城市中闲逛时,我开始想象两个途经陌生城市的人在萍水相逢,他是美国人,她是欧洲人,或者反过来也行,他们仅仅共度了一晚。"[1]林克莱特与朋友一起花了十一天来写了个剧情提纲。林克莱特以

---

[1] [美]迈克尔·亨利.理查德·林克莱特访谈——我在说笑,我没说笑[J].曹轶,译.世界电影,2014(6).

个人经历贯穿自己的创作当中,他的影片情节比较松散,没有统一贯的情节结构,影片结局也多以开放式的结局来结束影片,为影片的继续发展与续集的展开奠定了基础。

　　林克莱特的这个三部曲的电影剧本除了主题、结构非常特别,影片的对白也具有口语化、生活化的特点。这几部影片在获得剧本奖的提名时,导演与影片的两位主演伊桑·霍克和朱莉·德尔佩一同获得提名。这是因为在实际的剧本写作与拍摄过程中,很多影片中的台词是由演员一起创作的,甚至包括了他们很多的个人经历在里面。因此这部影片对白非常有个人特色,甚至被戏称为"话痨"电影。而林克莱特也谈到演员对影片的帮助,他认为:"不仅对他们的人物塞琳娜和杰西如此,对整部影片亦然。故事背景有了,戏剧线索也确定了,但是人物和他们的对白还有待加工。我们的策略是找来两位非常聪明的演员让他们在原有的故事素材中融入自己的个人经历。我非常幸运,朱莉和伊桑正是我要找的富有创造力的搭档。我们在维也纳的一个酒店房间里共度了三周来打磨剧本。我们像这样读剧本:'内景,咖啡店,深夜:他们的关系更进一步;他们对彼此的了解更加增进。'情感线索已经设立,还需要确定我们如何从一点进行到另一点。他们如何发现彼此?朱莉开始讲述她小的时候是怎样喜欢模仿电话交谈,像两个对话者一样提问和回答。我马上说:'太好了,为什么不让他们玩这个游戏这让他们的交谈多了活泼感。'这是一次完美的合作,但是那时候的我们还远远没有想过后面的续集。"[1]

《爱在日落黄昏时》结局:

　　　　Part15.室内:赛琳家　午后
　　　　赛琳弓着身子,撅着屁股,在房间里慢慢走起来。
　　　　歌继续放着,赛琳继续走着,杰西只是坐着,脸上露出我
　　　　们从未见过的平和又快乐的微笑。

---

[1] [美]迈克尔·亨利.理查德·林克莱特访谈——我在说笑,我没说笑[J].曹轶,译.世界电影,2014(6).

(歌词：

时间恰好，你遇见我的时间是恰好

你来之前，我过得很消沉

正掷出失败的骰子

生活的桥胡乱交叉，无路可走

现在你在这里，我很清楚前方的路

对未来不再有怀疑和恐惧

因为爱情来了，你遇见我的时间是恰好

在这幸运的日子，改变了过去孤独的夜晚）

赛琳（模仿妮娜·西蒙）：哟，宝贝，你会误了飞机的。

杰西：我知道。

两人都笑了。

（淡出）

（第二部完）

"爱情三部曲"的故事发生在三个城市：维也纳、巴黎、希腊。故事发生的时间贯穿了差不多20，从第一次相遇的20年代，到第二次相遇的30代，再到最后的人到中年。人物的经历也是情感的经历。林克莱特提到："第一部中的他们并没有生活经历，他们不过23岁。都还是孩子，对于爱情的想法都不是来自生活经验。当我们在第二部中与他们再次相见，已是九年之后，我们能在他们脸上看到生活带给他们的成长。诚如杰西所言：'我的问题更加严肃，但是我更善于解决它们了。'他们再不会从火车上跳下来，和一个陌生人漫步整晚。他们不再那么自由，而是成了时间和责任的囚徒，至于杰西，我们会在第三部影片中看到他复杂的家庭情况。重逢的场景几乎是实时呈现的，但是却保留了浪漫的特质，因为就像你所说，它燃起了激情。在《午夜之前》这部影片中，相反，我们无法合情合理地安排一次短暂的相遇。他们已经被现实牢牢拴住。他们都变了。然而激情并没有熄灭。他们还可以交谈,还可以说笑。于是我们便想到让他们去度假,在这段时间里,他们可以卸下一些负担,可以亲密地相处。"①从他的拍摄计划来说,拍摄周期并不长,但打磨剧本的时间很长,而且虽然影片看起来比较随心而自在,但实际上所有的台词与拍摄都是严格忠实于剧本文字的。

5. 戴维·黑尔的编剧作法

【获奖记录】

2009年第81届奥斯卡金像奖最佳改编剧本(提名):《朗读者》(The Reader)。

2003年第75届奥斯卡金像奖最佳改编剧本(提名):《时时刻刻》(The Hours)。

戴维·黑尔(David Hare,1947—)英国剧作家、电影编剧、导演。出生在英国萨萨克斯的黑斯廷斯,后进入剑桥大学学习。在大学期间,黑尔曾经参加学校的戏剧俱乐部并担任经理。由于他对戏剧持续和强烈的兴趣,黑尔在毕业后加入了剧场界。70年代期间,黑尔主要以作为剧作家的身份展开他的职业生涯。期间,他的剧作《蓝房间》《在所难免》引起了人们的关注。90年代初,黑尔又回到剧场以创作舞台剧为主,他这一时期写作了表现英国生活的三部曲《魔鬼竞赛》《低语的法官》《和平年代》,赢得好评。

除了在伦敦剧场界取得成功之外,黑尔还将自己的创作生涯转到电影创作上。他于1982年创建了一个名叫绿点的电影公司,开始将自己的一些剧作改编成电影剧本,包括《谁为我伴》(1985)等。同时,黑尔还创作了一系列的电影剧本,如他自编自导的《韦瑟比》(1985)、《巴黎之夜》(1988)、《无吊带上装》(1989)等。其中《韦瑟比》讲述英国小镇韦瑟比发生的一个青年自杀的

---

① [美]迈克尔·亨利.理查德·林克莱特访谈——我在说笑,我没说笑[J].曹轶,译.世界电影,2014(6).

悲剧故事,该片获得1985年柏林电影节最佳故事片金熊奖。黑尔编剧、路易·马勒执导的《毁灭》(1992)获得了第65届奥斯卡金像奖最佳女配角提名。2000年以来,黑尔在电影创作方面取得了更大的成就。他改编的《时时刻刻》(2002)获得了第75届奥斯卡金像奖最佳改编剧本提名。根据德国作家伯纳德·施林克的同名小说改编的《朗读者》(2008)获得第81届奥斯卡金像奖最佳改编剧本提名,女主角凯特·温斯莱特获得最佳女主角奖。其他作品还有导演安东尼·佩吉根据黑尔同名的舞台剧改编的《锌床》(2008)、黑尔自编自导的《第八页》(2011)三部曲、导演史蒂芬·戴德利根据黑尔的舞台剧改编的《天窗》(2014)、米克·杰克逊执导并由黑尔编剧的《否认》(2016)、拉尔夫·费因斯执导并由黑尔编剧的《白乌鸦》(2018)等。

纵观戴维·黑尔的创作生涯,在他剧场担任导演时,由于编剧来不及写剧本,于是黑尔干脆自己写了一出叫《布洛菲如何补偿》的戏,接下来就一发不可收拾,写作了诸多剧本。他也逐渐成为一个跨越剧场、电影两个领域的编剧,在创作过程中得到了奥斯卡奖、英国电影学院奖、柏林金熊奖、金球奖等多种奖项的肯定,为此他还在1998年被授予爵位。黑尔在回忆自己的创作之路时说,"我的创作起始于戏剧,而不是电影。"而且"我从没把自己视为一个作家。这么多年来,我自认为只是一个自己写剧本的导演而已。"[①]

黑尔非常注重电影剧本的结构安排,他认为自己的编剧技艺的提升是受到导演路易·马勒的启发,当时黑尔受路易之托写作《毁灭》一片的剧本,路易每次在黑尔开始工作的时候都要提出相关问题:男主角是个什么样的人?他为什么要这么做?说说这个故事吧。在不断的询问之下,黑尔慢慢写出了整部电影的故事结构,再慢慢加上了电影对白就成了整个剧本的完整形态。对此,黑尔总结道:"通过这个方法,我开始明白为什么自己的电影会那

[①] [美]格里尔森. 顶级电影编剧大师访谈[M]. 秦丽娜,译. 北京:人民邮电出版社,2014:108.

第一编　奥斯卡剧本奖历史溯源

么烂了,因为我从没有去把自己的故事的核心结构讲出来,让故事经历这种叙事的考验,也没有把结构绷紧到可以承载起整个故事。"[1]以改编自迈克尔·康宁安同名小说的《时时刻刻》为例,这部小说一向被人认为是无法改编的,因为小说主要讲述了三位不同时空的女性的命运。这种多重叙事的结构在改编成电影时会碰上极大的难题,因为电影作为画面叙事的艺术形式,在展现复杂的人物心理与意识时不具备文字媒体的作用。但黑尔却说:"为什么每个人都说这很难,而我却觉得这么容易,是不是我漏掉了什么东西?在我看来,这本书中的三个故事交错的叙事方式,是非常电影化的。"[2]《时时刻刻》中的三条线索,一条讲述英国女作家弗吉尼亚·伍尔夫最后自杀的过程;一条讲述家庭主妇劳拉·布朗抛弃家庭和孩子的故事;一条讲述现代职业女性克拉丽莎的故事。黑尔在处理这三条线索时,在处理伍尔夫的故事时,尽量不去使用"女同性恋"和"自杀"的词语,虽然影片展示的都是这些事,但影片却不会加以过多的具体表现。而在处理劳拉的故事时,因为这是一个关于母亲抛弃孩子的故事,这是不可原谅的,但还是要让观众明白她为什么要这么做,即使观众不同情她也要认为"她是迫不得已的",这是黑尔在改编时要着重处理的地方。

　　黑尔认为电影编剧中的对白是非常重要的,他也非常擅长写作对话。他认为对话有着"一种模板化的形式",因为电影中的对话是与生活中的对话截然不同的,这是用艺术加工过的对话。就像电影《教父》中的台词,"如果你仔细分析过就会发现,片中人物说的话超过了你所见过的任何黑手党人的文化水平,但你也能接受。为什么呢?因为影片使用的对话模板非常一致。逼真并非永远是对话的重点,就好像一幅画并不一定非得画的像照片般逼

---

[1] [美]格里尔森.顶级电影编剧大师访谈[M].秦丽娜,译.北京:人民邮电出版社,2014.

[2] 同上.

真才能算好。"①黑尔认为无论是剧场还是电影,作为艺术形式的对话不能是演员即兴的表演,而应该是编剧经过长时间的研究写出来的。因为"好的台词并不是突发奇想或标新立异,好的台词是对于好的创意和复杂情感的准确表达。它源于思想,而不是你在最后一分钟加入剧本里的装饰品"②。

  对于编剧的作用,黑尔认为编剧"就是要把别人最好的那部分东西呈现出来,假如一个导演或一个演员有机会来做这部电影的时候,就能够做好"。他认为,"影片必须由一个人来写。写作是一门手艺,就像导演影片,这是一门手艺。你不会让一个委员会来执导影片,也不会让一个委员会来编写剧本。决不会。"因此,"我不希望除了我之外的任何人来改写。我在场。是的,我不明白何以有人认为演员能够写剧本。我知道好莱坞普遍认为演员有权编写与自己有关的场景。但我认为,如果他们有权编写自己的场景,我就有权替他们演出了。如果我到处插手,说你是否介意由我来表演这一场景,他们会做何感想?谢谢,但还是免了吧。"黑尔认定编剧对剧本的绝对控制权,不能让人随意修改剧本,还要注重挖掘剧本或小说中的主题。他以改编自德国作家伯纳德·施林克同名小说的《朗读者》为例,这部影片讲述一个少年曾与一个年长的女人有过一段短暂的恋情,当他长大后面对曾经的情人曾是纳粹集中营的女看守,成为阶下囚的真相时,他的生活与人生发生了巨大的变化。黑尔从小说提炼出这是一个寓言,讲述的主题是"伯纳德用他的著作讲述了生活在一桩滔天大罪的阴影下会是怎样。下一代在巨大的种族罪恶的阴影下是怎样生活的?他们怎样设法建构自己的生活?"③因此,影片最重要的是要关注人,展现人在特殊时代的内心变化与人性的变化。正如

---

  ① [美]格里尔森.顶级电影编剧大师访谈[M].秦丽娜,译.北京:人民邮电出版社,2014.
  ② [美]格里尔森.顶级电影编剧大师访谈[M].秦丽娜,译.北京:人民邮电出版社,2014:113.
  ③ [美]安迪·亨赛克.戴维·黑尔访谈[J].吉晓倩,译.世界电影,2009(4).

《朗读者》剧本结局写道：

> 外景，公墓，白天
> 迈克尔和茱莉亚站在一座荒凉的坟墓前。在这里，整座公墓一览无余。迈克尔俯身拂开枝叶，露出一块简单的石头墓碑：汉娜·施密茨 1923—1988。茱莉亚看着墓碑，读出上面的名字。
> 茱莉亚：汉娜·施密茨。
> 茱莉亚等了片刻。
> 茱莉亚：她是谁？
> 迈克尔：这正是我要告诉你的。这就是我们来这儿的原因。
> 茱莉亚看着墓碑，等他讲述。迈克尔盯着墓碑看了一会儿，仿佛无意讲下去。
> 茱莉亚：那就告诉我吧。
> 过了一会儿，他们转身开始漫步。迈克尔开口了，讲述这个故事。
> 迈克尔：那时我十五岁。我放学回家。我生病了……
> 他们走在林间。
> 淡出成全黑。

三、奥斯卡上的作家们

1. 斯蒂芬·金(Stephen King)

斯蒂芬·金(1947—)美国作家、编剧。被誉为当代惊悚小说之王。斯蒂芬·金出生于缅因州波特兰，因为父亲离家出走，他由母亲抚养长大，加上家境清贫，斯蒂芬·金从小以看恐怖小说为最大爱好。1966年，斯蒂芬·金进入缅因大学英文系学习，在求学期间,金开始为报刊写专栏来赚取生活费,但他早期的作品并没有引起很大的反响。大学毕业后,斯蒂芬·金获得教师资格证,在缅因州一所中学任教。为了解决生活补贴问题,他一直为当地杂志和报刊写短篇小说。1973年,金的第四部小说《魔女嘉莉》成为畅销书,从此之后他的创作不断,创作了众多受人欢迎的作品。至今,斯蒂芬·金已经创作出了200多部短篇小说、40多部中长篇小说,作品总销售量超过3亿5千万册,是美国有史以来读者最多、声名最大的作家之一。他的代表作《闪灵》《肖申克的救赎》《绿里奇迹》等又被好莱坞改编成了电影,引起了巨大的反响。

由于斯蒂芬·金的小说常年位列美国畅销书排行榜榜首,他的作品也是好莱坞制片商的抢手货,这使得他成为世界上收入最高的作家之一。2018年福布斯作家富豪榜中,斯蒂芬·金以2700万美元的收入位列第三。这得益于根据他出版于1986年的同名小说改编的电影《小丑回魂》的热映,该片成本仅3500万美元,但全球票房7亿美元。电影热映催生原著小说在美国国内卖出了270万册,因此金也收到了高额报酬。近年来,斯蒂芬·金也一直位列好莱坞的编剧权势榜的前三位。表6为根据斯蒂芬·金的小说改编的电影票房数据。

表6 根据斯蒂芬·金小说改编的电影票房排行(全部数据来源:IMDB网站)

排行	影片片名	原著书名	影片成本	北美票房	全球票房	备注
1	《小丑回魂》(2017)	IT	3500万美元	3亿美元	7亿美元	
2	《绿里奇迹》(1999)	The Green Mile	6000万美元	1.3亿美元	2.8亿美元	第72届奥斯卡奖最佳改编剧本提名
3	《1408幻影凶间》(2007)	1408 Phontom homer	2500万美元	7198万美元	1.3亿美元	

续表

排行	影片片名	原著书名	影片成本	北美票房	全球票房	备注
4	《危情十日》(1990)	Misery	2000万美元	6127万美元		第63届奥斯卡最佳女主角奖
5	《宠物坟场》(1989)	Pet Sematary	1.1亿美元	5745万美元		
6	《伴我同行》(1986)	Stand by Me	800万美元	5228万美元		第59届奥斯卡最佳改编剧本提名
7	《秘窗》(2004)	Secret Window	4000万美元	4800万美元	9291万美元	
8	《闪灵》(1980)	The Shining	1900万美元	4401万美元		
9	《过关斩将》(1987)	Many Rivers to Cross	2700万美元	3812万美元		
10	《肖申克的救赎》(1994)	The Shawshank Redemption	2500万美元	2834万美元	5850万美元	第67届奥斯卡最佳改编剧本提名

从统计数据来看，根据斯蒂芬·金小说改编的电影不仅数量多，且一般在票房上都有不俗表现，不仅能轻易地收回成本，且经常会成为票房黑马。如《小丑回魂》全球票房与成本比为20∶1，高额的利润使得各大电影公司对斯蒂芬·金的小说趋之若鹜。其次，斯蒂芬·金一向被视为通俗小说作家，他的作品在文学评论界评价并不高。2003年美国国家图书奖准备颁奖给斯蒂芬·金时，美国著名文学评论家、《西方正典》作者哈罗德·布罗姆等公开表示反对授予他这一奖项。但非常奇怪的是，很多根据斯蒂芬金改编的电影作品却超越了原作的文学地位，因此评论家也认为，"当金的作品被改编之后，尤其是被那些广受欢迎的知名导演，诸如斯坦利·库布里克改编成电影之后，影片获得了比金的原作更高的文化

地位,比如库布里克执导的电影《闪灵》。"①由弗兰克·德拉邦特执导、根据斯蒂芬·金的同名小说改编的影片《肖申克的救赎》是其改编最成功的作品之一,该片获得第67届奥斯卡金像奖最佳影片、最佳改编剧本等7项提名。而弗兰克·德拉邦特执导的另一部斯蒂芬·金同名小说改编影片《绿里奇迹》也获得第72届奥斯卡金像奖最佳影片、最佳改编剧本等4项提名。罗伯莱纳执导的斯蒂芬同名小说改编影片《伴我同行》同样获得第59届奥斯卡金像奖最佳改编剧本提名。可以说,"斯蒂芬·金是好莱坞最卖座的名字之一,并且他的'金字招牌'是好莱坞少数几个比电影片名更醒目的作家之一。"②

　　另一方面,斯蒂芬的小说被改编的影片多达数十部,包括讲述意念怪力主题的《魔女嘉莉》《魔女嘉莉2》《再死一次》《凶火》;还包括讲述阴暗世界主题的《鬼作秀》《鬼作秀2》《猫眼看人》《大小精灵》;包括死亡主题的《银色子弹》《宠物坟场》《宠物坟场2》《舐血夜魔》;包括成长主题的《伴我同行》《纳粹追凶》《亚特兰蒂斯之心》;包括监狱主题的《肖申克的救赎》《绿里奇迹》《过关斩将》等;包括作家题材的《危情十日》《人鬼双胞胎》《秘密窗》;以及日常恐惧主题的《狂犬惊魂》《热泪伤痕》《闪灵》《1408幻影凶间》等。但这些改编电影中部分都是由斯蒂芬出售小说的电影版权,其他编剧创作剧本的形式来完成。甚至斯蒂芬本人也认为自己将小说改编成电影是一件理所应当的事情,他认为:"我从来没有创作过一部电影,但是我的所写以及在我眼中,那就是电影……我的书在我看来就是电影,就是这样。"他在总结自己的写作经验时说:"自从保罗·莫纳什在1974年选中我的那本书《魔女嘉莉》之后,我就一直活跃在影视圈当中。"③据说斯蒂芬·金为影片《舐

---

①　[英]马克·布朗宁.大银幕上的斯蒂芬·金[M].黄剑、姜丙鸽,译.北京:世界图书出版公司北京公司,2015.
②　同上.
③　[美]斯蒂芬·金.写作这回事:创作生涯回忆录[M].张坤,译.上海:上海译文出版社,2009.

血夜魔》撰写过原始剧本,该片改编自《宠物坟场》。虽然斯蒂芬·金真正参与编剧工作的电影不多,但这不影响那些根据他的小说改编的电影形成一个庞大的"斯蒂芬·金"恐怖电影系列。

从斯蒂芬·金对写作技巧的看法来说,侧重"故事性"是其写作的重点。他认为:"我看来,短篇也罢,长篇小说也罢,都是由三部分构成:叙事,将故事从 A 点推至 B 点最终至 Z 点结束;描写,为读者描绘出现场感;还有对话,通过具体语言赋予人物生命。"① 对于小说情节的看法,"你可能会奇怪,情节构思应该摆在什么位置。答案是——至少我的答案是——没它的位置。……我不信任情节构思有两个理由:首先,因为真实的生活多半是不经构思的,哪怕是算上我们所有的合理预警和精心计划依然如此;其次,因为我相信情节构思和真正创作的自发性是互不相容的。对于这一点,我最好尽量讲清楚些——我希望你能理解我对于写小说的基本信念是:故事几乎都是自发的。作家的职责就是给他们提供发展的所在(当然还要把故事写出来)。"② "我要用一句警示语来为这篇小布道文做结——从问题和主题思想开始写,几乎注定写不出好小说。好小说总是由故事开始,发展出主题;几乎很少是先定好主题,然后发展出故事。"③ 也正如此,使得斯蒂芬·金的小说故事性强,情节曲折,能很好地吸引读者的兴趣。

在电影改编过程中很好地保持了斯蒂芬·金的原著故事性强的特点,也成为其改编电影的一个重要特征。如影片《肖申克的救赎》根据金的中篇小说《丽塔·海华斯和肖申克的救赎》(收录在《四季奇谭》中)改编而成,但影片比原著小说要来得更加激进。原著小说也是以瑞德的第一人称讲述安迪的故事,但小说在结尾时以瑞德对未来的期许结束了全书。

---

① [美]斯蒂芬·金. 写作这回事:创作生涯回忆录[M]. 张坤,译. 上海:上海译文出版社,2009.
② [美]斯蒂芬·金. 写作这回事:创作生涯回忆录[M]. 张坤,译. 上海:上海译文出版社,2009:158.
③ [美]斯蒂芬·金. 写作这回事:创作生涯回忆录[M]. 张坤,译. 上海:上海译文出版社,2009:208.

我当然记得那个小镇的名字,齐华坦尼荷,这名字太美了,令人忘不了。

我发现自己兴奋莫名,颤抖的手几乎握不住笔。我想惟有自由人才能感受到这种兴奋,一个自由人步上漫长的旅程,奔向不确定的未来。

我希望安迪在那儿。

我希望我能成功跨越美墨边界。

我希望能见到我的朋友,和他握握手。

我希望太平洋就和我梦中所见的一样蔚蓝。

我希望……

德拉邦特编剧的《肖申克的救赎》剧本则改成一个更加具象化、更加光明的结局。

289.外景,移动镜头,白天,1967

新英格兰迷人的景色快速掠过。

角度转换,一辆"灰狗"公司的旅游车在路上高速行驶着。镜头掠过每一个窗口的面孔,最后停留在望着外面风景的雷德脸上。

雷德(画外音):我兴奋得无法安静地坐在那里,甚至无法思维。我想这是只有一个自由人才能感受到的兴奋,一个刚刚开始漫长而未知的旅程的自由人……

290.长途汽车

在地平线的尽头缩小为一个小点。

雷德(画外音):我希望能越过边境。我希望能见到我的朋友,握住他的手。我希望太平洋能像我梦到的一样湛蓝。(停顿)我希望。

291.外景,海滩,全景镜头,白天

远处的海滩上泊着一艘小船,看上去像是被人遗弃的破船。船边有一个人。

292.镜头向船推进

一个男人仔细地将船上原来的漆除去,一边仔细地打磨着船体。他脸上戴着护目镜和口罩。

雷德在远处出现,他从沙滩上走过来,穿着他那身廉价的西服,手里提着那个不值钱的提包。

船边的那个人停下手中的活,慢慢地转过身。雷德已经来到他跟前,正咧嘴笑着。船边的人抬起眼镜,摘下口罩。没错,这人正是安迪。

安迪:你看上去像是能搞到各种东西的人。

雷德:这方面我的确小有名气。雷德脱掉上衣,拿起一张砂纸。两人一起干了起来。

(淡出)

从小说原文与剧本的比较来看,影片一方面忠实保留原著小说的部分,如安迪写的信与小说是一致的,主要突出了希望给主人公命运带来的巨大转折,并借用画外音的声画形式很好地对原著进行影像化诠释。另一方面,电影在改编中还突出了影像的作用,尤其是将小说结尾的简单描述用具象化的影像加以呈现,让安迪与瑞德的相逢更加有戏剧性,也更符合人物性格,这样的改编方式使得一部几万字的中篇小说成为一部人物塑造丰富、故事情节曲折的电影。

2. 石黑一雄(Kazuo Ishiguro)

石黑一雄(1954—)日裔英籍作家,2017年诺贝尔文学奖获得者。他出生于日本长崎,5岁随父母迁居英国。石黑一雄的成长长期受到英国文化和日本文化的双重影响。一方面,他接受了正统的英国教育,在学校里与英国孩子为伍,于1974年进入英国肯特大学学习英语和哲学并获得文学学士学位。之后他又进入东英吉利大学学习创作,师从当代著名批评家马尔科姆·布拉德伯里和作家安吉拉·卡特,,他们的教导让他在从事写作时行文规范、典雅矜持,显示出很高的语言造诣。另一方面,石黑一雄在家里仍然受到日本文化的熏陶。他的父母是海洋学家,最初一直计划着待研究计划完成后就返回日本,因此并没有放弃对儿子进行日式的文化教育,以便他能随时重返日本。他的祖父每个月都要给他寄包裹,寄上一些日本连环画及在日本受欢迎的各种礼物等,以便让他及时了解当时日本的文化。石黑一雄曾谈到日本留给他的想象,"从我五岁抵达英国到我开始写虚构小说的这一段时间里,我认为我一直在脑海中构建一个虚构的日本。那些记忆是多重因素叠加在一起的结果,我读的书和漫画故事都会构成我对日本的种种想象,当然还有日本电影,因为曾经有个阶段,我对日本电影产生了浓厚的兴趣——那些以我在日本或者我离开日本前的那个时期为背景的电影。"①在这样的双重文化语境中长大的石黑一雄,在 20 世纪 80 年代投入文学创作后,很快就在英国文坛走红。

　　石黑一雄并不是一个多产的作家,目前只有 7 部长篇小说和一些短篇小说问世,几乎部部获奖或被提名,是一位低调却文学气息浓厚的小说家。1982 年,第一部长篇小说作品《群山淡景》获得英国皇家学会"温尼弗雷德·霍尔比奖"。1986 年出版的《浮世画家》获得英国及爱尔兰图书协会颁发的"惠特布莱德"年度最佳小说奖和英国最高文学奖布克奖的提名。1989 年出版的《长日留痕》赢得了当年英国文学界的最高奖"布克奖",为其带来巨大声誉。1995 年出版的《无法安慰》获得了"契尔特纳姆"文学艺术奖。2000 年出版的《上海孤儿》再度获得"布克奖"提名。2005 年出版的《别让我走》获得美国全国书评人协会奖提名。2015 年出版了《被掩埋的巨人》。2017 年,石黑一雄获诺贝尔文学奖,授奖理由是"石黑一雄的小说,以其巨大的情感力量,发掘了隐藏在我们与世界联系的幻觉之下的深渊。"瑞典文学院称赞他的小说"结合了简·奥斯汀和卡夫卡的风格,还有一点普鲁斯特的味道。他是一

---

① [英]石黑一雄. 石黑一雄:我心底的日本[J]. 陈圣为,苏永怡,译. 世界文学,2018(2).

个真诚的写作者,直视问题本身,是独一无二的。"

除了小说创作外,石黑一雄在戏剧与电影方面也有一些涉足,他的几部作品被改编成电影并获得了很大反响。早在80年代初期,石黑一雄创作第一部长篇小说的同时,他还为电视台写了两个短片剧本《阿瑟·曼森文件》(1984)、《美食家》(1984)。1993年,由著名导演詹姆斯·伊沃里将石黑一雄获布克奖的小说《长日留痕》搬上银幕,由实力派演员安东尼·霍普金斯与艾玛·汤普森主演,该片在当年共获得了8项奥斯卡奖提名。2005年,石黑一雄任编剧,继续与导演詹姆斯·伊沃里合作,将自己的作品《上海孤儿》改编成《伯爵夫人》,由英国著名演员拉尔夫·费因斯主演,并且与中国上海电影制片厂合作,影片通过两个流落异乡的西方人的爱情故事,将20世纪30年代那个"十里洋场"的上海元浮华和变幻在银幕上展现出来。该片还作为上海电影节开幕影片在中国上映。2006年,石黑一雄的小说《世界上最悲伤的音乐》被导演盖伊·马丁改编并搬上银幕。

2010年9月,根据石黑一雄同名小说改编的影片《别让我走》在美国上映。该片由拍摄MTV起家的导演马克·罗曼尼克执导,演员阵容方面汇集了好莱坞当红青春明星,如以《成长教育》闻名的凯瑞·穆丽根(凯西扮演者)、以《加勒比海盗》闻名好莱坞的凯拉·奈特莉(露丝扮演者)、新任《蜘蛛侠》扮演者安德鲁·加菲尔德(汤米扮演者)等。该片上映之后引发欧美媒体的大力追捧。《别让我走》主要描述了一个诗情画意的乡村寄宿学校"海尔舍",实际上却是培养克隆人的特殊机构,其中的三个好朋友,凯西、露丝、汤米一起长大,一起面对成长的烦恼与青春的躁动。他们三人因为深陷三角关系而不得不做出艰难抉择,最终四散开来各自生活。直到10年后,克隆人面临器官捐赠的最后期限,由已经担任"看护员"的凯西再一次重拾与汤米的爱情,却只能无奈地看着好友露丝和汤米在捐赠之后走向死亡的结局。影片与小说一样,始终采用凯西第一人称的叙事视角,用淡淡的哀愁的口吻讲述他们之间的故事。这部影片虽然是科幻题材,但全片却洋溢着浓浓的英伦风情与文学气息,用干净、简洁的镜头语言传达了原作精致、优雅的艺术风格。10月,该片作为第54届BFI伦敦电影节的开幕影片在英国伦敦首映,引发热烈反响。2010年度英国独立电影奖将最佳女主角奖颁给了该片主演凯瑞·穆丽根。而在2011年2月举行的素有英国奥斯卡奖之称的"英国电影学院奖"上,这部影片也拿下了8项提名。该片被《时代》杂志评选为2010年的十佳影片。该片的制作发行方20世纪福克斯公司宣布,该片首映当天票房为11.1734万美元,全球票房接近900万美元,DVD收入近200万美元。挟着影片的强势上映与耀眼的票房成绩,石黑一雄的小说原作又再一次吸引了众多观众与读者的注意。

  石黑一雄曾在访谈中谈到自己对于电影的看法,他表示"我真正想做的是为西部片写个剧本,因为我觉得,相比西部小说而言,我更迷恋西部电影。尽管我不得不说查尔斯·波蒂斯的《大地惊雷》是一部了不起的小说。他写过各种各样的东西,但那是他写过的唯一一部西部小说。那是一本非常非常好的作品,而且还很有趣。出色的第一人称叙述——一位十四岁的女孩。小说呈现了美国内战后那段时期的真实感觉。但是大体上,当我谈及我喜欢西部作品时,我的意思是我喜欢西部电影。我估摸着这些电影跟黑泽明或小林正树的武士电影有所交叉。"石黑一雄对西部电影及美国电影都有所关注,他谈到美国电影《比利小子》,认为,"帕特·加勒特的形象是那类人物的一个经典版本。虽然他不合时宜,但仍然非常优雅得体,令人敬畏。他曾是亡命之徒,现在差点出卖了自己,变成一个追捕旧伙伴的警长。因此,当他追捕他非常在乎的老朋友们时,几乎是在自我毁灭。我喜欢这样的故事。……他们绝对是石黑类型。我曾深受他们影响。"[①]石黑一雄对日本的武士电影也是如数家珍,如黑泽明的电影、市川昆的电影等。

  可以说,无论是小说还是改编电影,石黑一雄的作品都证明

---

① [英]石黑一雄.石黑一雄:我心底的日本[J].陈圣为,苏永怡,译.世界文学,2018(2).

了其具有优良的文学品质。他在参加《别让我走》在 BFI 影片首映后的记者招待会上,谈起影片改编与小说原著的关系:"当我在观看这部影片时,我学到了很多东西。尤其是演员们的表演让我触动很深。当我在写作这部小说时,只有我一个人。因此我不能对笔下所有的人物都一视同仁,去关注他们的所思所想。在影片中,你却会看到有这么多有天分的演员们深入挖掘角色的特性,他们力图发现这些角色身上的一些新的特质。对我来说,这是一种绝妙的革命性的举动。我想我会从这样的经历中学会许多新的东西。我想这部小说中的故事并不是一成不变的,也并不是只有小说中的一种固定形态。我认为我更像是一个作曲家,当曲子写作出来之后可以允许有不同的人来演奏它,并变幻出各种各样的不同版本出来。"①

从文学特征来看,石黑一雄因"记忆、时间和自我欺骗"的主题以及"石黑一雄的小说以巨大的情感力量,揭露了我们与世界联系的虚幻之下的深渊"而获得 2017 年诺贝尔文学奖。他在获奖感言中讲述自己的成长及写作之路时,表示自己写作的灵感来源归因于音乐或者电影,尤其描述当他在看到一部由霍华德·霍克斯导演的影片《二十世纪》时,看到主演约翰·巴里摩尔的精彩表演时,石黑一雄想到:"所有的好故事,不管讲述方式是多么激进或多么传统,它们都要富含一种对我们来说很重要的人际关系。这种关系可以让我们感动、喜悦、愤怒或者吃惊。也许将来,如果我更多地关注我作品中人物的关系,那么,我的人物角色就无须多虑了。……对我而言,这是在我的写作生涯中,出乎意料地、很晚才意识到的想法,而我现在把它看成是一个重要转折点,重要性堪比我今天向你们描述的其他内容。从那一刻起,我开始以一种截然不同的方式构建我的故事。"②

---

① 刘琼.石黑一雄又一力作被搬上银幕——从电影《别让我走》论文学作品的影视化[J].外国文学动态,2013(4).

② [英]石黑一雄.我的二十世纪之夜以及其他细小处的突破[J].王敬慧,译.世界文学,2018(2).

第二编

奥斯卡最佳剧本的创作理论与个案研究

第一章 电影剧本的基本形态

一、电影剧本的定义与地位

美国编剧大师悉德·菲尔德在《电影剧本写作基础》中给剧本做了定义,"一部电影剧本就是一个由画面讲述出来的故事,还包括语言和描述,而这些内容都发生在它的戏剧性结构之中。"①从这个定义就可以看出电影剧本的地位与基本性质。

从剧本在电影制作所处的阶段来看,电影制作包括写作(编剧)、表演、剪辑三个阶段,其中写作阶段是由编剧提出创意、构思大纲、增加对白直至完成剧本创作。表演阶段是通过演员演出、导演、摄影、灯光、音效等各个方面的配合,最终形成剧本所规定的一系列画面素材。剪辑阶段是通过后期制作阶段将影像与声音组合成最终的形态,再按照剧本顺序剪辑影片、加入声音、特

---

① [美]悉德·菲尔德.电影剧本写作基础[M].钟大丰,鲍玉珩,译.北京:北京联合出版公司,2016:5.

效、音乐、标题名称等。最终形成一部以剧本为基础、内容完整、声画结合的电影作品。可以说,剧本是一部影片制作中的基础,影片的拍摄基本上是按照剧本走向来进行拍摄的。正如理查德·沃尔特认为:"编剧是电影里排第一位的艺术创作者,原因无他,仅仅因为他/她是:第一位。"因为编剧所创作的是整个电影的计划,"而这个计划就是电影剧本。"①或如编剧达德利·尼科尔斯所说:"编剧是梦幻者、想象家和造型者;他用朦胧的素材孤独地工作,唯一有形的东西仅仅是稿纸和一瓶墨水;他的剧场就在他的心头。他必须从自己身上造出一个个幽灵并忧戚与共,直到它们有了自己的生命并成为掌握着自己命运的角色而不是典型。如果说电影归根结底要具备一定有意义的内容,为生活增添一束现实的新光芒,那么编剧将责无旁贷地去创造它。"②

从剧本的形式和编剧的角色来看,编剧是用综合性的创作方式来进行写作。即一方面他要借鉴传统的文学手段来构思故事与塑造人物,另一方面还要运用电影化的叙事特征用文字来传达出电影性的图像。正如理论家波布克在《电影的元素》中所说的,"电影艺术是牢固地安放在一个方形的底座上的,可以说是高耸在一个四边形——电影剧本、导演、摄影和剪辑的基础上。艺术上最成功的影片是这四个元素都同样强有力的影片。相反,四个元素之中有一个软弱无力,就可能严重削弱一部本来应该是优秀的影片。大多数影片都是从把一个初步的意图变成剧本开始的,而这个剧本将对影片生产起着指导作用。研究影片——考察随便哪一部影片,最好是从考察它的剧本开始。"可以说,剧本创作具有非常重要的基础作用。

---

① [美]理查德·沃尔特.剧本:影视写作的艺术、技巧和商业运作[M].杨劲桦,译.天津:天津人民出版社,2017:8.
② [美]萨·托马斯.《美国最佳电影剧本选》序[J].徐建生,译.世界电影,1989(6).

二、电影剧本的特性：电影思维

1. 电影思维

编剧创作剧本必须要有电影思维，即意识到电影的蒙太奇性。蒙太奇是电影结构的特有手段，它要求剧作由一个个画面、场景组接而成，剧作家写作过程中要始终贯彻这种蒙太奇思维，它统摄剧作的所有特性。电影蒙太奇构成的结构主要由镜头、场次、段落构成。所谓镜头是指摄影机从开拍到停止在胶片上形成的影像。所谓场次是由多个镜头组成的，并体现时空的连续性。所谓段落则是一系列在时空或情节上具有连续性的场次构成。在剧本创作中，其写作也要贯穿对电影蒙太奇的意识。正如作家罗勃-格里耶所说："构思一个电影故事……实际上就是构思这个故事的各种形象，包括与形象有关的各种细节，其中不仅包括人物的动作和环境，同时还包括摄影机的位置和运动，以及场景的剪辑。《去年在马里昂巴德》的剧本是由我直接写出来的，而且注明了每个镜头中摄影机的运动及取景等。我没有给导演阿伦·雷乃讲故事，我只是逐一描述了镜头的结构。"[1] 这一特点要求编剧要意识到自己所写的一切要能通过某种外在形象表现出来，这样他在写作时尽量避免说明性、陈述性（介绍性）的文字，要把剧情交代、人物描写、心理介绍转化为视觉形象、人物对白等。

苏联电影导演普多夫金曾说："小说家用文字描写来表述他的作品的基点，戏剧家所用的则是尚未加工的对话，而电影编剧在进行这一工作时，则要运用造型的（能从外形来表现的）形象思维。"[2] 由此，可以看出剧本区别于其他体裁最重要的写作特点是画面性、声音性、蒙太奇所形成的电影思维。

---

[1] 罗勃-格里耶.我的电影观念和我的创作[J].卞卡，译.世界电影，1984(6).
[2] [苏]普多夫金.论电影的编剧、导演和演员[M].何力，译.北京：中国电影出版社，1980：22.

2. 电影剧本的画面性

菲尔德对剧本的定义是,"一部电影剧本就是一个由画面讲述出来的故事。"因为电影是由一个个的画面构成的,那么剧本自然要来描述这些画面内容,也就要了解电影画面的构成。电影画面的形成依据摄影机与被拍摄物体之间不同的距离而产生不同的画面,也就是景别的差异造成镜头的差异,继而产生不同的画面。

第一是大特写,这类镜头画面只单挑脸上的一部分,如将眼睛或嘴唇的一个细节独立出来,将细微的部分放大。剧本中标示的大特写画面可以突出物体的细节部分,或者表现人物的特殊情绪,为下文做铺垫。第二是特写,这类镜头画面一般只出现头、手、脚或小物体的镜头。剧本中标示的特写画面可以用来强调脸部的表情、动作的细节或重要的物体,有夸张事物的重要性、暗示其象征意义的作用。第三是近景,这类画面展现人物胸部以上或景物局部的镜头。剧本中标示的近景画面具有交代人物面部神态、性格特征、展现细节的作用。第四是中景,这类画面展现人物从膝盖或腰以上的身形,剧本中标示的这类画面主要用来表现人物之间的对话等。第五是全景,这类画面主要表现人物角色从头部至脚部的距离,即在景框内显示人物的整个身体的高度,剧本中标示的全景主要起到交代人物背景的作用。第六是大远景或大全景,这类画面多为外景,起到显示场景与建立影片空间架构的作用。剧本中的大全景画面一般用于交代环境、说明故事背景。

影片还可以通过不同的镜头角度产生不同的画面,如平视镜头、俯视镜头、仰视镜头等。还可以通过镜头不同的运动形成独特的画面,如推、拉、摇、移、跟、升、降等。这些独特的镜头方式在剧本中不用多标示,因为,"电影剧本的目的,一言以蔽之,是对读者演示编剧脑子里的电影。作者幻想出一部影片,把它用文字描述在纸上。读者阅读纸上的文字,最理想的情况是,这些文字让读者看到了作者脑海里想象出来的电影。那就是编剧的工作,不是件容易的事。"[①]影片通过各种画面的结合,创造了独特的电影空间和电影时间,从而建构出一个个独特的故事。

3. 电影剧本的声音性

画面与声音是构成电影的两大基本要素,目的是对剧本的内容和主题进行导引,最终更好地完成影片的完整叙事,正如菲尔德所认为的,剧本"包括语言和描述"。因此,剧本写作时除了要有视觉特征的语言来塑造人物,还要有听觉特征的语言来描述和推进情节叙事。

剧本中的声音首先包括对白,即人物间的对话,其具有传递交流、塑造形象、表现个性等作用。第二是潜台词,即人物在对白后面隐藏着的想法和内心活动。第三是独白,即角色在特定情境下产生的内心活动并用语言的方式表述出来。如莎士比亚的《哈姆雷特》中的"生存还是毁灭,这是一个问题"就是著名的独白,独白可以展示人物内心隐秘的情感。第四是旁白,即以画外音的形式出现,类似剧作家的角色对剧情进行叙述或述评。旁白可以让观众更快地进入规定的故事情境,也可以用特定视角讲述故事的转折和变化。如《肖申克的救赎》就以狱友瑞德的旁白和视角讲述了安迪逃狱的故事,剧情曲折变化而引人入胜。

三、电影剧本的基本形式

电影剧本可以分为电影文学剧本和电影分镜头剧本,其中文学剧本一般来说主要运用文字手段来表现剧本内容,其内容与格式以文字为主。分镜头剧本类似导演台本,一般借助绘画手段表现影片画面的内容,展示视角变化等,主要用于导演或摄影对拍摄工作的安排。

---

① [美]理查德·沃尔特.剧本:影视写作的艺术、技巧和商业运作[M].杨劲桦,译.天津:天津人民出版社,2017:203.

第二编　奥斯卡最佳剧本的创作理论与个案研究

电影文学剧本基本格式如下，以电影剧本《肖申克的救赎》为范例：

标题：《肖申克的救赎》

作者：弗兰克·达拉邦特编剧，改编自斯蒂芬·金小说《丽塔·海华斯与肖申克的救赎》

10. 外景，操场，肖申克监狱，黄昏，1947

高耸的石墙，墙上是层叠盘绕的铁丝网。每隔一段距离就有一座高高的守卫塔楼。操场内有一百多位犯人，正是放风时间，有抛接球的、掷骰子的、闲聊的，做交易的。

瑞德走在渐渐灰暗的天色中，他戴着破旧的帽子，无精打采地穿过人群，不时地跟人打个招呼，或者做一点小生意。在这里，他是个重要人物。

瑞德（独白）：我想，美国每座监狱都会有一个我这样的犯人，我就是那个有求必应的家伙，香烟、大麻——如果你好这口，我甚至可以弄到白兰地来庆祝你孩子的毕业典礼。只要合理，什么都行。

他把一包烟偷偷塞给一个犯人，动作娴熟麻利。

瑞德（独白）：是的，我就是一家十足的沃尔玛公司。

主塔传来两声短促的警报声，众人转头凝视，大门打开，一辆灰色的囚车出现在视野之中。

瑞德（独白）：所以1949年安迪·杜弗雷找我帮他弄一张丽塔·海华斯的海报时，我说没问题。事实上那也真不是个问题。

某犯人：菜鸟！今天有菜鸟报到！

海伍德、斯基特、弗洛伊德、吉格、厄尔尼、斯诺兹等人围到瑞德身边，更多犯人涌向栅栏入口处围观，七嘴八舌地评论着。瑞德和他的朋友们爬上露天看台，舒舒服服地站着。

187

这是电影中首次出现肖申克监狱全貌的场景,也是剧本讲述安迪在法庭接受审判后,入狱第一天的场景。在这个场景中,展现了他即将生活的肖申克监狱的主要形态,以及生活在监狱里的各种人物,尤其是狱友瑞德的出现为整个剧情展开提供了独特的视角。以这个场景来分析剧本的基本格式为:

1. 标题/作者:在剧本页首标明作品的名字与作者的名字。由于"一部典型剧本,每一页转变成银幕放映时间大约是一分钟。"①因此,好莱坞剧本长度一般为 120 页,对应银幕时间为 90 分钟的时长。

2. 正文/场次标题:分别标示场景号、地点、时间、内外景提示。

(1)场次标题的第一部分标注为数字,如该场次为剧本中的第 10 号场景。

(2)场次标题的第二部分为由外景提示。内景一般指室内发生的场景,与外景相对。

(3)场次标题的第三部分为地点,该场景标注的是在监狱的操场上发生的事件,为整个故事提供了背景所在。地点转换则场景转换,另起标头。

(4)场次标题的第四部分为时间,这部分是标注情节发生的时间,可标注白天、夜晚、黎明、上午、下午等等。

3. 角色第一次出场要标注并交代其基本情况,如年龄、职业、外表及状态等。这是人物塑造的基本方法,在剧本中最好不要在一个场次中变换对人物的称呼,因为这样会让观众混淆角色的名称和身份。

4. 人物描写和环境描写根据需要或生动具体或言简意赅。如该场景对监狱操场的描述是一个大全景镜头效果,以俯视镜头的视角描绘了监狱的设施和犯人们在操场放风时的场景。

5. 特殊的声音效果或者视觉效果要标注,这是为了起到重点

---

① [美]理查德·沃尔特.剧本:影视写作的艺术、技巧和商业运作[M].杨劲桦,译.天津:天津人民出版社,2017:185.

揭示的作用。

6.闪回、梦境要提示。闪回就是中断叙述时间,转而叙述过去时间发生的事件,这是一种回到过去的特殊展示方式。特殊视角要提示,这代表着摄影机作为视点进行的转换,可以从主观转向客观或从客观转向主观。如在警笛的声音作用下,犯人们的视角从关注的操场转向到大门口,新视角的转换也带来对新登场人物的介绍。

7.对白写作包括说话人、说话神态、说话内容等,这些部分是剧本重点。

8.画外音要标注。本片比较特殊的是大部分情节是通过影片中的瑞德的视角展开,通过瑞德第一人称的口吻但是以第三人视角来讲述安迪的故事,所以剧中的画外音特别多,起到推动情节发展、介绍人物、形成冲突以及便于抒情等作用。

通过以上分析,可以看出剧本通过基本格式的运用,通过文字的方式描述人物、环境、对话等,描绘了一个个画面感十足的场景。

第二章 电影剧本的结构与情节

一、剧本结构的定义与分类

按照罗伯特·麦基的说法:"结构是对人物生活故事中一系列事件的选择,这种选择将事件组合成一个具有战略意义的序列,以激发特定而具体的情感,并表达一种特定而具体的人生观。"[①]一般来说,按照电影剧本是否是戏剧冲突的方式可分为戏剧式的电影结构和非戏剧式的电影结构。

1. 戏剧式的电影结构

普多夫金认为,"戏剧格式的电影剧本应该服从戏剧结构的法则。"大部分好莱坞的剧本结构都是如此,即按照戏剧冲突律来结构剧本,其基本特征是:

(1)以戏剧冲突为基础

戏剧是以冲突律来处理冲突并安排结构的,所谓冲突律,是指戏剧作品的创作总是以一个主要冲突的迅速发生、发展和解决来完成的。戏剧式的电影剧本结构要求有一条由冲突的动作所引起的,包括开端、发展、高潮和结局等要素在内的情节线索。

(2)按照戏剧冲突来进行分场和分段,其要求把冲突尽可能描写的紧张。

戏剧式结构在形式上有分段与分场,与戏剧结构的幕与场类似,展现开端、发展、高潮和结局的线性叙事。在叙事中展现逐渐

---

① [美]罗伯特·麦基著;周铁东译.故事:材质、结构、风格和银幕剧作的原理[M].天津:天津人民出版社,2014:30.

第二编 奥斯卡最佳剧本的创作理论与个案研究

推进、层层加深的过程,在每场戏中都有小的情节点层层推进,既有整体又有起伏的效果。这种结构一般是封闭式结局。

2. 非戏剧式的剧本结构

来自欧洲电影传统,如意大利新现实主义电影运动和法国新浪潮运动中形成的电影观念,理论家汪流提出,可以区分为"生活流"或者"意识流"①的状态来进行结构,一般是开放式结局。

(1)注重生活流的非戏剧式电影:这种电影强调以高度的纪实性来反映生活的本来面目,因此,一般没有什么具体情节,也没有什么有逻辑的情节结构过程,在影片中只是客观地展现生活的日常,或者抓取一些生活片段展现在观众面前,对于所拍摄的事物也没有任何价值判断和任何思考,留给观众思索空间。

电影史上注重生活式电影结构的传统来自二战后的意大利新现实主义运动,导演德西卡等强调"回到普通人的生活",用日常生活事件来代替虚构故事,不用职业演员,采用自然光线的实景拍摄,代表影片如《偷自行车的人》等影片结构就是将一个个独立的生活事件,毫无联系的用一个主人公将它们串联起来,缺少内在戏剧冲突。

(2)注重意识流的非戏剧式电影:这类电影一般以非理性的意识流为结构线索,由人物的回忆、幻想、梦境或是非理性的白日梦为线索,缺乏有逻辑的情节,大多是主人公颠倒错乱的主观心理景象构成,因此,这类意识流结构的影片也是非戏剧性的。

电影史上这类影片以法国新浪潮中"左岸派"阿伦·雷乃的《广岛之恋》、现代主义电影大师费里尼的《八部半》等影片为代表,影片的时间、空间都由主人公的主观意识来进行建构,充斥着大量的闪回、倒叙、回忆、自叙、联想和梦境等,非理性的心理发展过程代替了传统的叙事逻辑,因而这类影片真实与假象交织在一起,比较晦涩难懂。

---

① 汪流著. 电影编剧学(修订版)[M]. 北京:中国传媒大学出版社,2009.

二、好莱坞经典叙事结构

好莱坞的戏剧式电影结构是最为经典的电影结构,编剧大师悉德·菲尔德认为,"电影剧本的戏剧性结构可以规定为:一系列互为关联的偶然事故、情节或大事件按照线性安排,最后导致一个戏剧性的结局。"①他提出三幕剧结构的剧本作法,即每个剧本必须都有开端、中段、结局。对应三幕式,"第一幕,介绍人物和前提;第二幕,遭遇危机及抗争;第三幕,解除在前提中呈现的危机。"②这三个部分就构成一个完整的剧本结构。

表7 三幕式经典电影剧本的示例③

开端	中段	结局
第一幕	第二幕	第三幕
1—30 页	30—90 页	90—120 页
建置	对抗	结局

情节点Ⅰ　　　　　　　情节点Ⅱ

1.第一幕开端,即"剧作家需要建置故事、人物、戏剧性前提(故事是关于什么的),描绘出故事的情境(即动作周围的环境),并且建立起主要人物和其他的围绕他并在他周围活动的人物之间的关系"。④ 以电影剧本《肖申克的救赎》为范例,剧本全长为129页,包含299个场景,电影时长大概为135分钟,按照菲尔德的理论来分析剧本的结构图例:

---

① [美]悉德·菲尔德.电影剧本写作基础[M].钟大丰,鲍玉珩,译.北京:北京联合出版公司,2016:14.
② [美]肯·丹席格,杰夫·罗许.易智言等译.电影编剧新论(最新增订第四版).台北:远流出版公司,2014:2.
③ [美]悉德·菲尔德.电影剧本写作基础[M].钟大丰,鲍玉珩,译.北京:北京联合出版公司,2016:7.
④ [美]悉德·菲尔德.电影剧本写作基础[M].钟大丰,鲍玉珩,译.北京:北京联合出版公司,2016.

第一幕:建置对抗的发生,营造戏剧情境。

电影时长:0—20分钟

剧本长度:1—30页

这部分主要是建立戏剧性情境,即建置故事、人物、戏剧性前提等内容。剧本开头用8个场景(影片前10分钟)交代安迪因杀死妻子入狱,包括审判的过程,入狱后结识瑞德的过程等,非常简洁紧凑的交代了主人公命运的转折及故事背景。

2.第二幕主要制造对抗,"主要人物遭遇和征服一个又一个的障碍,最后实现和达到他或她的戏剧性需求。这个戏剧性需求可以被定义为:在剧本中人物所期望赢得、攫取、获得或达到的目标。如果你明确知道主人公的戏剧性需求,你就可以为这一需求设置障碍,这样这个故事就成为主人公持续不断地克服一个又一个障碍,从而达到他或她的目的,实现自己的戏剧性需求的过程。"①

第二幕:对抗的展开,通过多回合冲突展开。

电影时长:10—100分钟

剧本长度:30—100页

情节点Ⅰ:对抗狱警哈德利(25—27页)

情节点Ⅱ:汤米被杀(85—90页)

《肖申克的救赎》剧本中这部分主要是将人物与情节发展固定在"对抗"的戏剧性框架中,包括交代主要人物遭遇和征服一个又一个的障碍,最后实现他的戏剧性需求。而这个戏剧性需求就是剧本人物所期望获得的目标。剧本中通过瑞德的眼光来交代安迪的监狱生活,他在其中面临一系列的阻碍。包括对抗狱友博格斯的欺压(10—54场景)、对抗看守哈德利(55—60场景)、通过改善图书馆和放音乐来对抗体制(61—150场景)、汤米入狱与揭露真相(169—201场景)、凭借着自己的财务技能帮助监狱长偷税和洗黑钱(202—265场景)等。

---

① [美]悉德·菲尔德.电影剧本写作基础[M].钟大丰,鲍玉珩,译.北京:北京联合出版公司,2016:10.

3.第三幕是结局,其意味着解决一些问题:诸如你的故事是如何解决的?你的主人公是死是活?他成功了还是失败了?是否结婚?赢了还是输了那场比赛?当选或是落选了?是否安全地脱险?离开了她的丈夫没有?成功地归家了还是没有?如此等等。

第三幕:对抗的解决,形成故事的高潮或结局。

电影时长:100—130分钟

剧本长度:100—129页

这部分主要将情节固定在"结局"的戏剧性框架中,交代主人公最后是死还是活,或者是成功了还是失败了等等的最终命运。在《肖申克的救赎》剧本中,这部分是通过对安迪逃出监狱的过程达到高潮,其中包括安迪逃狱(220—254场景)、监狱长诺顿自杀(264场景)、瑞德出狱(271—299场景)。三幕剧的结构环环相扣,每一幕在开始时可以迟缓一下戏剧张力,但每一幕的张力必须比前一幕更高。

三、电影剧本的情节与结构

《肖申克的救赎》剧本中第二幕中由两个情节点串联起来。第一个情节点出现在剧本的25—27页,主要展现安迪与狱警哈德利的对抗。第二个情节点出现在剧本的85—90页,展现的是汤米被杀。剧作家悉德·菲尔德认为,所谓"情节点就是任何一个偶然事故、情节或大事件,它'钩住'动作并且把它转向另一方向,即转到第二幕和第三幕。"[1]

剧本由情节点来推动,情节点目的是作为重要的故事发展进程,使故事线保持在确定的位置。亚里士多德曾在《诗学》中给情节下的定义是,"情节即事件的安排,"情节必须完整,"所谓完整,指事之有头、有身、有尾。"另一位小说家福斯特在《小说面面观》

---

[1] [美]悉德·菲尔德著;钟大丰,鲍玉珩译.电影剧本写作基础[M].北京:北京联合出版公司,2016:12.

第二编　奥斯卡最佳剧本的创作理论与个案研究

中区分了故事和情节的定义,即"故事是按照时间顺序来叙述事件的。情节同样要叙述事件,只不过特别强调因果关系罢了。如'国王死了,不久王后也死去'便是故事;而'国王死了,不久王后也因伤心而死'则是情节。"

1."悬念"

是观众们知道要发生的事情,但剧中人并不知道的事情。以《肖申克的救赎》中所展现的大的情节是:安迪杀妻—入狱—发现真相—逃狱成功。在梳理整个剧本结构的时候,安迪杀死妻子的悬案和他自己如何逃出监狱就成为整部电影中最大的悬念。

希区柯克曾区分悬念与惊奇说:"我们在火车上聊天,桌子下面可能有枚炸弹,我们的谈话很平常,没发生什么特别的事。突然,'嘣!'爆炸了。观众们见之大为震惊,但在爆炸之前,观众所看到的不过是一个极其平常的、毫无兴趣的场面。现在我们来看悬念。桌子下面确实有枚炸弹,而且观众也知道,这可能是因为观众在前面已看到有个无政府主义者把炸弹放在桌下的。观众知道炸弹在一点整将要爆炸,而现在只剩下一刻钟的时间了——布景内有一个时钟。原先是无关紧要的谈话突然一下子饶有趣味,因为观众参与了这场戏。观众急着想告诉银幕上的谈话者:'别尽顾聊天了,桌下有炸弹,很快就要爆炸。'上述第一种情况,观众只有在爆炸的十五秒钟内体验到战栗;而第二种情况,我们给观众足足十五分钟的悬念。结论是必须随时让观众知道剧中人可能会做什么,除非这个悬念系奇峰突起之笔(亦即作为趣闻轶事的核心是一个出乎意料的结局)。"①

2."突转"

所谓突转,指的是无法预见的叙述方向的突然转变,如《俄狄浦斯王》中信使说明俄狄浦斯的身世带来的情节的突转。《肖申

---

① [法]弗朗索瓦·特吕弗.希区柯克论电影.严敏译.上海:上海文艺出版社,1983:51.

克的救赎》中情节的突转有两个地方。第一个地方是安迪与看守哈德利的对抗所产生的突转。在这个情节点中,在修屋顶时,狱警哈德利抱怨得到遗产却要被课税,安迪听到后不顾大家的阻挠,勇敢地站出来指点哈德利如何避税,并以此为大家争取到了一箱啤酒。这个情节点非常的关键,安迪以自己的才能改变了自己在监狱的境遇,大家都佩服于他而善待他,原本欺负他的博格斯等人也在狱警的警告下再也不敢去骚扰他,安迪还借此有机会转到比较轻松的图书馆工作,也为他得到监狱长诺顿的赏识埋下了伏笔。可以说,这个情节点是主人公的命运由逆境转向顺境的关键所在。

第二个情节的突转是汤米被杀,在这个情节点中,新来的犯人汤米意外得知安迪的遭遇后,想起自己曾经遇见过的一个狱友才是杀死安迪妻子和情人的真凶,安迪得知真相后希望洗刷自己的罪名,他无需为了自己没有犯下的罪行而继续待在肖申克监狱,于是自信满满的向监狱长诺顿告知一切,以为自己的命运会因此改写。谁知道,心狠手辣的诺顿为了将安迪困于监狱中继续为自己卖命而命人杀死了汤米。汤米的死亡是安迪告知诺顿的结果,也是安迪洗刷罪名的希望的破灭。这个情节点是主人公由顺境转向逆境的关键,安迪失去了朋友,也失去了继续待下去的希望。这个情节点也是促使安迪孤注一掷,决定立刻凭借自己力量越狱的情节的转折点。

第三章 电影剧本的主题与人物

一、电影剧本的主题

剧本通过塑造人物,展现人物的行动,推动情节发展,最终是希望揭示作品的主题。主题就是一部作品的灵魂,高尔基认为"主题是从作者的经验中产生,由生活暗示给他的一种思想。"简而言之,主题是作品最终要阐释的意义,剧本通过人物形象与故事情节来提炼思想,"好的作家不是故意试图去发表重要意见。优秀的作家只是讲一个精彩的故事,其中暗含着深层的重要意思。"[①]

罗伯特·麦基将这种主题称为"主控思想",认为其"可以用一句话来表达,描述出生活如何以及为何会从故事开始时的一种存在状况转化为故事结局时的另一种状况。"[②]可以说,主题是剧本蕴含的深层意义,是整个故事中凝结而成的思想所在。"要展示,不要告诉"[③]是根本准则,电影剧本切忌直白的讲述出来,而是要通过人物和情节表现出来的,正如悉德·菲尔德认为:"当我们谈论电影剧本的主题时,我们实际谈的是剧本中的动作和人物。"《肖申克的救赎》这部影片改编自斯蒂芬·金的小说,其主题展现了多重主题。既有安迪对自我救赎的主题,也包括歌颂友谊和追

[①] [美]理查德·沃尔特. 剧本影视写作的艺术、技巧和商业运作[M]. 杨劲桦,译. 天津:天津人民出版社,2017:56.

[②] [美]罗伯特·麦基. 故事材质、结构、风格和银幕剧作的原理[M]. 周铁东,译. 天津:天津人民出版社,2014:130.

[③] [美]罗伯特·麦基. 故事材质、结构、风格和银幕剧作的原理[M]. 周铁东,译. 天津:天津人民出版社,2014:388.

求自由的主题。剧本中的叙事人瑞德在原著小说和剧本中是一个爱尔兰后裔的白人,但导演选择了黑人演员摩根·弗里曼来出演安迪的好友,这暗示了不论你是什么肤色、种族、阶层,都不要放弃希望,用行动去追求心中的自由的主题。

二、剧本的人物类型

人物是剧本塑造的中心。从剧本创作过程来看,三幕剧经过一连串循序渐进的人物发展过程,建构了人物的变化过程,即人物推动情节变化。这意味着:"人物的动作会反映出他的决定;并且观众对于一切决定背后的动机一定都能了若指掌。其实,三幕剧结构的精髓所在,就是利用动作来表达动机及人物所面对的冲突。"[①]因此,剧本创作要以人物为中心。

1. 主人公即主角,其具备四个要素:其一是故事和情节必须围绕中心人物即主角展开;其二是主角必须有某种特定的目标,以及在所有事件中的动机因素;其三是主角性格的展开是以一定的环境为背景的,而环境也在一定的程度上对主角的举动行为有所作用;其四是人物应当在故事发展中有所发展深化。[②]

2. 人物可以分为主要人物与次要人物、单一主人公和多重主人公、主动主人公和被动主人公等。所谓主要人物,即主角是指剧本故事情节的主体,推动冲突的产生等。例如在《肖申克的救赎》里的人物关系为:

(主要人物)安迪——对立关系——次要(主要)人物:监狱长诺顿

(双主角)瑞德　　　　　　　次要人物:狱警哈德利

(辅助关系)

(狱友)老布鲁克斯、汤米等人

[①] [美]肯·丹席格,杰夫·罗许.电影编剧新论(第四版)[M].易智言,等译.台北:远流出版公司,2014:37.

[②] [法]多米尼克·帕朗-阿尔捷.电影剧本的创作.孟斯,译.北京:中国电影出版社,2013:40.

三、剧本人物的建构方法

1. 人物传记的建构

剧本可以通过生理、社会、心理三个维度来书写人物的背景，从而形成一个详尽的人物传记。传记中的内容可以作为内在属性一直延续在人物身上，也可以作为人物的外在属性在人物动作中加以体现。

其一是人物的基本身份：包括人物的姓名、性别、年龄以及人物具体的身高、体重、头发、眼睛等展现人物外貌和仪态等。如《肖申克的救赎》小说中对安迪的外貌描写："安迪在一九四八年到肖申克时是三十岁，他属于五短身材，长得白白净净，一头棕发，双手小而灵巧。他戴了一副金边眼镜，指甲永远剪得整整齐齐，干干净净，我最记得的也是那双手，一个男人给人这种印象还满滑稽的，但这似乎正好总结了安迪这个人的特色，他的样子老让你觉得他似乎应该穿着西装、打着领带的。"[1]

其二是人物的社会背景：包括人物的阶级、职业、教育背景、工作情况、家庭生活状态等。如安迪是波特兰一家大银行的信托部副总裁，外形儒雅，背负杀妻的罪名被判入狱。

其三是人物的性格特征：包括人物的兴趣爱好、情感、理想、挫折等，或者人物的主要性格是随和、安静、悲观、乐观等。安迪的性格："他是我所认识的人中自制力最强的一个。对他有利的事情，他一次只会透露一点点；对他不利的事更是守口如瓶。如果他心底暗藏了什么秘密，那么你永远也无从得知。"[2]这几个方面展现了人物的历史背景、个人背景、性格特征、外表形态等内

---

[1] [美]斯蒂芬·金.肖申克的救赎[M].施寄青，赵永芬，齐若兰，译.北京：人民文学出版社，2018：5.

[2] [美]斯蒂芬·金.肖申克的救赎[M].施寄青，赵永芬，齐若兰，译.北京：人民文学出版社，2018：7.

容,交织形成人物的基本传记,让人物变得丰满生动。

其四是行动与语言:安迪答应帮哈德利报税以换取啤酒,因为"我认为当一个人在春光明媚的户外工作了一阵子时,如果有罐啤酒喝喝,他会觉得更像个人。"[①]认为海华斯的海报"代表自由"[②]以及对自己理想小镇的描绘都传达对自由的渴望。

其五是心理状态揭示:安迪对自由的追求,当安迪越狱后,瑞德评价:"有些鸟儿天生就是关不住的,它们的羽毛太鲜明,歌声太甜美、也太狂野了,所以你只能放它们走,否则哪天你打开笼子喂它们时,它们也会想办法扬长而去。"(P69)

2. 人物动机的建构

建立人物并推动其发展必须要给人物建构一个行动的动机,即人物的意志力。人物必须要有某种非常坚定的、驱使他行动或完成某个目标的欲望。这种人物动机可以推动情节发展,尤其是主人公必须愿意为其信念而斗争,而且需要让他具有足够的能力和毅力将其斗争进行到底,直达逻辑的结论。人物动机也是促使人物"发展"的动力,如安迪作为主人公的动机就是追求自由,拒绝体制化,这一追求推动了整个影片的情节发展和人物命运。人物行动的过程即是情节发展的过程。

(1)需求:主人公必须有个目标,主人公围绕这个目标展开行动并推动情节的发展。主人公要有一个强有力且清晰的戏剧性需求。包括主人公的个人观点、特定态度、或为了完成这个目标而改变或经受对抗,这一过程贯穿影片情节线索。如安迪追求自由就是影片最大的戏剧性需求。

(2)对抗:为主人公的目标设置对抗力量,围绕主人公与对抗力量之间的冲突就构成了情节的主体部分。

---

① [美]斯蒂芬·金.肖申克的救赎[M].施寄青,赵永芬,齐若兰,译.北京:人民文学出版社,2018:27.
② [美]斯蒂芬·金.肖申克的救赎[M].施寄青,赵永芬,齐若兰,译.北京:人民文学出版社,2018:69.

◀ 第二编　奥斯卡最佳剧本的创作理论与个案研究

在《肖申克的救赎》中，这种对抗力量包括了自然因素，如监狱内恶劣的天气和艰苦的环境。还包括了社会因素，如监狱象征的体制化和迫害，司法制度对安迪的迫害等。最为直观的是包括了人为因素，也就是影片中的反面人物或群体来设置种种障碍，如监狱长诺顿和狱警们对安迪的压迫。这种对抗和冲突可以有对抗—失败—再对抗—再失败—最后胜利的模式；或者对抗—胜利—再对抗—再胜利—更大的对抗取得失败或胜利的模式，最后对抗结束也就是最后整个故事大结局之时。

3. 人物形象与性格的建构

建构人物，必须将人物放置在一系列事件中凸显人物性格。故事结构与人物是相辅相成的，故事的事件结构来自人物所做的选择和采取的行动，人物就是在事件中展现人物性格。也就是展现人物"性格轨迹"，作品中人物的一言一行必须符合人物的性格逻辑，使得他说的每句话、所做的每个动作都是可能说的和可能做的。正如亚里士多德《诗学》认为，"刻画性格，应如安排情节那样，求其合乎必然率或可然律：某种性格的人物说某一句话，做某一件事，须合乎必然率或可然律，一桩事件随着另一桩而发生，须合乎必然率或可然律。"不符合人物性格的行为或话语，会脱离生活的必然，而且毫无现实价值。

建构人物，还可以通过视觉造型来展示。人物的视觉造型即通过直观的造型动作，包括人物的脸部表情和形体动作来塑造人物。电影通过对人物的独特造型的动作的展示，既符合人物的性格逻辑，也揭示出人物性格的特征，给观众造成强烈的视觉冲击力。

建构人物，还可以通过环境来展示。剧本要描绘人物的形象，必须放在特定的情境或意境中去塑造人，包括将人物放到特定的自然环境或者社会环境中来进行塑造。如社会、文化、工作、家庭等各种社会环境（人与人的关系）不仅是围绕主人公产生的基础，也是驱使他行动的力量。

建构人物，还可以通过对白和独白来揭示。人物的语言是最能揭示人物形象的手段，对白必须要表达人物的想法、反映人物的社会地位、反映人物的性格特征、展现作品的风格等。同时，电影可以借助独白来揭示人物的内心状态，还可以结合特写画面来显示内心状态。

第四章 鲁丝·普罗厄·贾布瓦拉的文学改编剧本

【获奖记录】

1994年第66届奥斯卡金像奖最佳改编剧本(提名):《告别有情天》(The Remains of The Day)。

1993年第65届奥斯卡金像奖最佳改编剧本:《霍华德庄园》(Howards End)。

1987年第59届奥斯卡金像奖最佳改编剧本:《看得见风景的房间》(A Rom with a View)。

一、贾布瓦拉生平与剧作概况

1. 个人经历与小说创作

鲁丝·普罗厄·贾布瓦拉(Ruth Prawer Jhabvala,1927.5.7—2013.4.3):作为横跨文学界与电影界的代表剧作家,贾布瓦拉是唯一既获得过布克文学奖又拿过奥斯卡最佳剧本奖的作家。她于1927年5月7日出生在德国科隆,父母均为犹太人。1933年,德国纳粹在德国开始独裁专政并展开了大规模的反犹活动。那一年,6岁的贾布瓦拉被迫在隔离的犹太学校上学,纳粹破坏犹太人的商店和犹太会堂,给年幼的贾布瓦拉留下终身难忘的记忆。

1939年,贾布瓦拉一家为了逃避纳粹的迫害而举家迁移到英国。家族亲友和同学都在迁移过程中惨遭毒手,给贾布瓦拉留下了痛苦的童年记忆。搬到英国后的贾布瓦拉开始大量接触到英国文学,广泛阅读了包括查里斯·狄更斯、托马斯·斯特尔那斯·艾略特、托马斯·哈代、简·奥斯汀以及玛格丽特·米歇尔等英国著名作家的文学作品,可以说是文学世界让她暂时忘记了离乡背井的痛苦。1945年,17岁的贾布瓦拉进入伦敦大学玛丽皇后学院学习英国文学。1948年,她加入英国国籍。1951年,贾布瓦拉毕业并获英国文学硕士学位。这段求学生涯让贾布瓦拉阅读并学习了大量的欧洲经典作品,同时也让她在写作中继承了英国文学注重讽刺幽默、深刻审视社会的文学传统。毕业后,贾布瓦拉嫁给了印度裔建筑师瑟克斯·贾布瓦拉,并在婚后随同丈夫离开英国来到了印度德里生活。她在印度一直生活到1975年,不仅度过了24年的黄金年华,也开始了自己的作家生涯。可以说,印度的风土人情、历史文化、文化差异为她的创作提供了灵感和素材。

贾布瓦拉是一位多产的女作家,共创作了12部长篇小说,8部短篇小说集。这些以印度作为题材或者写作背景的小说中,贾布瓦拉塑造了丰富的印度人形象、生活在印度的欧洲人形象,展现了古老广博的古代印度文化、神秘的宗教思想、美丽的异国风光等。1975年,贾布瓦拉创作了一本叫作《热与尘》(Heat and Dust)的小说,以平行的两条故事线索讲述了一个在印度发生的令人震惊的爱情轮回故事。一条是小说中主人公"我"因为爱情来到印度生活,其发现自己与50年前的先人奥利维亚来到印度后有着大体相似的经历。在另一条小说线索中展现了奥利维亚陷入了纷繁的感情纠葛。两位主人公的命运恍如隔世,体现了印度神秘的轮回思想对作家的影响。印度文化中的轮回思想认为,现世之苦必有前世之因,而今生的所作所为会影响下一轮回的生存形式和状态。小说中蕴含的这种特殊的印度宗教理念与印度文化故事也为贾布瓦拉赢得了英国文学界的最高奖——布克奖。

1975年,贾布瓦拉回到纽约定居,重新回到欧洲文化环境的她开始思考东西文化的碰撞问题。她相继出版了一系列作品,其中1976年出版的短篇小说集《我是怎样成为一个神圣的母亲的》(How I Became a Holy Mother)获得了约翰西蒙古根海姆纪念奖;1998年,贾布瓦拉被授予爵士称号(CBE);2003年,其短篇小说《在伦敦避难》(Refuge in London)被授予欧·亨利短篇小说奖。

2013年4月3日,贾布瓦拉在纽约去世。

2. 剧本创作概况

贾布瓦拉也是一位杰出的电影剧本作家,这和她的文学作品产生了相互的影响。与小说世界的贾布瓦拉相比,电影界的贾布瓦拉则呈现了另外一番面貌。编剧理论家罗伯特·麦基曾经评价贾布瓦拉是"电影史上从小说到银幕最优秀的改编者"[①]。

1963年,导演詹姆斯·伊沃里与制片人伊斯梅尔·莫钦特找到了贾布瓦拉,他们不仅希望改编贾布瓦拉创作于1960年的小说《房主》,同时认为小说作者贾布瓦拉是最为恰当的电影编剧人选。《房主》是一部描绘印度中产阶级生活的电影,讲述一个年轻的印度新婚男子发现独立自主的妻子陷入各种麻烦中,于是分别向专横的母亲、聪明的好友、美国学者以及印度教哲人寻求帮助的故事。这部充满了东西文化交锋的影片成了伊沃里的导演处女作,莫钦特的制片处女作和贾布瓦拉的编剧处女作。影片上映后在英国获得巨大成功。而詹姆斯·伊沃里、伊斯梅尔·莫钦特和贾布瓦拉也从此展开了长达几十年的合作。

1965年,贾布瓦拉担任电影《莎士比亚剧团》编剧,该片仍然由詹姆斯·伊沃里执导、伊斯梅尔·麦钱特制片。影片改编自剧团经理Geoffrey Kendal和他女儿Felicity Kendal的传奇性经历,讲述一个生活在印度的英国家族剧团在城镇和乡村间巡回演出莎士比亚戏剧的故事。该片还曾获得1965年柏林电影节最佳女演员奖。1969年,三人创作的电影《印度一段情》讲述了一个英国艺术家到印度学习音乐的故事。1970年,《孟买之音》讲述一个英国女作家来到印度孟买参加自己的小说改编成电影的故事。女

[①] [美]罗伯特·麦基. 故事材质、结构、风格和银幕创作的原理[M]. 周铁东,译. 天津:天津人民出版社,2014:430.

作家爱上了剧中的已婚男演员,而剧中的编剧则爱上了女作家,三人陷入了一段复杂混乱的爱情纠葛。1975年的《公主自传》讲述一位印度公主在父亲逝世的纪念会上回忆自己在伦敦的生活过往。1977年的电影《玫瑰园》讲述了在曼哈顿的玫瑰园舞厅发生的故事,影片通过三段互相联系的故事讲述了人们寻找舞伴的故事。1978年,三人继续合作了电影《藏品世界》。1979年的电影《欧洲人》改编自亨利·詹姆斯的同名小说,讲述19世纪中期一对法国姐弟从欧洲游历到美洲时产生的文化碰撞问题。该片获得第52届奥斯卡金像奖最佳服装设计提名及第32届戛纳电影节金棕榈奖提名。

1980年,《简·奥斯丁在曼哈顿》一片讲述两位戏剧老师共同排演,将一部由简·奥斯丁写作的小说搬上舞台,其中穿插了奥斯丁年少时写作的剧本。1981年,《四重奏》改编自简·里斯写作于1928年的同名小说,讲述了一位年轻妇女在身为艺术商人的丈夫入狱后,由一对艺术家夫妇收留并发生一系列故事的影片。该片女主角伊莎贝尔·阿佳妮获得第34届戛纳电影节最佳女演员奖。1983年,贾布瓦拉将自己获得布克文学奖的小说《热与尘》改编成电影,该片获得了英国电影学院奖最佳改编剧本奖、伦敦影评人电影奖年度最佳编剧奖;1984年的电影《波士顿人》改编自亨利·詹姆斯的同名小说,讲述了一位波士顿女性与一位保守的律师之间的一段历经磨难的爱情故事。该片曾获得包括第57届奥斯卡金像奖最佳女主角在内的多项提名。1985年,根据福斯特同名小说改编的《看得见风景的房间》成为三人最知名的作品,该片在第59届奥斯卡金像奖上获得最佳导演、最佳影片等8项提名,并最终获得包括最佳改编剧本、最佳艺术指导、最佳服装设计的3项大奖。1988年的影片《琴韵动我心》由约翰·施莱辛格执导,讲述了一位杰出的钢琴教师索沙兹卡夫人教导了一位印度少年曼尼克,少年是钢琴天才,但在学习中却与索沙兹卡夫人矛盾重重。该片曾获得第45届威尼斯电影节最佳女演员奖。

90年代是贾布瓦拉剧作创作的高峰期,1990年的《末路英雄

◀ 第二编 奥斯卡最佳剧本的创作理论与个案研究

半世情》讲述二战期间一个上流社会家庭在时代变革中逐渐瓦解的故事。影片由影坛巨星保罗·纽曼与乔安娜·伍德沃德这对银色夫妻主演,还获得第63届奥斯卡金像奖最佳女主角提名与第47届威尼斯电影节金狮奖提名。1992年改编的福斯特同名小说《霍华德庄园》获得了第65届奥斯卡金像奖最佳改编剧本奖、最佳女主角奖、最佳艺术指导奖;1993年的影片《告别有情天》改编自英国作家石黑一雄的获布克奖的同名小说,该片获得第66届奥斯卡奖包括最佳影片、最佳导演、最佳改编剧本的8项提名。1995年的《杰斐逊在巴黎》描绘了美国第一任总统杰斐逊的一段爱情故事。该片获得第48届戛纳电影节金棕榈奖提名。1996年的《忘情毕加索》改编自阿里安娜·赫苏顿所著的《创造者与毁灭者:毕加索传》,描绘了这位伟大画家的爱情故事。1998年的《士兵女儿不哭泣》根据作家詹姆斯·琼斯的同名小说改编而成。2000年,《金碗》改编自亨利·詹姆斯的同名小说,该片获得第53届戛纳电影节金棕榈奖提名。2003年的《恋恋巴黎》讲述了一对姐妹的爱情遭遇。2009年,《终点之城》则是贾布瓦拉最后的一部作品。从她改编的作家来看,她选择的都是那些"社会小说家——琼·里斯、福斯特、亨利·詹姆斯——的作品,知道其主要冲突都是个人与外界的,便于用摄影机表现。没有普鲁斯特、没有乔伊斯、没有卡夫卡。"[1]

表8 Ruth Prawer Jhabvala 编剧电影在美票房统计排行(1982—2010)
(数据来源:IMDB 网站)

序号	片名	总票房
1	《霍华德庄园》Howards End(1992)	26,126,837(美元)
2	《长日留痕》The Remains of the Day(1993)	23,237,911(美元)
3	《看得见风景的房间》A Room with a View(1987)	20,966,644(美元)

---

[1] [美]罗伯特·麦基著;周铁东译.故事材质、结构、风格和银幕创作的原理[M].天津:天津人民出版社,2014:430.

续表

序号	片名	总票房
4	《恋恋巴黎》Le Divorce(2003)	9,081,057(美元)
5	《末路英雄半世情》Mr. & Mrs. Bridge(1990)	7,698,010(美元)
6	《琴韵动我心》Madame Sousatzka(1988)	3,548,238(美元)
7	《金碗》The Golden Bowl(2001)	3,050,532(美元)
8	《莫里斯》Maurice(1987)	2,484,230(美元)
9	《杰斐逊在巴黎》Jefferson in Paris(1995)	2,473,668(美元)
10	《忘情毕加索》Surviving Picasso(1996)	2,021,348(美元)
11	《士兵女儿不哭泣》A Soldier's Daughter Never Cries(1998)	1,782,005(美元)
12	《热与尘》Heat and Dust(1983)	1,761,291(美元)
13	《终点之城》The City of Your Final Destination(2010)	1,356,253(美元)
14	《波士顿人》The Bostonians(1984)	1,009,700(美元)
15	《圈圈里的爱》Slaves of New York(1989)	463,972(美元)

3. 贾布瓦拉电影艺术观与剧本创作观

贾布瓦拉改编的《告别有情天》《看得见风景的房间》和《霍华德庄园》三部电影剧本均在奥斯卡金像奖中获得改编剧本奖的提名及奖项，这几部影片通过导演詹姆斯·伊沃里、制片人伊斯梅尔·莫钦特的合作，展现了对英国文化细致的描绘，也透露出贾布瓦拉独特的电影艺术观和剧本创作观。

从剧本创作观念来看，贾布瓦拉坚持了"忠实于原著"的创作理念。她的剧本均是对原著作品的忠实再现，包括在剧本结构、人物、情节、风格上的多方面的忠实再现。如《看得见风景的房间》原著小说结构最为独特，用线性叙事讲述英国年轻人追求爱情自由的故事。在贾布瓦拉的改编中，影片采用了"标题式"的分段方式，有些段落甚至继承了原著小说的小说标题，而且每个段落的起承转合衔接过渡都非常自然。这种分段方式并没有让影片支离破碎，反而使得影片有了一种文学性的色彩和味道。另一部作品《霍华德庄园》则透露出了世故和阶级冲突。这部电影讲述了英国资产阶级与中产阶级两户人家的"爱情故事"。贾布瓦拉的剧本用大量的景物描写和人物心理描写,传达出了小说中若隐若现的世态炎凉、虚情假意和生意买卖。贾布瓦拉在这部小说中,突破了小说的爱情主题,而是关注人类对财产和阶级的内在追求。1993年的《告别有情天》讲述的是一个男管家的故事,整个剧本冷峻而精致。贾布瓦拉在剧本结构上使用了闪回来构建这部电影,展现了管家史蒂文森为了自己的管家事业牺牲了自己的亲情、爱情,影片最后结尾展现斯蒂文森孤独的背影很好地传达了原著小说的小说氛围。这三部电影为贾布瓦拉拿到了三个奥斯卡提名和两个奥斯卡最佳改编剧本奖。也使得她成为历史上唯一一个既拿到过布克奖,又拿到过奥斯卡奖的作家。

面对自己在编剧上取得的成功,贾布瓦拉却始终认为自己是一个写小说的人。她的剧本从文本特征来考量,剧本的文学性大于戏剧性。贾布瓦拉的剧本一般能很好地传达原著小说的文学风格和特质,充满了文学性的元素,这是贾布瓦拉作为文学家进行编剧工作的主要特征。她的剧本一般没有很强的戏剧矛盾,也不像好莱坞编剧一般擅长设置戏剧高潮来推动情节的发展,人物的塑造也缺乏戏剧性的结构,这也是贾布瓦拉作为一个作家的区别所在。她创作生涯后期的剧本,如《金碗》《恋恋巴黎》《终点之城》等作品,情节结构更加平淡而缺少冲突,这也是她的剧作在后期较少能引起反响的重要原因。

二、获奖剧作分析:《看得见风景的房间》

电影片名:《看得见风景的房间》(又名《翡冷翠之恋》《窗外有蓝天》,1985)。

导演:詹姆斯·艾弗里

编剧:鲁丝·普罗厄·贾布瓦拉

主演:海伦娜·伯翰·卡特、丹尼尔·戴-刘易斯、朱利安·山德斯、朱迪·丹奇

曾获奖项:1987年奥斯卡奖最佳改编剧本:鲁丝·普罗厄·贾布瓦拉

1986年,美国导演詹姆斯·艾弗里将福斯特小说《看得见风景的房间》搬上银幕并大获成功,一举获得3项奥斯卡奖项,其中包括贾布瓦拉的最佳改编剧本奖。重新审视贾布瓦拉的剧本对小说的改编中,其忠实的还原了原著的人物、情节与小说节奏。使得这部影片不仅传达出福斯特作品中的幽默、反讽、极富象征主义的写作风格,也因其优秀的影片品质成为文学电影改编的典范。

1. 剧本叙事结构分析

《看得见风景的房间》是一部清新明快的爱情小品式电影,影片紧扣题目中的"风景"之意,用极富象征意义的语言描写了一位英国中产阶级少女露西与乔治·塞西尔之间的爱情故事。导演詹姆斯·艾弗里在影片改编时,也基本按照小说文本的情节、人物、风格来进行改编,用精致的画面传达出小说文学化的风格特质。

影片忠实于小说的主要情节,主要场景以意大利之旅与英国乡间生活两个部分为主。贯穿全书主要情的节则是露西、乔治的爱情之旅:开篇是在意大利佛罗伦萨的一处寄宿旅馆里,从伦敦而来的少女露西与表姐夏洛特发现旅馆里尽是来旅行的英国人,店家承诺的"能看得到风景的房间"也没有兑现。露西与夏洛特在饭桌上低声议论,发表自己的不满。这引起了对桌一位中年绅士爱默生先生的注意,并热情的建议与露西交换房间。这种与陌生人随意搭讪的谈话方式并不符合英国社会社交礼仪,也让夏洛特非常不满并严词拒绝了换房间的建议。之后,在旅馆出现的毕比牧师巧妙周旋,终于使露西二人换到了能看到美丽景色的房间。露西认为她从来没有看到过这样美丽的景象,也充分意识到佛罗伦萨是一座充满生气的城市,流动着意大利人民的生活气息。她最终意识到,要想真正了解生活,不能只是从房间里远眺

◀ 第二编　奥斯卡最佳剧本的创作理论与个案研究

生活,而是要真正的投身其中。可以说,意大利的旅行最终促进了露西的生活达到了和谐统一。于是,在露西与表姐夏洛特、牧师、爱默生一家到郊外的一次游玩中,乔治在一片美丽的紫罗兰花田里突然吻了迷路的露西,两人坠入爱河。当露西因为与乔治之吻而被表姐匆忙带离意大利之后,又回到她熟悉的乡村生活中,她不仅不敢正视与乔治的爱情,还很快在风角老家与一个具有典型中产阶级道德观的青年塞西尔订了婚。塞西尔恶作剧的把乔治父子俩带进风角的生活中,乔治的到来不仅打破了这个刻板小镇的沉闷生活,也打破了露西心灵的平静。最后,一本描写意大利之行的小说唤起了乔治与露西的爱情回忆。最终,露西正视心中真实的情感,坦诚了自己内心对乔治的爱,并在与乔治结婚后重返意大利,两人幸福地在当初相遇的地方一同观看房间外美丽的意大利风景。

　　贾布瓦拉的剧本忠实地保留了原著小说中的诗意结构,并且用小说的小标题直接用字幕的方式呈现在银幕上,成为剧情发展的段落,很好地传达了影片所具有的喜剧反讽风格。

　　首先从字幕来说,小说原著的所有章节都有具体的、诗意的标题,而影片则是照搬小说标题,将每一个电影片段都化成一出优美的电影小品。如电影的郊游部分直接引用第六章部分的标题:"亚瑟·毕比牧师、卡斯伯特·伊格副牧师、爱默生先生、乔治·爱默生先生、埃莉诺·拉维希小姐、夏洛蒂·巴特利特小姐和露西·霍尼彻奇小姐乘马车出游去观赏山景;由意大利人驾驶马车。"字幕不仅交代了故事背景的转换,也让影片场面调度的转换与小说文本的节奏相统一。影片表现两人的爱情萌芽是在一片紫罗兰山坡:"大片紫罗兰像小溪、小河和瀑布般往下冲,用一片蓝色浇灌着山坡,在一棵棵树的树干四周打漩涡,在洼地里聚集成一个个水潭,用点点的蓝色泡沫扑满草地。"①当乔治听见她到来而转过身来,"他一时打量着她,好像她是突然从天上掉下来

---

① [英]福斯特.看得见风景的房间[M].巫漪云,译.上海:上海译文出版社,2011:102.

似的。他看出她容光焕发,花朵像一阵阵蓝色的波浪冲击着她的衣裙。他们头顶上的树丛闭合着。他快步走向前去吻了她。"[1]

其次,影片中钢琴曲的使用,不仅推动剧情的发展,还能表现人物心理特征,为影片塑造了优雅复古的风格。如当露西在意大利的宾馆里弹奏贝多芬的钢琴曲时,她将激情的音乐旋律演绎得淋漓尽致,表达心里被压抑的生活激情。因此毕比牧师才会说:"要是霍尼彻奇小姐能对生活和弹琴采用同样的态度,那会是非常激动人心的——对我们和对她都一样。"[2]第二次,露西与塞西尔订婚后,露西在他家为众人弹奏一曲钢琴曲,悠扬的琴声让客人们赞誉有加,也突出了塞西尔将露西和她的琴声都只当作一件艺术品来向众人炫耀,而不是真正的与露西心灵相契合。第三次当露西拒绝了与塞西尔的婚事后,她又一次在钢琴前弹起了舒缓的曲调,这是露西长期以来终于能够将心灵与生活在琴声中达到统一,不仅象征着她与塞西尔婚姻的结束,也象征着露西期待着新生活的到来。在这一系列片段中,钢琴声已不单纯是配合画面的音乐,更是推动剧情发展、刻画人物心理的重要因素,也为影片传达出典雅文艺的艺术氛围。

最后,影片在情节取舍上也很好的保留了原著内涵。如《看得见风景的房间》在小说文本的第二章"在圣克罗彻,没有带旅游指南"与第四章中分别描写了露西两次在意大利游玩的情景。一次是由于露西在自以为是的女作家拉维希小姐陪同下,路上一度迷路,最终到达圣克罗彻教堂,并遇见了爱默森父子的片段。这一片段中,老爱默生先生提出希望露西能了解儿子乔治的古怪要求。第二次出游时,露西独自来到教堂前面的广场上,恰逢一对意大利人吵闹而至刺杀身亡的戏剧性场面。露西被鲜血淋漓的场面吓昏,幸好遇到乔治,并由乔治护送回家,途中才有了两人第

---

[1] [英]福斯特.看得见风景的房间[M].巫漪云,译.上海:上海译文出版社,2011:103.

[2] [英]福斯特.看得见风景的房间[M].巫漪云,译.上海:上海译文出版社,2011:47.

一次深入的交谈。而电影改编中,导演将两次出游合二为一,共同组成了露西在意大利的奇妙之旅。影片中出游一开始,露西单身一人出现在广场,在那里她碰见了爱默森父子,而老爱默森先生向她提出了解儿子的要求。这时影片用交叉蒙太奇的手法交代了露西表姐夏洛蒂和女作家拉维希小姐一起在意大利小巷中漫游的场面。她们二人放弃了旅游指南,而在意大利蜘蛛网一样的羊肠小巷中迷路了。影片又回到露西自由快乐的游览中,她好奇地看着教堂里殉难的圣徒雕塑、美丽的教堂壁画,甚至还去买了纪念明信片要寄给英国的母亲。这时两个意大利人因口角引发了一场血案,露西被在她眼前发生的景象惊得昏倒在地。这时恰好赶到的乔治将其拥入怀中,并细心地照顾晕倒的露西。两人莫名地感到一种奇异的情愫在二人间弥漫开来。正如乔治所说:"你不觉得我们之间有些不同了,有些事情发生了吗?"于是,小说中两次散漫的出游变成一出融合喜剧色彩、惊悚情节、罗曼蒂克的高度戏剧化的情节短剧,也对英国与意大利之间文化的差异做了最直观的展示。

2. 剧本人物分析

电影《看得见风景的房间》用优美精致的画面表现了一个美丽的爱情故事,也展现了闲适、平静、优雅的英国中产阶级生活背后所隐藏的生活潮涌。这部电影被视为是忠实于原著改编的影片典范。改编后所获得的巨大成功,不仅在于其较好地保留了原著的主要情节,还在于其通过人物形象塑造传达出了小说原著特有的风格。

女主人公露西是小说塑造的一位非常典型的英国中产阶级少女,是一个"一旦从琴凳上站起来,只不过是个有一头浓密的黑发和一张非常秀气、苍白而尚未成熟的脸的年轻闺秀"[①]。但当她开始弹奏贝多芬的时候,她的琴声却传达出非常热烈的情感与悸

[①] [英]福斯特.看得见风景的房间[M].巫漪云,译.上海:上海译文出版社,2011:47.

动的艺术想象。她执着于要一间"看得见风景的房间",原因在于当她从房间里往外眺望的时候,佛罗伦萨仿佛是一件精美的艺术品,充满了古老的教堂穹顶、生动的大理石雕像、圣洁的教堂壁画等。但是当露西在交换房间的过程中,通过与爱默生先生的儿子——乔治·爱默生的交往,则让她慢慢地感受到意大利充满生命力的一面。

男主人公乔治则是一个追求自然、真理、爱情的自然之子的形象。乔治一心探索心目中的疑问,在餐厅、旅馆的画作背面画了个"?",表现了他对真理的满心探索。他搬到露西所在的英国乡村,与毕比牧师、露西弟弟费雷迪在风角附近的森林里的一处池塘裸泳嬉戏、肆意玩耍、彻底放松自己。这片幼时玩耍的树林象征了人物与大自然的融合的过程,也象征了乔治追求真挚、自然的心灵之路的过程。"那天黄昏和整个夜晚,塘水流失了。第二天,水塘缩小到原来的面积,失去了前一天的光辉:那是一次对热血和放松了的意志的召唤,是一次转瞬即逝而影响却没有消逝的祝福,是一股神圣的力量,是一道具有魔力的符咒,是一次青春的短暂的圣餐。"①当乔治听到了拉维希小姐写的小说女主人公在意大利郊外的紫罗兰花丛中被亲吻的情节时,曾经的爱情场景再一次的在乔治和露西心中被唤醒,而勇敢的乔治再也无法抑制心中的激情而第二次吻了露西。这些场景都表现了乔治听从内心的真挚情感的形象。

影片还塑造了两个极具反讽色彩的人物。一个是露西的表姐夏洛蒂·巴特利特小姐,这是一个贫穷、拘谨、刻板的老小姐形象。她说话总是小心翼翼且用语得体,她以监护人的身份陪同露西游历意大利,却阻止露西与当地真实的生活相接触。影片一开始,巴特利特小姐喋喋不休地抱怨旅馆内各种不尽如人意的琐事。然后她责备女房东,因为她没有给她和露西安排一个能看见风景的房间。当风度翩翩的爱默生先生愿意跟她换房间时,夏洛

---

① [英]福斯特.看得见风景的房间[M].巫漪云,译.上海:上海译文出版社,2011:47.

◀ 第二编 奥斯卡最佳剧本的创作理论与个案研究

蒂却又严词拒绝。最后在毕比牧师的协调下,她最终同意交换房间,并声明她要使用乔治的房间。而当她用高高在上的态度向乔治说明要亲自向他父亲表达谢意时,乔治却只是直率说自己的父亲正在洗澡所以不能接受她的感谢。简短直率的回答,只能让遵守中产阶级刻板礼仪的巴特利特小姐哑口无言。影片镜头中巴特利特小姐(玛吉·史密斯饰演)紧张而苍白的脸庞、荒唐又无趣的表情将人物刻板可笑的形象表现得淋漓尽致。而在露西与乔治定情的郊外之旅,小说是以一片茂密的蓝色紫罗兰田作为背景,而影片用一片生机盎然的大麦田的风景象征了人物的勃勃生命力,间或点缀着红色的罂粟花。当乔治快步走向前去吻了露西时,可是巴特利特小姐却"打破了林间万物的寂静,她的棕色身影站立在景色的前边",她阻止了两人爱情的开始。当她与露西回到英国,因家里水管坏了而被邀请到风角小住一阵子时,巴特利特小姐又是喋喋不休的一个先令、一个硬币的来兑换钱币时,影片其令人生厌的话语和滑稽的行为和小心谨慎的性格也做了最大的讽刺。

影片中另一位具有反讽色彩的人物是露西的未婚夫塞西尔。美国演员戴-刘易斯扮演了这样一位严谨、不苟言笑而又虚伪的中产阶级青年形象。在外形来说,塞西尔留着小胡子、带着金丝夹鼻眼镜、拄着手杖,总是一副一本正经、自命不凡的清高模样,仿佛是生活在中世纪的教士般对生活持有旁观者的态度。他总是满口高雅的音乐艺术,却不懂得出自人天性的纯真的情感。他对于露西的爱也是虚伪和空洞的,正如乔治所说:"他娶你只是当作拥有一幅名画,或一个象牙盒子,纯粹是拥有和供欣赏用的。他并不需要你活生生的人……"影片中有两个片段突出了塞西尔虚伪的个性:一处是在森林的小溪边,塞西尔在百般踌躇之后,决定为了增进两人的了解而要吻露西。在他用繁缛的语言征得露西的同意后,露西拉起了自己的面纱,而塞西尔则是谨慎地四处张望,在确定没有人的情况下,笨拙地试图亲吻露西。此时金丝眼镜却从塞西尔鼻梁上滑了下来,挡住了他的亲吻,打乱了两人最初的亲密与神圣感。可以说,本是恋人间最自然的真情流露的时刻,塞西尔却表现得生硬而缺乏激情。影片用这样滑稽的一幕呈现了对塞西尔僵化性格与可笑行为的讽刺,也表现了其温文尔雅的外表下精神空虚、情感贫乏的性格本质。另一处片段是在露西家的后院,当费雷迪与露西邀请塞西尔加入网球比赛时,他先是虚伪地宣称网球运动会让年轻人对身体施用暴力而拒绝参加。接着他又不顾露西的苦苦哀求,自作聪明的对着大家大声朗诵拉维希小姐用笔名写的一本小说。塞西尔的自以为是和虚伪而清高的态度,让露西认识到塞西尔的真正面目,"你始终也不能与别人真心相待,你就是那样的人……你把自己束缚在艺术、书籍和音乐之中,还想把我也这样束缚起来。……塞西尔就像是一间客厅,望不出去,看不见什么景致。露西则和流水、鲜花、草木连在一起。"两人巨大的精神世界的差异最终使得两人形同陌路。

3. 剧本文化内涵分析

导演詹姆斯·艾弗里所拍摄的文学改编电影一般被视为是英国遗产电影的典范。艾弗里出生在美国,在俄勒冈大学接受高等教育,后来进入电影界。他与印度裔制片人伊斯梅尔·麦钱特在1961年组成麦钱特—艾弗里电影制片公司,并聘请女作家鲁思·普罗厄·贾布瓦拉为编剧,三人共同创作了一个文学改编电影的"铁三角"团队。三人先后改编了一批来自英国的作家简·奥斯丁、亨利·詹姆斯等人的经典文学作品。如他们的《看得见风景的房间》获第59届奥斯卡最佳编剧、最佳服装、最佳艺术指导三项大奖以及八项提名;《莫瑞斯》获1987年威尼斯电影节银狮奖最佳导演奖;《霍华德庄园》获第65届奥斯卡最佳女主角、最佳改编剧本、最佳艺术指导三项大奖。可以说,这些电影在艺术电影市场上获得了口碑与票房的双重肯定。

麦钱特—艾弗里制作的这些电影不仅是文学改编影片的典范,同时也被纳入到"遗产电影"的专门概念中。所谓"遗产电影"(Heritage film),其概念由英国批评家安德鲁·席格森在1993年出版的论文《再现民族历史:遗产电影中的怀旧和混仿》中首次提出,用来指称生产于20世纪80年代和90年代初期的英国古装电影,如《火的战车》(1981)、《看得见风景的房间》(1985)、《霍华德庄园》(1992)、《理智与情感》(1995)、《伊丽莎白》等。当时的英国首相撒切尔夫人推行了国家遗产法案,主张通过政府推广遗产工业,也就是以商品化和商业化的途径进行自然景观和私人建筑的维护与开发。遗产电影将旅游业、历史与电影工业有力地连接在一起,具有以下几个特点:第一,遗产电影通常改编自文学名著,以社会背景优越的知识分子为目标观众。故事往往发生在19世纪末、20世纪初的帝国主义英国。第二,遗产电影中的人物以中上层社会的资产阶级为主,影片中的人物服装以及起居室里的摆设,成为英国标志性的文化符号象征。影片还通过田园风光和人文景观的展示,再现了古色古香的风物和礼仪习俗,凸显了英国曾有的日不落帝国的殖民历史。[1]

因此,当这些影片上映时,英国的报刊杂志、网站与英国国家古迹保护部门合作,告诉读者们这些在影片中出现的古迹大宅的具体位置,如在《理智与情感》中的诺兰庄园、《傲慢与偏见》中的彭伯里以及其他一些出现在福斯特改编影片中的外景地,都成为观众们心目中的朝圣地。《看得见风景的房间》是福斯特写作英国中产阶级生活的典范,而他们身上体现的英国历史上等级森严、难以逾越的阶级观念也是电影改编的主题所在。在贾布瓦拉的剧本主题中,一方面这些上层社会的人物外表都是衣冠楚楚、道貌岸然的。另一方面也展现了这些上流社会人士自私虚伪、冷酷残忍、缺乏生命力的一面。同时,意大利文化作为英国文化的参照物而出现。电影里的意大利风景、艺术、人性,都被塑造成自由、奔放的形象。而英国风景、人物、文化则充满了刻板、僵化的特点。艾弗里曾说:"回到情感和感觉上,我认为英国人得到世界上公认的冷淡的距离感,对主动表示友好的陌生人的过度排斥,

---

[1] 许娅. 摆脱民族身份认同的束缚——福斯特电影改编与遗产电影批评[J]. 北京第二外国语学院学报,2009(4).

以及隐藏情感的名声有些不公正。我经常发现他们和美国人一样喋喋不休和准备着告诉陌生人他们生活中最隐秘的事情,不管是坐在火车上,在酒吧里或者在飞机上并肩坐着的时候。恰恰是我感到孤僻或者冷漠而结束了谈话。天哪,那些聪明人的话简直能让我笑出来。"①正因为不同国家文化间的巨大差异,使得人们在身处不同的文化背景时也面临不同的文化选择。如影片中人物的文化身份就在不同的文化背景中发生不同的转变与迁移。《看得见风景的房间》中,福斯特把小说主人公露西置于英国文化与意大利文化的冲突中,导致了这个中产阶级女性文化身份的分裂与重构。

---

① Robert Long. *James Ivory in Conversation: How Merchant Ivory Makes its Movies*. Oakland: University of California Press, 2005.

第五章　简·奥斯丁的电影改编剧本

一、简·奥斯丁的小说世界与改编概况

简·奥斯丁(Jane Austen,1775—1817)是 18 世纪末 19 世纪初英国著名女作家,她一生中共完成了六部长篇小说的创作,这些小说都以英国中产阶级青年女子的爱情与婚姻故事为主线,自问世以来吸引了大量读者。20 世纪以来,奥斯丁的小说获得了影视界的青睐,她的 6 部小说被一次又一次的搬上银幕。

从奥斯丁的改编影视作品来看,20 世纪 40 年代好莱坞第一次改编了《傲慢与偏见》,该片由葛丽亚·嘉逊与劳伦斯·奥利弗主演,编剧是赫赫有名的《美丽新世界》的作者阿道司·赫胥黎。影片不仅在票房上大获成功,还荣获第 13 届奥斯卡金像奖最佳艺术指导奖。在这之后,奥斯丁的小说很长一段时间没有被搬上大银幕,直到进入 90 年代则掀起了一阵"奥斯丁改编热潮"。1995 年,根据奥斯丁的《爱玛》改编成美国校园故事的《独领风骚》大获成功。该片将《爱玛》的故事背景转换时空置换到当代美国贵族学校的学生生活中,青春靓丽的少男少女取代了奥斯丁小说中的贵族们。但该片的投资只有区区 2000 万美元(IMDb 统计数据),却在美国取得了 5663 万美元的票房收入、在英国取得 343.3 万美元的票房收入,同时还获得了 1995 年美国影评人协会奖的最佳改编剧本奖。该片导演艾米·海克林对影片的成功觉得不可思议,在一次访谈中说到,"谁会想到,只是一部叫作《独领风骚》的电影,而且讲得又是少女故事的电影会吸引这么多观众的注意。"接着是由导演罗杰·米歇尔执导的《劝导》(1995)。再接

着是李安执导、艾玛·汤普森编剧的《理智与情感》(1995),该片获得第 68 届奥斯卡金像奖最佳改编剧本奖和第 46 届柏林电影节金熊奖。接下来是道格拉斯·麦克格雷斯执导的忠实于原著的《爱玛》(1996),该片还获得了第 69 届奥斯卡金像奖最佳配乐奖。1999 年,女导演帕特丽夏·罗兹玛自编自导《曼斯菲尔德庄园》,该片保留了原著的主要情节和主要人物,但她从女性创作者的角度赋予影片现代性、明快的镜头剪辑、自然的色调等特点。

  进入到 2000 年后,奥斯丁小说仍然受到电影人的青睐,并被一再地重新改编搬上银幕。2005 年,英国导演乔·赖特执导的新版《傲慢与偏见》不仅在票房上大获成功,还获得第 78 届奥斯卡金像奖最佳女主角等 4 项提名以及第 59 届英国电影学院奖杰出新人奖。2007 年,导演伊恩·麦克唐纳改编了《曼斯菲尔德庄园》。同时,在 2007 年,导演朱利安·杰拉德执导了《成为简·奥斯丁》,将女作家奥斯丁的个人传记与其笔下的《傲慢与偏见》中的人物结合在一起,虚构了简·奥斯丁年轻时经历的一段险些以私奔告终的爱情故事,奥斯丁的心上人律师汤姆则是"达西先生"的原型,该片不仅获得票房成功也引起了巨大反响。同年,另一部描述奥斯丁个人传记的电影《简·奥斯丁的遗憾》也在英国上映。

  善于改编名著的 BBC 则多次将奥斯丁的小说改编搬上小荧屏。由于电影时长的限制,奥斯丁小说在被改编搬上电视时为了更加忠实于原著,不仅更多的保留了原著情节与原著人物,也更多地还原小说中的各种元素。如《理智与情感》被 BBC 分别在 1971 年、1981 年、2008 年三次改编成电视剧。《爱玛》则被 BBC 及 ITV 分别在 1948、1960、1972、1996 等数次进行了改编。《劝导》则是在 1960、1971、1980 年三次被 BBC 改编成电视剧。《傲慢与偏见》被 BBC 分别在 1938、1952、1958、1967、1980、1995 年六次改编成迷你电视剧,其中 1995 年版最为人称道,其编剧安德鲁·戴维斯一向以改编经典文学作品闻名。ITV 在 2007 年陆续推出《曼斯菲尔德庄园》《诺桑觉寺》和《劝导》三部奥斯丁小说改编电视电影。在这次的改编中,ITV运用明快的剪辑和流行音乐的配合,使得影片更具现代感。如新版《劝导》最后以安妮决意遵循内心意愿,如现代女性一般在大街上一路奔跑,只为追上心中所爱文特沃斯并以两人的热吻告终,终于让影片有了一个大团圆式结局。正如美国评论家艾德蒙·威尔逊认为的一样,"文学口味的翻新影响了几乎所有作家的声望,唯独莎士比亚和简·奥斯丁经久不衰。"①

影视界对于奥斯丁的青睐和不断改编有必然的原因。一方面在于奥斯丁小说本身的特性适宜改编,如小说中包含的感人的爱情故事、强烈的戏剧化的冲突、有趣的人物、意味深长的结局等。艾玛·汤普森早在1990年就一直计划《理智与情感》的剧本写作。而编剧安德鲁·戴维斯早在1986年就开始商讨要把《傲慢与偏见》搬上银幕。美国电影学者乔治·布鲁斯东曾指出简·奥斯丁小说与剧本在语言特征上的相似:"与构成简·奥斯丁风格的那些成分——缺乏具体性、不使用借喻性语言、无所不达的视点、依靠对话显示性格、对明确性的苛求——有着惊人的相似之处。"②

第二,因为简·奥斯丁的小说著作权已经属于公共出版范畴(即其著作超出著作权保护期),这也就意味着人们无需为此支付任何作品使用费。因此与此相关的奥斯丁小说的影视改编的费用就会非常的低廉。同时,奥斯丁小说的故事一般在英国乡间几家乡绅贵族家庭展开,布景集中在窄小的背景中,因此在这些影片改编中成本比较低,既不需要海外的外景地,也不需要大规模的演员阵容就可以投入拍摄了。但其改编作品的商业回报却很大。如BBC凭借着这些名著改编作品不仅赢得了收视率,还通过把这些名著改编电视剧集卖到全世界而获利颇丰。光《傲慢与偏见》就为BBC带来了162.0225万英镑的收入。到1995年11

---

① 朱虹编选.奥斯丁研究[M].北京:中国文联出版公司,1985.
② [美]乔治·布鲁斯东.从小说到电影[M].高骏千,译.北京:中国电影出版社,1981:25.

月止,企鹅出版社与 BBC 修订的《傲慢与偏见》版本小说已经卖出了 15 万本,而其电视版也卖出了 15 万套影音版。又如《爱玛》制作成本花费了 600 万美元,票房总收入是 2200 万美元。《理智与情感》成本花了 1650 万,票房总收入是 4930 万美元(IMDb 统计数据)。可以说,这些改编影视作品的发行放映都让各自的制作公司赚得盆满钵满。

第三,好莱坞的电影公司经常会拍一些低预算但却符合知识分子口味的小成本影片,而这些影片经常会给他们带来各种电影奖项的肯定。据统计,每年大概有 20%—30% 的美国影片是从小说改编而来,而最高荣誉的奥斯卡奖获奖影片中则有 75% 的影片是由改编而来。更进一步地说,据《名利场》杂志报道,每年最卖座的前 20 部影片中,其中有一半是在小说基础上改编而来。每年获奥斯卡奖最佳影片奖提名的影片中有过半也是由小说改编而来。根据奥斯丁小说改编的影片《理智与情感》《傲慢与偏见》都在好莱坞大获全胜。对此,《爱玛》一片的编剧兼导演道格拉斯·麦克格兰斯曾总结进行奥斯丁小说改编的好处在于:"我想简·奥斯丁会是一个非常棒的合作者……因为她很善于写那些精巧的对话、创造一些非常令人难忘的人物,同时她在故事情节的构造上有一种难得的天分——当然最重要的,奥斯丁已经死了,那就意味着你们之间不会为些鸡毛蒜皮的事情就在一起争论不休。"[①]

二、获奖剧本分析:《理智与情感》(1995)

《理智与情感》原名《埃莉诺和玛丽安》,是奥斯丁最先出版的小说作品。小说以主人公埃莉诺和玛丽安的名字命名,因此 1984 年翻译家孙致礼将其翻译为《姐妹俩》。小说讲述了一对性格迥异的姐妹俩的爱情故事。姐姐埃莉诺是理智的化身,她经历了家人的反对、爱德华与露西的婚约、经济困境等考验后与爱德华终成

---

① Sue Parrill. *Jane Austen on Film and Television:A Critical Study of the Adaptations*. London:Mcfarl and & Company Inc,2002:3.

眷属。妹妹玛丽安则是感情的化身,她爱上花花公子威洛比后被无情抛弃,在经历了几近崩溃后变得成熟,并与一直深爱她的布兰登上校结为连理。

1. 剧本人物分析

《理智与情感》的编剧与主演艾玛·汤普森是英国著名的女演员,她于1982年毕业于英国剑桥大学并获英国文学学士学位,这次因拍摄《理智与情感》获第68届奥斯卡金像奖最佳改编剧本奖和第49届英国电影学院奖最佳女主角奖。可以说,编剧正好体现了她的文学才能,也让她在自编自演的身份中更接近这部电影的作者身份。

汤普森在就读剑桥大学时就参加了学生剧团"脚灯之光",她后来还参加滑稽剧,在约翰·奥斯本的话剧《愤怒的回顾》中扮演角色等。之后她因为参演了众多角色而获奖,包括因《霍华德庄园》(1992)而获得奥斯卡最佳女主角奖、因《告别有情天》获得第66届奥斯卡最佳女主角提名、因《真爱至上》获得第57届英国电影学院奖最配女主角奖提名。她不但擅长为剧本构思妙趣横生、跌宕起伏的情节,还擅长用诙谐的笑料增加剧本的趣味性。她曾说"我父亲体弱多病,五十二岁就去世了。我六七岁时,他的心肌梗塞第一次发作。后来那些年他一直在剧院与医院之间奔波。我的叔叔因车祸致残,也住在我们家。简而言之,我就是在这样一些不得不常年生活在病痛和死亡阴影下的人们中间成长起来的。可是他们却是世界上最乐天的人。哪怕倒在坟墓里,也会窃笑不止。从这种时时自嘲的能力中我窥见到人性的光辉。笑声意味着克服我们的弱点。无论生活有多么可怕,笑声也会帮助我们生存。"[①]

当汤普森遇上简·奥斯丁的小说时,她在改编过程中产生的两个女性身份的碰撞就成为剧本最重要的特质。简·奥斯丁的

[①] [俄罗斯]克拉斯诺娃.埃玛·汤普森——理智与情感[J].蔡小松,译.世界电影,1997(2).

小说被称为"在两寸象牙上雕刻",她的作品以独特的女性角度用反讽的语气来表现英国的日常乡村生活。虽然奥斯丁小说的题材狭窄,宛如在茶杯里掀起风波,但她在幽默讽刺的语气中娓娓道来日常生活的真谛。她也是"第一个表现现代人格及其赖以存在的文化背景的作家",因此在她的作品中既有对于人物的漫画式夸张描述,也有对人物精确到画龙点睛式的评论;既有写实,也有夸张;既明褒实贬,又暗暗讽刺。因此,如何在改编过程中传达出奥斯丁的女性视角和反讽语气就成为小说改编为影片剧本工作中非常大的困难。

汤普森曾花费了5年时间来打磨剧本,在投入拍摄后与导演李安、制片人等等又几次三番修改剧本,最终"总共写了六稿"[①]才完成。汤普森不仅传达了原著小说中的女性视角,而且丰富了影片中的女性人物形象。

首先,是对小说中的女主角埃莉诺的塑造上。汤普森不仅撰写《理智与情感》剧本,她还扮演背地里被人称作老处女的姐姐埃莉诺,埃莉诺在奥斯汀书中只有二十五岁,但当时已经三十七岁的汤普森不仅克服了年龄上的障碍,还通过自己对人物心理的把握再一次显示出她是一名如此优秀的女演员。在影片开拍之初,导演李安让所有演员都要写人物分析,主要是人物的背景和内心生活。"他非常重视内心生活,"这让汤普森更好的抓住了埃莉诺的心理和性格。姐姐埃莉诺是一家人的主心骨,在面对父亲去世,哥哥的背弃,一家人陷入困境中,她保持了勤劳、稳重、头脑异常冷静的性格,一方面积极谋划,让达什伍德姐妹和她们的母亲才免于饿死。另一方面,当她爱上了讨人喜爱却有些胆怯的爱德华先生时,理智而矜持的埃莉诺却使她无法向对方吐露内心的爱情。尤其当她意外得知爱德华先生已经与露西小姐秘密订婚后,冷静的埃莉诺下定决心放弃自己的个人幸福,专心照料妹妹们的生活。但埃莉诺的努力却是徒劳无益。影片最后,当露西嫌贫爱

---

① [英]汤普森著;苏汶译.摄制日记[J].世界电影,1997(1).

富嫁给了罗伯特，摆脱婚约的爱德华抱着最后的一点希望来看埃莉诺姐妹时，埃莉诺这才得知爱德华并未同露西结婚，被压抑许久的感情再也无法抑制，埃莉诺情不自禁泪水夺眶而出，素来沉稳的埃莉诺终于展现了"不理智"而充满情感的一面。

其次，妹妹玛丽安则是感情用事，充分表现了情感的化身。她因遇险而结识了英俊的威洛比先生，并一心投入爱情，开始了与威洛比先生的浪漫史。但威洛比只是一个花花公子，为了一个有钱的女继承人将她抛弃了。影片中突出了威洛比在晚宴上对玛丽安的绝情与冷漠，与不拘礼节的玛丽安形成了巨大对比。而爱人的负心使得玛丽安大病一场，并险因此去世。最后，玛丽安不仅战胜了疾病，也克服了内心的弱点。她经过深思熟虑，最后选择了年纪不轻但忠心耿耿的布兰登上校共结连理。理智战胜了情感，也让玛丽安找到了真正的幸福。

再次，编剧在对影片中的小妹妹玛格丽特的形象上做了更多的拓展。原著小说中的玛格丽特是一家人中最小的妹妹，出场机会并不多，存在感并不强。但在影片中汤普森加重了这个人物的串场作用。玛格丽特像男孩子一样活泼好动、喜欢树屋、爱好地理。汤普森赋予玛格丽特更多现代女孩的性格特征。如片头埃莉诺向玛格丽特解释为什么她们的同父异母的兄弟要代替她们的母亲和自己来继承她们的房子。而当爱德华来到家中，也是通过寻找玛格丽特的场景增加对男女主人公的展示。当玛丽安与威洛比相识时，也离不开玛格丽特的在场。可以说，通过对玛格丽特这一人物的丰富和发展，汤普森不仅让剧情推进更加自然流畅，也传达了生活于19世纪时期的妇女面对的来自法律、习俗、社会、家庭等方面的种种限制。

汤普森在改编过程中不仅突出了对原作中的女性形象的塑造，也尽量保留了原作中作家的女性视角。更加代表了一种"现代女性主义的主流趋势"。通常来说，现代批评界都将奥斯丁的小说当作女性主义的象征，而根据她的小说改编的影片也代表了这样一种趋势。正如劳拉·穆尔维在《视觉快感和叙事电影》说道:"电影作为一种建制的异质性在它初次遭遇女性主义之时就表现了出来……电影史特别呈现出了一种妇女被歧视和被边缘化的压抑图景……做一个女性主义者并且制作电影这个事实本身就是一种回答。"①汤普森重新塑造了《理智与情感》中的女性角色,以便使她们能更加符合现代女性观众的接受度。

因此,与汤普森不断丰富影片中的女性角色相反,影片中的男性形象则被改编的不那么重要。她把布兰登上校与爱德华的角色改编的更加的感性,对他们的女性伴侣的兴趣爱好更加的关注,甚至是对孩子玛格丽特也更加的关心。影片的大部分镜头留给了女性角色,影片中最重要的男性形象爱德华在大部分时间内并没有露面。布兰登上校也经常是以一个旁观者的角色出现在玛丽安身边,给予她帮助与指导。而花花公子威洛比在影片最后出现的时候,是饱含愧疚之情骑马远远地望着玛丽安,并借助布兰登上校之口说出他当初有迎娶玛丽安之意,只是因形势所迫丧失财产才不得不迎娶有钱女。这就淡化了威洛比形象的恶劣,也为他的行为找到合理动机。可以说,汤普森的改编注重了以"重"女性形象,"轻"男性形象的组合达到平衡,而导演李安也很好地通过影片拍摄传达了这一特质,因为"李安非常注意《理智与情感》的阴和阳。他的情感非常健康,和奥斯汀一样。他俩出奇地相近。"②

2. 剧本结构分析

《理智与情感》获得奥斯卡最佳改编剧本奖、柏林电影节金熊奖以及美国电影电视金球奖最佳剧本和最佳故事片奖。对此,汤普森很谦逊,她在领金球奖时很中肯地说:"这部影片的剧本首先是简·奥斯汀写的。"③但实际上,她最初认为改编《爱玛》或者《劝

---

① [英]劳拉·穆尔维.电影,女性主义和先锋[J].邓晓娥,王昶,译.世界电影,1998(2).
② [英]汤普森.摄制日记[J].苏汶,译.世界电影,1997(1).
③ 何跃敏.理智与情感:小说与电影[J].当代文坛,1996(5).

◀ 第二编 奥斯卡最佳剧本的创作理论与个案研究

导》更合适,但经过改编后认为《理智与情感》的动作和戏剧性效果也很强。

1995年的影片《理智与情感》完全保留了小说的结构,并被改编成为一个典型的五幕剧好莱坞电影结构。其不仅忠实于原著,还突出了戏剧性并被强化为一个好莱坞家庭情节剧。片头的片段显示出汤普森处理原著的高超手法。原剧本是要安排达什伍德死于打猎,并在庄园里举行盛大宴会的时候去世,但因为场景费用太高而作罢。剧本在汤普森的修改之下,电影开篇直入主题,达什伍德先生临死之前吩咐儿子约翰,让她给继母和妹妹们一年三千英镑。但约翰的妻子芬妮认为这个数目太大了。芬妮软硬兼施,终于使得丈夫答应一分钱也不给,姐妹们离家时一件值钱的东西也不许带走。这样的改编就为影片创造了最大的戏剧冲突,那就是女主人公因为法律的冲突,被剥夺了继承权,又被无情的家人推向了未知而艰难的生活。

影片可以大致划分成五大段落。

第一段:(1—26分)老达什伍德先生去世,按照维多利亚时代英国的法律规定,父亲的遗产只能由儿子继承,而女儿们是得到一定的赡养费。达什伍德姐妹迎来了前来继承庄园的兄嫂,并被兄嫂处心积虑地夺走了所有的财产。

第一次转折:埃莉诺与嫂嫂的弟弟爱德华相识相知,但内敛的爱德华还来不及表白就被迫去往伦敦。

第二段:(26—75分)好心的约翰爵士为经济窘迫的达什伍德母女提供巴顿小别墅,她们的新邻居布兰登上校爱上玛丽安,而她却与花花公子威洛比共坠爱河。

第二次转折:埃莉诺认识了露西,得知她与爱德华已有婚约,她决定在心底埋藏自己的爱情而只照顾家人,这更加突出了埃莉诺理智、自我牺牲的精神。

第三段:(76—108分)达什伍德姐妹被邀请来到伦敦,威洛比背弃了玛丽安,与富家女订婚。爱德华为了信守婚约,被剥夺了财产继承权。

· 227 ·

第四段：(108—126 分)玛丽安因失恋而在暴风雨中漫游在荒野上,因此病倒并一度生命垂危,埃莉诺得到布兰登上校的热心帮助,而玛丽安在精心照顾下渐渐康复。

第五段：(126—133 分)玛丽安接受了布兰登上校的爱情。

第三次转折：片尾,爱德华忽然出现在那偏僻的小屋外,出现在贫穷的达什伍德姊妹面前。他重新摆脱了婚约的束缚,回到了埃莉诺的身边。埃莉诺喜极而泣,这是一种长期压抑的情感的大喷发和大释放。影片最后,俩对姐妹举行了婚礼,她们都找到了彼此的幸福。

由于《理智与情感》原著小说结构有些松散,枝叶太多,汤普森在改编时甩掉了长篇大论式的内心独白和大段的争论等,不仅压缩了一些次要情节与次要人物,一些重要情节的交待和对人物的评价也是通过人物之间的交谈透露的,这就让剧情更加的紧凑。

而为了突出影片在两姐妹面对理智与情感上的不同态度,剧本相比原著小说更加浓墨重彩的描绘了人物调情求爱的场面,使之更能吸引观众的注意。如玛丽安与风流的威洛比之间的诸多调情、挑逗片段是原作中没有的。影片专门为玛丽安与威洛比设计了几次重要的感情交流,如雨中相识、送花、读诗、画像、剪头发、手拉手转圈等,玛丽安热情奔放,从来不在他人面前掩饰自己的情感。如影片中有一个片段表现埃莉诺与玛丽安两人对感情的截然不同的态度,玛丽安认为："如果我在情感上有比较软弱、比较浅薄的一面,我能够隐藏起来,就像你所做的那样……",并认为"我无法理解她,妈妈。她为什么从不提起爱德华？我从未见她为他而哭泣,或为诺兰而流泪……"达什伍德太太也说："我也从未见过。不过埃莉诺和你我不同,她不喜欢受情感的摆布。"

为了更好地突出姐妹俩的爱情遭遇,编剧简化了原作中的次要情节元素,另一方面,影片增加了爱德华与埃莉诺在一起时的对白与事件,以此来突出两人的爱情过程。如影片安排了一方手帕成为爱德华与埃莉诺的定情信物。而在影片最后,两人重归于好、确认心意的片段也为影片增添了精彩的浪漫喜剧色彩。

　　186.内景。巴顿农舍。客厅。白天。

　　埃莉诺哭个不停。爱德华非常缓慢地朝她走去。

　　爱德华：埃莉诺！我遇见露西时还很年轻。要是我有一份正业，也就不会老是那么游手好闲，无所事事了。我在诺兰的所作所为是很错误的。不过我相信你只是感受到了我对你的友谊，我只是在心里七上八下而已。我这次来别无他求只想向你吐露——我现在可以这样做了——我是一直爱着你的。

　　埃莉诺看着他，由于情感得到释放而泪流满面。这是既痛苦又快乐的眼泪。

　　这些浪漫情节的设置，推动了人物情感的发展，也成为电影结构凝练统一的表现。

3. 剧本语言分析

　　杰·瓦格纳曾经将电影改编的方式归纳为三种方式：移植、注释、类比。一部"移植"影片指的是"直接在银幕上再现一部小说，其中极少明显的改动。"传达出改编的最重要的特质是"忠实"。一部"注释"影片指"把一部原作拿出来以后，或者出于无心，或者出于有意，对它的某些方面有所改动。也可以把它称为改变重点或者重新结构。"而一部"类比"影片则是"善于表达近似的观念和找到近似的修辞技巧"。这种方法要求影片"必须与原作有相当大的距离，以便构成另一部艺术作品"。[1] 大部分的奥斯丁改编影片都属于"移植"式影片。影片中一般强调忠实于原著，以影像化的手段真实再现原著的概貌，包括保留了小说中的人物形象，保留了小说中大部分故事情节，甚至保留了大部分的小说语言以供编剧重新使用，不论是对白还是旁白。

---

[1] [美]杰·瓦格纳.改编的三种方式[J].陈梅，译.世界电影，1982(1).

奥斯丁小说描写"村镇上的三四户人家"里的淑女绅士们的生活,小说里一系列鲜明生动的形象塑造在很大程度上得益于精彩的人物语言。她的人物语言带有强烈的个性色彩和生活感,饱含感情和情绪,极具表现力。她的对白设计机智讽刺,绵里藏针,潜台词丰富。汤普森认为语言是影片非常重要的一部分,但编剧却不能照搬奥斯丁小说中的对白放置在影片中使用。编剧安德鲁·戴维斯在改编《傲慢与偏见》时说,他认为奥斯丁的对白实际上并不是完全自然的,但某种程度上"非常的像真实的对话,有丰富的暗示意味,但更加的优雅及更有所指涉意义。"他努力想要使对白"听起来就像是那些在19世纪早期的人会说的话,但如果放在现在来说,你还是会认为这些对话太过矫揉造作、不太自然。"[①]而汤普森在修改了六稿剧本才定下来,其中大部分的工作是重新修改剧本的台词等,她发现那些奥斯丁的信件中的语言是"非常明晰与优雅的"、"有趣的",不像小说语言那么的"生僻"。她努力的想在自己的剧本创作中保留有这样的奥斯丁语言特质。于是,她的剧本既保持对白是"简洁短小,易于讲述并且流利自然",同时还保留小说的特有风味,让观众听到那些在小说中非常重要的段落与对话。如《理智与情感》里表现约翰和范妮的出场:

  4. 内景。约翰和芬妮的住宅。更衣室。白天。
  约翰身穿丧服,外罩旅行披肩,站在那里等候上路。一个穿着入时的女人(芬妮·达什伍德)站在镜子旁边目不转睛地盯着他看。
  芬妮:"帮助她们",你这话是什么意思?
  约翰:亲爱的,我的意思是给她们三千镑。
  芬妮一言不发。约翰紧张万分。
  约翰:利息可以成为她们的一笔额外收入。这份礼当然也就兑现了我对爸爸的承诺。

---

  ① Sue Parrill. *Jane Austen on Film and Television:A Critical Study of the Adaptations*. London:Mcfarl and & Company Inc,2002:13.

第二编　奥斯卡最佳剧本的创作理论与个案研究

芬妮慢条斯理地把身子转向镜子。
芬妮：噢，毫无疑问！够大方的……
约翰：在这种场合，多一些总比少了好。
芬妮转过身子又盯着他看。
约翰：当然，他没有规定具体的数目……

影片通过约翰与芬妮之间的一番对话，不仅在剧本语言上保留了原著对白，呈现出一种忠实于原著的风格。也在这一个简短的场景中刻画着人物的性格，还体现着微妙的人际关系。从约翰与芬妮间的迂回和对比，描写了约翰虚伪、毫无主见的性格，他背信弃义违背了对父亲的承诺，也揭示了芬妮的精明自私。精妙的对话再现了编剧对人情世敏锐深刻的观察和犀利讽刺的文风。

另一方面，演员的选择及台词表现也是影片语言能成功的非常关键的一点，甚至会对影片的其他方面造成巨大影响。《理智与情感》请了清一色的英国演员来出演，而且要求演员们都说19世纪时的英语交谈，对人物语言的倚重可以说为剧本打下了良好的台词基础，人物对话最大可能地保留了小说的原话，无论是角色们的闲谈还是评论，都不仅表现了各自不同的性格和见地，也适合整个故事的情节发展、风格体现、主题思想等。《理智与情感》除了大段地保留原著中的对白，影片还将大量原著中写在对白之外的信息和评论通过角色表达出来。影片精炼人物语言，强调动作细节，渲染画面情境，它不拘泥于原著，却是形神兼备的忠实改编的典范。

电影评论家布鲁斯东曾经说过，电影与小说属于"不同的审美类型"，因为它们各自有着"不同的起源、不同的观众、不同的生产模式"。① 他强调了影片对小说及其作者写作目的忠实是评判一部改编影片是否成功的主要标准。认为"在改编过程中，为了

---

① ［美］乔治. 布鲁斯东. 从小说到电影［M］. 高骏千，译. 北京：中国电影出版社，1981.

视觉媒介而抛弃那种语言式的表达,这种改变是不可避免。"[1]通过剧本的写作、演员的选择、演员们对角色的理解、布景的选择、音乐以及摄影等等方式,影片对小说进行了一种全新的阐释。编剧选择影片中的情节、创造故事场景。他也许会省略许多的人物,也会丰富其他的一些人物。他会重新构思对白,或者从叙事的角度重新虚构对话;他也可以通过增加对白或旁白传达一些说明性的信息。编剧必须根据形式的需要——譬如一部迷你电视剧集或一部 2 小时左右的影片,以此来决定哪些场景是要保留的,而整部作品又是如何被组织起来的。另外,编剧还需要根据预期观众的需要来做进一步的调整,譬如是面向普通的电视观众、还是艺术院线的观众或者是有着多重复杂需求的大众。他还必须去说服公众习俗与观念,就像是汤普森在《理智与情感》中所做的那样,她不仅重新阐释了人物形象,也重新丰富了剧本的语言特征。

---

[1] [美]乔治·布鲁斯东. 从小说到电影[M]. 高骏千,译. 北京:中国电影出版社,1981.

第六章　电影剧本的改编理论

一、电影改编的理论

1. 电影改编的定义

自电影诞生起,电影界就倾向于将一些文学名著、畅销小说改编成影片。所谓改编,"就是把一部文学作品搬上银幕或是把一部电影重新编纂成文学作品。"[①]电影界盛行改编的原因主要有三个。其一,电影改编可以借助小说的知名度吸引观众注意,又可以在小说基础上进行改编时获得扎实的文学支持。据统计,每年大概有20%—30%的美国影片是从小说改编而来,而代表最高荣誉的奥斯卡奖获奖影片中则有75%的影片是由改编而来。其二,小说原著可以通过影片的拍摄而获得新生,重新获得读者的青睐。每一次伴随着新的改编电影的上映,这些小说的新修订版会被重新上架销售从而吸引更多的读者,从而得到读者新一次的解读。其三,改编电影也存在深层的文化原因和社会原因,如90年代英国影坛盛行将英国文学名著改编成遗产电影,从而追忆逝去的英国帝国主义的历史与文化传统。

奥斯卡金像奖在设立剧本奖时分设了"最佳原创剧本奖"和"最佳改编剧本奖",其中改编剧本奖就是为了奖励那些改编自其他故事或者来源的剧本。理论家杰·格瓦纳曾总结,改编的方式有移植、注释、近似三种方法。第一种移植,即忠实于原著的改

---

① [法]卡尔科-马赛尔,[法]克莱尔.电影与文学改编[M].刘芳,译.北京:文化艺术出版社,2005:1.

编。这是最常见的改编方法，指的是电影改编保留原作的故事、情节或人物，从而力求忠实于原著的内容。大部分文学名著改编的电影都借用这一方法，如曾获最佳改编剧本奖的《乱世佳人》《看得见风景的房间》《告别有情天》等影片就是通过将抽象的文字转化为具象的视听语言来进行改编，并尽可能地在影片中保留了原著小说的情节和人物，传达出原作的文学特质。第二种注释；是对原著的"重新结构"，这种改编通常是节选原著中的一部分或是最精彩的部分，提炼后进行改编创作。这种改编也是为了适应电影这种艺术形式所进行的改变，如获奖影片《汤姆·琼斯》《教父》。第三种方法是近似，即只是"从它们的原始材料吸收一些线索"[1]进行转换。这种方法的影片通常与原著小说仅仅保留基本的人物关系或者故事框架，但整个剧本创作却是全新的。如获奖影片《莎翁情史》虚构了莎士比亚创作剧本的人物关系，还与其笔下的《罗密欧与朱丽叶》的故事线索相似，形成了一个全新的故事。这三种方法也切合了理论家约翰·德斯蒙德的"三分法"，其将改编分为"紧密型电影改编"，即保留大部分叙事元素的改编；"松散型电影改编"，即舍弃掉文学中的大部分元素；"居中型电影改编"是介于两者之间的改编方式。[2]

2. 电影改编的种类

依据改编题材的来源，改编的种类可以分为以下几种。

(1)长篇小说的改编

长篇小说是最适宜改编成电影的题材来源，如托尔金的小说《魔戒》被改编成了 3 部电影，全面地保留了原著小说的主要内容。但大部分的长篇小说可能长达 200 页—1000 页左右的篇幅，而一部标准电影大约时长只有 2 小时，一个好莱坞剧本一般只有 120 页。因此，一个剧本的长度往往只有一部长篇小说的三分之

---

[1] [美]杰·瓦格纳.改编的三种方式[J].陈梅，译.世界电影，1982(1).

[2] [美]约翰·德斯蒙德，彼得·霍克斯著.李升升译.改编的艺术：从文学到电影[M].北京：世界图书出版公司北京公司，2015：61.

一或者二分之一,在进行改编的时候,要进行多种元素的转换。

首先是故事的裁剪,选取适合在2小时电影中进行表现的必要故事内容。其次是对次要情节、次要人物、次要场景进行必要的删减和安排。再次是将小说进行视觉化,尤其是将小说中常见的环境描写、心理描写等文学手段转化为视觉形象。再次是合并场景或者是合并人物,以使得剧本元素紧凑、压缩影片长度,如《肖申克的救赎》剧本将原著小说中的三任监狱长合并成为一个角色。最后,重新排列情节的开端、发展和结束,使得影片中的叙事元素也重新加以排列。

(2)短篇小说的改编

短篇小说从篇幅来说更接近一个剧本的长度,但短篇小说一般在人物、情节上过于简洁,在进行改编时又面临新的挑战。首先是保留原著小说中的主要叙述元素,通过对细节元素进行添加或者扩充来增加故事的长度,以符合标准影片的内容。其次是将多个短篇小说交织组合在一起,以扩展小说内容,如黑泽明的名作《罗生门》的主要内容就是将芥川龙之介的原著短篇小说《竹林中》与《罗生门》组合交织在一起,丰富了影片的内容与主题。最后,还可以保留原著小说中的情节前提、人物名字或标题元素,再将这些元素作为基本架构和出发点,改编成为一个全新的故事。如根据乔纳森·诺兰的短篇小说《死亡警告》改编成的影片《记忆碎片》。

(3)戏剧的改编

从表演形式和剧本形式来看,戏剧也是通过情节来叙事,在演出前需要剧本来规范,在表演时也主要通过动作与语言来表现。可以说,戏剧更接近电影的形式结构。但二者还是有很大区别,如戏剧叙事视角固定、戏剧时间与空间有一定限定、戏剧布景单一、戏剧的舞台表演与电影表演差异巨大等等。因此,在将戏剧改编成电影时,需要转换两种不同形式的艺术惯例来加以改编。首先,考虑到戏剧与电影的差异,在改编中丰富叙事元素,将戏剧中隐含的场景或背景表现出来。如莎士比亚的名作《哈姆雷特》被多次改编成电影,展现了不同的风格特征。其次,将戏剧的主题、人物、场景进行可视化改编,尽可能的开发戏剧的内容。最后,运用摄影机的剪辑作用可以转换戏剧的空间和时间,突破戏剧空间单一和视角固定的限制,从而将其改编成自由转换时空的电影作品。如导演巴兹·鲁曼改编的《罗密欧与朱丽叶》将文艺复兴时期的意大利恋人的悲情故事搬到了现代的佛罗里达海滩,维罗那城的亲王变成了警察局长,蒙太古家族和凯普莱特家族成为现代企业帝国。导演黑泽明将莎士比亚的《李尔王》改编成《乱》,将《麦克白》改编成《蜘蛛巢城》,将古代英国的家庭悲剧转变成日本战国时期的战乱故事。

二、克林特·伊斯特伍德谈《廊桥遗梦》改编

【人物介绍】克林特·伊斯特伍德(Clint Eastwood,1930—),美国著名导演、演员。其数十年的电影岁月见证了美国电影史上西部片、警匪片、战争片、悬疑片等各种类型电影的兴衰,而他的身份也从一个无名小卒成长为明星、演员、导演、编剧、制作人等集多种身份于一身的全面的电影人。《廊桥遗梦》根据美国作家罗伯特·詹姆斯·沃勒同名小说改编,由伊斯特伍德自导自演,理查德·格拉文斯编剧。[①]

记者:像《廊桥遗梦》以及《绝对权力》(1997)这些影片,你实际上参与了很多影片的剧本改编工作,谈谈这个吧。

伊斯特伍德:《廊桥遗梦》是一部非常受欢迎的作品。这部小说触动了很多人心底里的那根弦。对于这么成功的小说改编,你绝对不能失败。这本书打动我的原因在于它感情非常的细腻,辞藻也非常的华丽。但是你要挖掘这部小说里的中心情节。这个

---

① 本访谈译自《电影声音》"*film voices:interviews from post script*"(2004),访谈时间在 1997 年。对话者为记者 Ric Gentry,两人就伊斯特伍德的导演观、改编手法进行访谈。译文有删节。

▸ 第二编 奥斯卡最佳剧本的创作理论与个案研究

小说讲述的是一个四处漂泊的男人,一个乡村的家庭主妇,他们都对自己的生活方式感到不满,饱含孤独感,因而互相产生吸引,就是这么简单的情节。抓住了这个故事的中心,你可以开始剔除掉那些旁枝末节的情节,真正探求这段爱情的内核。

记者:那你当时与编剧理查德·格拉文斯(Richard LaGravenese)①也在一起工作了一段时间?

伊斯特伍德:实际上,最早的时候是斯皮尔伯格的 Amblin Entertainment 公司②获得小说的改编权,于是我和史蒂芬·斯皮尔伯格一起围绕着理查德的剧情大纲讨论了剧本初稿。在这之后,剧情大纲又有好几次的改动,但我们还是觉得第一稿的剧情大纲比较好。于是我们在此基础上又做了一些修改并反馈给理查德,他在这个提纲之上又做了一些修缮,于是就变成了一个非常完美的剧本了。就算是那些并不是很喜欢小说的人也会被剧本所打动的。

记者:也包括梅丽尔·斯特里普在内?

伊斯特伍德:是的,她喜欢我们给她看的剧本。尽管她当时对小说并不是特别感兴趣。于是我们不得不问她,希望她能就剧本上的情节再三考虑一下。

记者:而她接下来则是因为这部影片中的角色获得了奥斯卡最佳女主角的提名,你给她带来了一次巨大的表演机会。

伊斯特伍德答:噢,我想她不用很费力就可以在表演上获得巨大的成功。她非常棒,是个天才!

---

① Richard La Gravenese(1959—):电影编剧、导演,代表作品为《廊桥遗梦》。
② Amblin Entertainment 公司:由史蒂芬·斯皮尔伯格于 1981 年创建的电影制作公司,公司标志很著名,以斯皮尔伯格的影片《E.T》中,E.T 被放在自行车车篮里一起飞向月球的图景为主要标志。该公司制作的最著名的电影为《辛德勒的名单》。

记者：那么在剧本中，你和斯皮尔伯格做了哪些改动？

伊斯特伍德：在理查德给我们的第一稿剧情大纲中有大量的闪回片段。他用的非常频繁。实际上，这些闪回片段只是堆砌的大量的材料，显得过于繁复了。我想要简单、直接一点。小说中的故事背景是华盛顿州，更多的也是从一个男人的视角来讲述故事的。而我则希望说，可以从一个女性主人公的视角来讲述整个故事，因为实际上她才是面临着巨大的家庭困境的人。而且理查德与斯皮尔伯格都设想说，在剧终的时候，孩子们应该回到家庭中来，并且是他们发现了整个故事并娓娓道来。

小说的结尾是，当男主角再一次地回到华盛顿州的 Bellingham 小镇时，这时只有一个萨克斯风乐手还记得他是曾经为《国家地理》供职的摄影师。乐手以为摄影师只是偶然路过，于是告诉他在他走后发生的事情。如果剧情这么发展的话就会有很多可能的结局。于是我说，"不，不，我们只需要一个结局，一个好的结局。实际上，当他驱车离开小镇的时候，所有的故事就已经结束了。"我想我们应该在这一刻打住，至少是在爱情里最美好的时刻停住。

但是在剧本中，我们还是继续发展到孩子们的那一段。在他们的母亲去世之后，这个时候孩子们已经长大了。孩子们发现了母亲留下的这些信件，并在信中认识到了自己从来未曾认识到的母亲的另一面。这些信最终影响到了他们各自的生活——女儿决定弥合与丈夫之间的关系，而儿子则决定做善待妻子的好丈夫。他们身上发生的所有的变化都来自于这些信中讲述的故事。我想这样的结局才是更加的有意义和令人满意的。

记者：影片的最后一幕，定格在子女们把母亲的骨灰撒进河里的那一场景。实际上这个场景在小说中是不存在的。这桥上的一幕与二人最初相遇在桥上的一幕，二者有着特殊的时空连接之处。于是，"桥"对于整个故事有着独特的时空转换的意义。

伊斯特伍德：是的，桥确实是有这个作用，我喜欢这样的设置。

第二编 奥斯卡最佳剧本的创作理论与个案研究

记者:我想整部影片真正展现的主旨是:爱荷华州独特的地理地貌以及居住在这里的人们的生活方式。

伊斯特伍德:对于影片中所展现的这一切,你会有自己的感应和理解。当我们来到这个地方物色拍摄外景地的时候,我们被当地的人们所深深吸引。虽然我们只是用一种视觉化的方式来讲述一个故事,但是当你被周围环境及周围人们的性格特质所影响的时候,你会发现更多的东西。因此,你必须要保持开放的心态,抓住所有的线索,推动整个故事更好地发展下去。

记者:在《廊桥遗梦》中的摄影师这个角色特别适合你——其实他与你以往塑造的角色类型不太一样。他是一个非常独立的人,四处为家到处漂泊的人,没什么家庭观念。从某种意义上来说,他是一个浪子,只按照自己的方式来实现自己的价值观以及安排自己的时间。他是个带有美国早期社会那种没有束缚、没有限制的那种传统色彩的人。

伊斯特伍德:是的,我非常喜欢这样的人物。他的生活看起来非常的浪漫,实际上却是非常的孤独。他习惯于生活在一种非常孤立的环境当中,接着他遇到了这样的一个女性,但最后他身边所有的还是会离他而去。有时候,独立的代价就是孤独。

我发现,我经常被这样一些人物所深深吸引:这些人物都在寻求着某种形式的救赎,某种能与其灵魂契合的方式。我不知道这是否是一种非常普遍的性格特质。但这类人物大都是一种局外人形象,他们用自我反抗着社会现状。这类人物也许为了一个或者某种原因而变得非常的孤独,无论这种孤独的原因是出于命运还是自我选择使然。《廊桥遗梦》中的人物就是这样的一个孤独者,我想我与这类的孤独者有一种天生的缘分。

我之所以为这类人物着迷,原因在于这些人有一种很强的内在力量在驱使着他。这种力量也许是在他成长过程中所经历的苦难,而他必须要克服这些困难。在经历了人生当中的这些苦难,如伤痛、牢狱之灾或者某种致命的错误之后,他们才变成了今天的孤独的样子。同时他们又必须努力挣扎,希望能回归到正常的生活中。如《火线狙击》中的人物就经历着这样的心灵挣扎和心理创伤,而《西部执法者》中的 Josey Wales 与《不可饶恕》中的 William Munny 也有着同样痛苦的经历。

记者:在《绝对权力》中,主人公是另外一种孤独者的人物类型。因为这一次他站在了法律的对立面。虽然明知道他的对手是谁,但是很明显的,他的道德感比法律制定者来说要高尚许多。为了这个剧本你也是付出了很艰辛的劳动。

伊斯特伍德:当 Castle Rock 公司①问我是否对这个剧本感兴趣时,我说:"没什么特别的。"我喜欢这个人物和剧中的情节冲突,但说实话,这样的故事好像随处可见。我想,片中的主角过早的死去了,因此必须要有某个角色能吸引住观众并继续关注影片的下文,于是我想应该从他的女儿身上挖掘更多。她是一个非常有潜力的年轻律师。我想这个角色可以从其他的角度进行发展。在小说中,她与另一个律师有一段感情纠葛。我想何不尝试把这段爱情故事砍掉,而是把情感纠葛的对象指向她的父亲,也就是男主角——那个通天大盗。在女儿年幼的时候,这个父亲从来都是不在女儿的身边的——这才是我希望能扩展的剧情内容。我希望能看到他们父女彼此间能互相理解达到和解。我不愿意看到每个情节设置都是无效的。

虽然有些情节设置是有效的,有些是无效的。回到《廊桥遗梦》这部电影来说,这种感觉就好像说。当男主角罗伯特回到小镇时,当时女主角弗兰西斯卡正与她的丈夫也在镇上驾车而行,当她看见罗伯特正停车在她旁边,你会非常希望女主角能推开车门走下车去,与男主角重新团聚在一起。但是她没有这么做。因为当她说,虽然他们在一起只是经历这么短短的几天时间,但是

---

① 城堡石娱乐公司(Castle Rock Entertainment):是一家主要制作电影与电视的美国电影公司。也是《绝对权力》一片的发行公司。成立于 1987 年。隶属于华纳兄弟影业公司旗下。

如果他们在一起三年后,所有的一切就都会改变的。她的说法是对的。她有孩子,有丈夫,而其丈夫也是个好人。在影片中她说的话都是最具现实意义的,她是一个现实主义者。实际上,在剧本中我们有一个版本是所谓的"大团圆结局"的。

记者:这个"大团圆结局"就是最终他们在一起长相厮守了。

伊斯特伍德:是的。这个结局是:后来当弗兰西斯卡的丈夫死去之后,她出发去缅甸仰光或者某个地方去与他见面。但这样描述出来的话,故事就太多了。因为这个故事之所以这么感人,就在于他们对这种不可能互相拥有的情感是这么的克制。因为这段情感是非常短暂的,惊鸿一瞥。所以他们之间的关系才会那么特殊。某种意义上说,这是一种冥冥之中命运的安排。而命运除了给他们带来一种在生活中从未有过的感觉外,或者对他们能在一起生活所具有的可能性想象之外,命运不能给他们更多。但是他们把这种感觉保持下去,并最终对她的子女们产生了非常好的影响。所以说,这段感情并不是徒劳无益的,对于他们来说,这段感情中蕴含的诗意不是每个人都能了解的。

记者:说实话,我非常喜欢这部电影中摄影的部分。这种感觉就好像镜头一直是一种旁观的、观察的视角来展示整个故事。还有剪辑部分,给人一种非常迟缓的、缠绵的、不徐不缓的感觉。

伊斯特伍德:那样才有一种真实时间的感觉。希望能营造这种"真实的时间"的感觉也是我们一直为之努力寻求的。因为我们所身处的时代,存在着一种焦虑的倾向,人人都希望能为了实现自我的目的,抛开一切去一个新的地方。这部电影中,我们希望能反映出某种更有忍耐性的,使得你为之坚持的力量。

同样的,这种坚持的感觉还融汇在场景本身的气氛营造上。影片中,很多的镜头是两个人在不断的交谈,向彼此倾诉自己的生活。例如有一个镜头是,他在向她说着笑话,就像是一般人都会做的事情。这里并没有强烈的情节冲突,也没有什么情节转折。《午夜善恶花园》倒是有这方面的情节转折,因为那是关于一个人物的故事。那部影片虽然人物众多,但那是通过一个人的眼光来描绘出人物间错综复杂的关系。对整个故事来说,推动情节的发展很重要的,你更是要推动全局的发展。

三、约翰·福尔斯谈《法国中尉的女人》改编

【人物介绍】约翰·福尔斯(1926—2005),当代英国最优秀的小说家。代表作:《捕蝶者》(1963)、《魔术师》(1966)、《法国中尉的女人》(1969)、《黑塔》(1974)。福尔斯是公认的后现代小说家的代表,其小说文体多变、叙事手法新颖,《法国中尉的女人》一直被视为后现代小说的经典文本,其由哈罗德·品特改编成电影后获得了第54届奥斯卡金像奖最佳改编剧本提名。①

1. 福尔斯谈小说与电影

当我在牛津时,我想得很清楚,那就是我决不会去做一个小说家这样的蠢事。我非常确信我将会成为一个诗人,而这一段经历对于成为一个小说家也是非常有用的。诗歌和小说看起来有着天壤之别,但实际上却并非如此。因为它们都要依靠悦耳的语言音韵、和谐的词语节奏,这些对于好的小说、诗歌来说都是最基本的要求。因此我很高兴,我在牛津时是一个诗人的形象。这种情况持续了好几年,我一直有一种想象,那就是总有一天我会成为一个伟大的诗人,这样的雄心壮志在我心底萦绕了很久,而实际上,我根本就不是当诗人的料。但是我意识到,如果你很熟悉诗歌,那对你在创作散文体作品的结构方面很有帮助。

还有一件事是,我从牛津生涯开始每天记日记。就像一个芭蕾舞者要每天练习立定旋转动作一样,写日记对一个作家来说也

---

① 本文译自1991年11月5日福尔斯在西班牙的拉古纳大学举行的当代欧洲小说的讲座。约翰.福尔斯在这次讲座上阐述了他的小说观、文学改编电影等内容。译文略有删节。

是非常重要的。芭蕾舞者必须每天去练习抬腿、旋转、踱步练习等等一系列动作,对一个小说家来说每天做一系列的基本训练也是非常必须的,而最好的练习方式就是去写日记。当然这并不意味着对所有人都是有效的。对一个小说家而言,写日记的目的在于让你自己去发现你自己的创作才能在哪里。它可以放松你的思绪,让你了解如何塑造人物。就算你对一个生理意义上的人类一无所知,你也可以学会如何通过虚构来塑造人物。

"虚构"是一个非常重要的词。我希望会有更好的词来形容。但是你如何从其他人身上得到灵感来虚构一个人物?虚构人物的过程中最重要的步骤就是——想象力!现在我可以说,我之所以会成为一个小说家是因为我的想象力,而并非是因为什么发明创造或其他的技巧,甚至不需要手头的任何工具。仅仅是单纯的想象的力量就很巨大了。我能靠想象力进入到任何一种情境中。总而言之,我可以想象各种各样的可能性。这种可以不断想象所有的事件的能力,就是我能成为一个小说家至关重要的关键。

我认为,现在的小说正面临巨大的挑战。其中最大的挑战是来自于电影。小说曾经面临着电影的威胁,而现在又特别受到电视的威胁。对于人们来说,尤其是年轻人来说,那就是现在的年轻人已经不会阅读了。他们只是希望去"看"(see)书而非"读"(read)书。我经常听到人们这么对我说"哇,好棒,你的小说被改编成了电影,这真是一件乐事!"——哦,这些愚蠢的人们!他们以为能被好莱坞选中是一件多么荣耀的事情。而实际上,好莱坞是世界上最恐怖的地方。也许在毫无心理准备的情况下,遇见某位你喜欢的电影明星确实是一件非常棒的事情。"明星"真是一个吸引人的形容词。但其实,明星们总是高高在上的,你不会愿意在现实中或在好莱坞面对面的结识任何一位明星的。

对于现在的人们来说,他们不懂阅读,而只是"看"书,这真是一件非常糟糕的事情。我有个当老师的朋友。两年前,她的一个学生告诉她说:"老师,我很抱歉,我不会读书,我压根就看不明白。"她真正的意思是:"这些小小的、弯曲的、有趣的、被称作字母的东西,它们既不是出现在电视上,也不是显示在录影带上,它们对我来说毫无意义。"众所周知,这种由视觉造成的缺陷正变得越来越普遍。电视就像一味毒药一般侵蚀我们的生活,使我们都患上了电视上瘾症。我希望我们能逐渐意识到,在小说与电影之间存在着巨大的差异。也许你认为电影是真实的,但实际上它不是真实的,而它之所以是不真实的是因为那些隐藏在影像后面的东西。如果你在小说中这样描述:"那个人正在横穿过马路。""这个人身上挂着水壶。"这个人可以是世界上任何一个阅读了这个简单句子的人。每个人读起来的感受都会不同。阅读就是一种可以借由那些你特有的回忆、想象、知识储备等等来不断充实、丰富的过程。电影糟糕的一面就在于它是虚幻的。但它另一方面又宣称"电影可以按照事物本来的面貌来精确、真实的描绘事物。"换句话说,虽然我们所有人都喜欢电影,但电影是存在巨大缺陷的。其实我本人也非常喜欢电影。

2. 福尔斯谈《法国中尉的女人》改编

记者:您刚才提到时间,难道这就是您之所以写作那几部历史小说的初衷?您之所以会写作历史小说的原因难道就是因为您对时间特别的关注?

福尔斯:绝妙的问题!是的,我之前曾经说过我痛恨历史小说,那为什么我自己还要写呢?而且到目前为止我已经写作了两部了。写作历史小说面临的难题是语言,当我写作第一部历史小说《法国中尉的女人》时,我想"我不能再重现 1860 年的场景了,因为要想再现当时的日常对话语言简直是不可能的!"最近我写作的《迷宫》,同样使用的是 18 世纪的语言。我努力地回到作品当中的那个时代,这不是意味着我继承了那个时代的传统,我只是努力的再次回归到那个时代。我非常想写作一部伊丽莎白时期的小说(即 16 世纪后期的莎士比亚时代)。但如果是这样,语言更加是一个大问题了。我最痛恨的,也是最厌恶的那些历史小说,本来书中描写的是奥古斯丁、尼禄那个时期的古罗马或者古

◀ 第二编 奥斯卡最佳剧本的创作理论与个案研究

埃及的少男少女们,但书中描写的仿佛这些人是刚从现代的寄宿学校中走出来的一样,这样的历史小说我不愿意浪费任何一丁点的时间去阅读。

我尊崇真正的历史,尊重对过去真实的再现。时间之所以一直萦绕在我心里的原因,是因为我喜欢回到过去。矛盾的是,这也是我为什么那么喜欢植物的原因。植物是非常奇妙的,就像这里的"墨西哥紫檀",作为一个物种它可能已经存在有几千年的历史了,但它仍旧每年都会开出新的花朵。结果你就会既拥有这个有着悠久历史的奇妙物种,又可以看到它每年都开出美丽的花朵。从自然界的角度来看,这是时间之所以打动我的原因。而且我意识到这就是我写作那两部历史小说的原因了。我非常希望能回到维多利亚时期以及18世纪中期,如果能穿越时空到那个时代去看看究竟是怎么样的境况。

还有一件不能忽视的事情,那就是所有的小说家其实都只是为一个人写作——那就是他自己。写作是一件非常自我的事情。你仅仅为了你自己写作,部分原因是为了发现你是否具备写作的能力,或者你是否能够解释一些平常很难解释的事情?或者你能否发掘出你自身的某种神秘的负罪感?因此,写作其实是一种自我探索的方式。作家们都假装他们的写作目的不是如此,而是谈论社会、哲学等种种伟大的东西。但实际上,在这些的背后,作家们真正感兴趣的是他们自己。作家就是一群自高自大的自我主义者。

记者:当您的作品被改编成电影时,确实丧失了某些因素的。你如何看待在您的作品中出现的这种失落,如《捕蝶者》《迷宫》《法国中尉的女人》?

福尔斯:是的,非常强烈的失落。但是令人尴尬的是所有的人都认为你那可怜的小说能被改编成电影将是一件多么美妙的事!他们并没有意识到当这种事情发生时,你的可怜的小心脏正在一点一点地沉到谷底。是的,改编成电影是非常吸引人的,非

· 245 ·

常令人兴奋的,同样还意味着滚滚而来的大笔财富。但实际上,这一切对于你作为一个小说家的自尊没有任何帮助。

老实说,我喜欢这一切带来的金钱,但是就艺术方面的原因来说,我却毫不乐意。我已经有了几部根据我小说改编的非常糟糕的电影,但是你不能控制电影制片厂。过去我们有鱼龙、禽龙、恐龙,而现在我们则有好莱坞的制片厂,那其实是一样的令人惊恐的庞然大物。

记者:那是否意味着您很难接受将您的《法国中尉的女人》改编成电影这一主意?

福尔斯:就像我刚才说的,我已经有几部由我的小说改编而成的非常糟糕的电影:《捕蝶者》就不怎么样,而《迷宫》简直就是1960年最烂的电影之一。

但是《法国中尉的女人》这部电影是由我喜欢的导演制作的,而剧本也是由一位我尊崇的剧作家——哈罗德·品特改编的,我们之间就像三个好朋友,花了很多时间来讨论这个剧作。而演员们,特别是梅丽尔·斯特里普——她是美国人,但她下了很多功夫去学习那种带有维多利亚时期方言的语言特色,因此她可以用我的小说中涉及的地方方言来说话。但投资方却会说:"哦,不行,你不能给美国观众带来这么一种多瑞塞特镇地方方言口音!"因此他们唯一允许使用的就是美国人能听明白的语言——那就只有美国话了!

我挺喜欢那部电影的,实际上,我彻彻底底地爱上了那部电影。而且,我认为哈罗德·品特在对剧本的取舍时非常的聪明。我深深地体会到,如果你能遇上一个导演,他只是一直用这么简单的承诺说:"别担心,我不会更改小说中的任何一个字眼的!"那你就要明白,你的这部电影碰上大麻烦了。接下来,你就会意识到,他这么说仿佛是拿枪指着你的头并威胁着要你就范一样,你不得不更改大量的情节与对话,并最终使得电影与小说大相径庭。他们制作的另一部电影《塔》也是我挺喜欢的电影之一。劳伦斯·奥利弗也在其中扮演了一个角色。但总体来说,我并不是特别痴迷于电影,当时我正在写作一个新剧本,他们让我根据著名的法国小说《美丽的约定》来创作一个剧本。这事听起来挺疯狂的。因为这是一部非常绝妙的小说,它标志着魔幻现实主义潮流在小说中的复苏。虽然它发表是在1913年,也就是在一战之前,同时小说也有着无数的毛病和硬伤。但是,我喜欢这部小说。

记者:说到历史小说,我想问的是为什么您会从一个相反的、扭曲的视角来重新观照历史,从而改变了惯常的历史事实,尤其是一些特殊历史事件的传统看法。您在写作历史小说时是如何做到这一点的?你是否根据自己的需要而随意更改历史事实?

福尔斯:恰恰相反,我是一个对于直接的、真实的历史抱有最坚定的信念的。而且我也不认为我的写作是对历史的一种背叛。通常来说,我并没有更改历史,我只是用一种现实主义或者魔幻现实主义的方法来处理历史。所以,说实在的,我并不是很明白这个问题。

记者:最后一个问题——您如何用简单的话来形容小说的未来?

福尔斯:糟糕透了。我不愿意这么说,但我认为像电影、电视等视觉化艺术占据了绝对主导地位。眼看人们越来越难从我们印刷的小小文字符号上获得信息,这一现象使我很担忧。不仅仅是我,很多我与之交谈的教师们都认识到了这一现象。他们说,尤其是孩子们,已经不再善于阅读了。他们不能,并且已经丧失了这一技巧了,他们已经不能从文字上获取想象。这一切让我很忧虑,因为我简直不能想象当有一天阅读变成绝迹的行为时,世界将会变成怎样。就像我会愿意去阅读埃及的象形文字,当然不是现在。现在在世界上仍然有众多的小说家,或者有许多人希望去成为小说家,我很抱歉。我不能说小说的未来会是很糟的,我想要将"小说是糟糕的"这句结论收回,我只能说是前途未卜的、迷惘的,就像是布满乌云的天空,或者是随时被维苏威火山威胁的庞贝古城一样。

记者:但是现在还是很多人都希望能去写作小说,是吧?

福尔斯:是的,当然是的。我最近也是不时地在写小说的;我把这个当作是一个有希望的方案。人们总是不愿真正放弃书写他们对这个世界真正感觉的这种能力。如果他们用其他的方式来表达对这个世界的感觉,从技术角度来说是比较昂贵的。就像你已经有了一个影碟摄影机,而你仍然是在继续写作一个剧本。我认为能够写作是一件非常美妙的事情!实际上我并不是真正的想要劝阻任何人去从事写作的工作。但如果你继续问我那个问题,说实话,我有点悲哀。这是一个时代的结束,至少是因为这个时代已经学会如何去结束所有的时代。

(完)

参考书目

【1】[美]艾曼努尔·利维著;丁骏译.奥斯卡大观奥斯卡奖的历史和政治[M].北京:商务印书馆,2008.

【2】[澳]理查德·麦特白著;吴菁等译.好莱坞电影美国电影工业发展史[M].北京:华夏出版社,2011.

【3】[美]贝尔顿著;米静等译.美国电影美国文化[M].上海:上海人民出版社,2010.

【4】[美]托马斯·沙茨著;冯欣译.好莱坞类型电影[M].上海:上海人民出版社,2009.

【5】[美]克里丝汀·汤普森,大卫·波德维尔著;陈旭光等译.世界电影史[M].北京:北京大学出版社,2004.

【6】曹怡平.从剪刀手到守夜人美国电影审查衰变史[M].北京:法律出版社,2012.

【7】[美]大卫·波德维尔著;白可译.好莱坞的叙事方法[M].南京:南京大学出版社,2009.

【8】周黎明.好莱坞启示录(第2版)[M].上海:复旦大学出版社,2010.

【9】[美]克里丝汀·汤普森著;李燕,李慧译.好莱坞怎样讲故事新好莱坞叙事技巧探索[M].北京:新星出版社,2009.

【10】[英]保罗·麦克唐纳著;王平译.好莱坞明星制[M].北京:世界图书出版公司,2015.

【11】[美]托马斯·沙兹著;周传基等译.旧好莱坞·新好莱坞仪式、艺术与工业[M].北京:北京大学出版社,2013.

【12】[美]大卫·尼文著;黄天民译.好莱坞的黄金时代大卫·尼文回忆录[M].上海:上海文艺出版社,1988.

【13】[美]罗纳德·戴维斯著;黄文娟译.从文字到影像好莱坞黄金时代编剧访谈录[M].长春:吉林出版集团有限责任公司,2013.

【14】[美]保罗·麦克唐纳德,简妮特·瓦斯特著;范志忠,许涵之译.当代好莱坞电影工业[M].杭州:浙江大学出版社,2014.

【15】[美]詹姆斯·纳雷摩尔著;徐展雄译.黑色电影[M].桂林:广西师范大学出版社,2009.

【16】严敏.奥斯卡奖80年电影传奇[M].上海:文汇出版社,2008.

【17】卢燕,李亦中著.聚焦好莱坞:奥斯卡光与影[M].北京:北京大学出版社,2010.

【18】[美]罗伯特·斯塔姆主编.陈儒修,郭幼龙译.电影理论解读[M].北京:北京大学出版社,2017.

【19】[美]达德利·安德鲁著;李伟峰译.经典电影理论导论[M].北京:世界图书出版公司,2013.

【20】[英]苏珊·海沃德著;邹赞,孙柏,李玥阳译.电影研究关键词[M].北京:北京大学出版社,2013.

【21】[美]达德利·安德鲁著;徐怀静译.艺术光晕中的电影[M].北京:世界图书出版公司,2011.

【22】[美]大卫·波德维尔,克里斯汀·汤普森著;曾伟祯译.电影艺术:形式与风格[M].北京:世界图书出版公司,2008.

【23】[美]琳达·西格著;黄剑译.奥斯卡最佳剧本精析[M].北京:世界图书出版有限公司北京分公司,2018.

【24】梅峰.编剧的自修课解读美国电影剧作[M].北京:北京联合出版公司,2016.

【25】[美]肯·丹席格,杰夫·罗许著;易智言等译.电影编剧新论(增订第四版)[M].台北:远流出版公司,2014.